天堂可以等

[英]凯莉·泰勒 著 孙璐 译

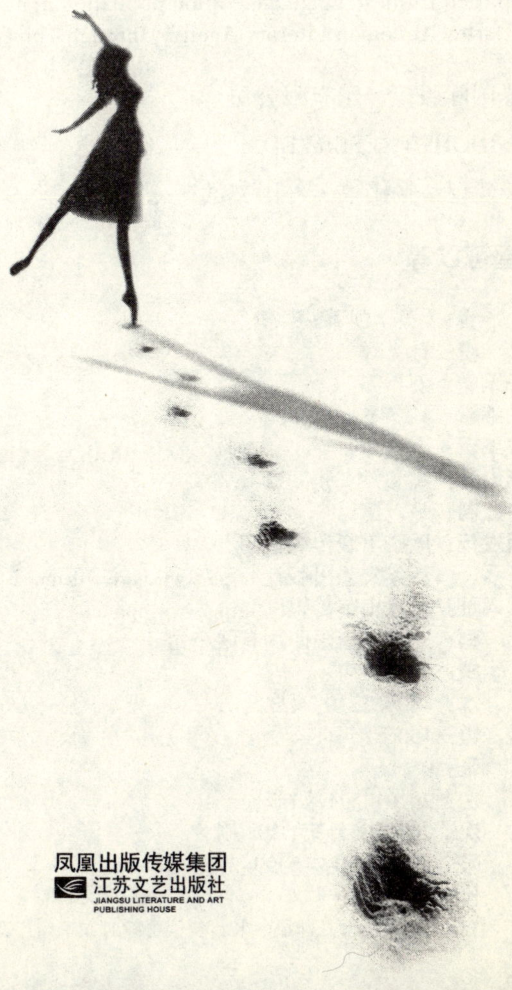

凤凰出版传媒集团
江苏文艺出版社
JIANGSU LITERATURE AND ART
PUBLISHING HOUSE

图书在版编目（CIP）数据

天堂可以等 /（英）凯莉·泰勒（Cally Taylor）著；孙璐译．
—南京：江苏文艺出版社，2010.5
ISBN 978-7-5399-3775-5

Ⅰ.①天…　Ⅱ.①凯…②孙…　Ⅲ.①长篇小说－英国－现代　Ⅳ.①I561.45

中国版本图书馆 CIP 数据核字（2010）第 077081 号

著作权合同登记号：图字 10-2010-165

上架建议：畅销书·外国文学

天堂可以等

著　　者：（英）凯莉·泰勒
译　　者：孙　璐
责任编辑：刘　霁
特约编辑：马冬冬
版权编辑：李彩萍
装帧设计：姚　姚　张丽娜
整体监制：一　草
出版发行：凤凰出版传媒集团
　　　　　江苏文艺出版社 http://www.jswenyi.com
集团网址：凤凰出版传媒网 http://www.ppm.cn
印　　刷：三河市南阳印刷有限公司
经　　销：新华书店
开　　本：880×1230　1/32
字　　数：150千字
印　　张：9
版　　次：2010年5月第1版
印　　次：2010年5月第1次印刷
书　　号：ISBN 978-7-5399-3775-5
定　　价：26.80元
（江苏文艺版图书凡印刷、装订错误可随时向承印厂调换）

Heaven Can Wait contents

目录

第一章　意外

如果你认为自己即将不久于人世，你会怎么办？

a）大声尖叫，让身边的每一个人都为之动容？

b）谁也不说，兀自不安？

c）装作没事人一般？

如果是我，就会整整衣冠放声大哭。

一个星期以来，我一直在担心自己的健康状况。我精疲力竭，脚踝肿胀，小便的泡泡多得就像黄色的卡布奇诺。根据我手里打印出来的资料，这种情况只有一种可能，就是我已经罹患一种无可救药的疾病，并且可能致命。

现在距离我的婚礼不到四十八小时，在冗长的婚礼准备清单当中，唯一没有出现的一项就是向我的未婚夫告知噩耗。但我不得不告诉丹。根据网络信息，我每周需要去医院做两次透析，甚至可能还需要进行移植手术。这对任何人来说，都是不小的负担。

要坚强，露西，我推开客厅的门，一边在心里默默地为自己打气，你一定能做到，坚强就行了。

丹正无聊地斜倚在沙发上看一部关于一种细长的黄蜘蛛交配习

惯的纪录片。他的手臂交叉放在脑后，一头乱糟糟的黑头发，下巴上还留有胡子茬儿。他穿了件低腰牛仔裤和他最喜欢的褪色的黑色T恤，显示出了他宽阔的肩膀和强壮的手臂。这就是丹，不管多旧的衣服，他都可以毫不费力地穿出很帅的效果。而他并不是刻意要这样打扮，他是我所见过的最低调的人之一，而这也让我更加地爱他。

当我进门的时候，他在沙发上挪动了一下给我腾出空儿来，不过我只是坐在了沙发扶手的位置。当母蜘蛛咬掉公蜘蛛的头，并把它吃掉的时候，丹抬头冲我咧嘴而笑。

“如果让我在这个与做爱之后闲聊三小时之间进行选择，”他说，“我绝对会选择每次都被咬掉头。”

当他看到我毫无反应、只顾低头玩弄着订婚戒指时，显得一脸困惑。哦，天哪，听了我的消息，他会有何反应？会哭？会叫？会昏厥？还是其他更糟糕的情况？

“丹，”我说，“我有非常重要的事情要告诉你。”

“什么事情？”他说，双眼始终不曾离开电视屏幕。

“是个坏消息。”

“婚礼的事情？”他叹了口气，稍微将电视声音关小了一点。“发生什么事了？是面包师在蛋糕上用百合代替玫瑰了吗？”

我深吸了一口气。“我想我得了晚期肾脏病。”

丹坐直身子，遥控器咔嗒一声掉在地板上。他抓住我的双手，我一直握着的网络打印资料被皱成一团。

“你在说什么？”他问道，目光在我脸上搜索，像要捕捉什么信息似的。“你从没有告诉过我你去医院看病了。”

“我没有。”

“那你怎么知道自己得了肾脏病？”

我捏着他的双手，大拇指来回揉搓他的手指。他显然无法接受这个事实。他的这个反应我已经事先从互联网上略知一二。“因为我在网上查到一些我的症状。”

他皱着眉头问道：“什么症状？”

我盯着电视屏幕。和男友讨论自己的小便情况好像有点尴尬，即使我们已经在一起七年时间，但这实在不是什么适合拿来讨论的话题。

“我的尿液里有很多泡沫，”我说道，“小便里有泡泡，而且网上说多泡的尿液是肾衰竭的症状之一。”

丹不可遏制地大笑起来，身体从沙发一直滑到地板上。我错愕地看着他，然后身体前倾，用力地拍打他的手臂。

“你笑什么，丹？别笑了，你让我感到不安。”

他用胳膊肘撑起身子，拉着我的手说道：“对不起，露西，我不该笑你，尤其在你‘临终之际’。这些所谓的症状出现多长时间了？”

我开始在脑子里盘算时间。“大概一个星期。不对，肯定有一个星期了，从上周五开始的。”

“上周五，我们买了哪些你所谓真正需要的东西？”

我把手从丹紧握的双手中挣脱出来，瞪着他。我对他倾诉衷肠，而他却跟我谈什么食品采购的事情。他到底是怎么回事？

“我不知道，丹。我们买了什么？”

“我们买了一个新的能够清除马桶污垢的浴厕芳香剂。”

“那又怎样？”

他扬了扬眉毛。“上个星期，不光是你的小便里有泡泡。”

“什么？”

“露西，你真傻呀，”丹说道，用手戳了一下我的侧身，“你一直尿在浴厕芳香剂上了，你把芳香剂放在马桶前面，它伸出来了一点点。这就是我们的小便多泡的原因。”

我愕然地盯着他。“这么说，我没有肾脏病了？”

“没有，露西，”丹转了转眼珠，说道，“你没病。”

我不禁大笑。“噢，天哪，”我喘息道，“我真是个白痴！”

丹跳回沙发上，用力拉着我的双手，直到我整个身体趴在他的身上。他微笑地看着我，把我的头发从脸上往后拨弄。

“如果没有你，露西·布朗，我该怎么办？”他一边说着，一边温柔地亲吻我。

我双手捧着他的脸，回吻他。此刻，我感觉生活不能再完美了，的确，它没有变得更完美。

第二天傍晚，我就死了，但不是因为肾脏病。

第二天清晨醒来时，我脸上还挂着笑意，丹依偎在我身旁，柔软的羽绒被摩挲着我的肌肤。他还没有醒，长长的睫毛在轻微地颤动着，我抚摸着他的脸颊，轻吻了一下他的唇。

“丹，”我呢喃道，“我们明天就要结婚了。”

他换了个姿势，一只胳膊重重地压在我身上，把我拉得更近。

“我爱你。”他喃喃说道。

“我也爱你，”我回应道，轻轻地将他的胳膊推到腰际，翻身起来。已经十点了。十点钟了！我从床头柜上抓起那份讨厌的婚礼准备清单，不禁开始抱怨。清单上罗列的项目一件也没划掉，我还需要：

- 写好所有的餐位牌。我打算用银色钢笔把宾客的名字写在我从布莱顿海滩带回的鹅卵石上。
- 布置好餐桌（用盛在玻璃花瓶中的长茎百合装饰）。

• 打电话给摄影师，讨论婚礼照片的拍摄情况。我到现在还不太确定，丹欣赏我手上戒指的那张照片是否显得太肉麻。

清单所列项目太多，我一个人实在做不了，丹必须帮我才行。我回头看他，但他已经发出轻微的鼾声，嘴巴微张，脸埋在枕头里。就算他的脸颊上出现睡痕，他看起来还是那么帅，我忍不住盯着他看起来。

我第一次遇到丹的时候，就知道会和他结婚。其实，严格来讲，这么说可能有点言过其实——这个感觉大概始于我们第一次约会的中途。我建议去当地电影院看一部艺术片，但影片太枯燥，在放映过程中我差点睡着。

“是部有意思的影片，”丹后来说，“呃，很——长。”

我不想他认为我的为人跟那部影片一样沉闷，便提议去吃东西，希望能借此挽救当晚的气氛。因此当丹说我们应该回到他家分享外卖的时候，我便欣然从命了。约会还没完，我还有时间用我的聪明机智和人格魅力给丹留下印象。

我们彬彬有礼地聊着天，一路走回他的寓所，然后肩并肩地坐在他家的破沙发上共享一盒鸡肉炒面。房间里安静极了，只有咀嚼和吞咽的声音，我一直感到很快活——直到我的胃开始抗议。糟糕，兴奋过头了，忘了自己的脾胃不适合吃中餐。我的肚子有平时两个大，裤子也快撑破了。形象实在不雅，我悄悄换了个姿势，希望能缓解压力。

“想听点音乐吗？”丹一边用叉子转着面条一边问，好像没有发现我的窘迫。

事实上这是个 极好的主意。或许在屋子里走上几圈会更好。

“我当然愿意，”我站了起来，我的胃也借机舒展了一下。“我会让你了解到我在音乐方面的独特欣赏口味，哈尔丁先生。”

丹不再吃东西，向我笑道：“是真的吗？那我洗耳恭听。”

“瞧我的吧。”

我感到，当我在屋中漫步时他的眼睛一直盯着我的臀部看。

“嗯，我们手头上有什么曲子？”我用一种貌似很在行的口吻说。放在上面的几张CD都是重金属音乐，不合我的口味，所以我蹲下身打算好好找找。

突然我放了一个屁。

踡缩着的姿势使我看起来像一只小号，或许比这还要糟糕很多！

一时之间我呆在当场不知所措。如果我不摆出这么一副姿势就不会出现这种情况（或者请上帝赐下奇迹，让丹听不到刚才的声音）。我用双手蒙住羞红的脸，然后把脑袋里想到的第一句话说了出来，

“你的地板经常会吱吱作响，是吧？”

丹开始从鼻子里发出笑音儿，接着变成明显的笑声，笑声越来越大，笑到流出眼泪，我发觉他的笑似乎没有停止的意思。于是我也跟着笑了起来。他咧开大嘴露齿而笑的样子看起来像个可爱的孩子，逗得我也忍不住要笑个不停。个中的微妙我又怎会不知？如果丹是那个让我在羞愤欲死的情况下还能开心地放声大笑的人，那我此生的伴侣当不作第二人想。

我将含泪的视线从他的睡颜上移开，把婚礼清单折起来，放在床头柜上。有些事情可以暂时先放一放，我想先干点别的。我蹑手蹑脚地从床上爬下来，朝房间另一侧的衣柜走去。我拉开一个大防水袋，梦想中的婚纱就挂在那里。我在我两个好朋友安娜和杰西的陪伴下，试了大半天才决定要买哪一件。我们一开始就直接淘汰掉了那件纯白色的婚纱，因为在我的一头黑发和苍白的肤色衬托下，它会让我显得很憔悴。那种修身款的婚纱也被弃之一旁，因为它会完全暴露出身材

的所有缺陷。最终我们找到了这件象牙色、无肩带款式的婚纱，它的上半身是带有鲸骨支撑物的紧身衣，再配上宽大蓬松的圈环裙，裙摆上还镶有精致的小珍珠。这款婚纱既不太素，也不过于华丽，简直是恰到好处。

“露西，”丹说道，“你在干什么呢？”

我砰然关上衣柜的门，转过身来。“你没有看到，对不对？告诉我，你没有看到我的婚纱。”

丹将羽绒被塞到下巴下面，蒙胧的双眼盯着我。“我已经看到了。”

“你没有吧？”我说道，声音有点哽咽。

“当然没看到，笨蛋，”他咧嘴笑道，“你不是不准我打开那个衣柜的门吗？难道你忘了？”

啊，对呀，我亲手做了一个“不得进入，违者处死”的标志，还用透明胶带贴在衣柜门上。我半信半疑地看着丹，“那么你为什么说看到了？”

“我只是想逗你玩儿。”

我冲过去，跳上床，隔着羽绒被打他。

“你今天不许逗我玩儿，丹尼尔·哈尔丁。”

“为什么？”

“因为今天是我们结婚前一天，这就是原因。”我说道，一边用拳头捶他的肩膀。

“我现在要是告诉你我还发现了你给我买的礼物，是不是有些不合时宜？”

“什么？”

他抓住我，拉向他。“哈！又中招了！”

我正准备开口大骂，但话还未说出口，他就用吻堵住了我的嘴巴。

晚上八点，在手忙脚乱地打了十个小时的电话、整理好百合、写完餐位牌以及处理完一些琐碎的事情之后，我在门口与丹吻别。我不过是想蜻蜓点水地应付一下，可他却表现出了十足的热情。

“我们去楼上吧，”他说道，走到楼梯中间的时候，他突然拥吻我，一手抓住我的屁股。

我坚决地将他的手推开。他今晚本应该在他哥哥家里过夜，现在已经晚了三个小时——并且他也没有帮我处理任何清单上的事情。哦，不，他出去了五个小时去做自己的婚前准备工作，可是从他身上散发的浴液味道和呼吸里夹杂的啤酒的味道，我怀疑他是去了健身房锻炼，然后又在酒吧里泡了几个小时。所有人都会以为他并不在乎明天是我们俩生命中最重要的日子。我看了一下表，在安娜和杰西到来之前，我只有一个小时的时间来洗澡、准备食物和整理房间，她们专程过来陪我度过婚礼之前的少女之夜。

“求你了？”丹又说了一遍。

“不行，你真的要走了。我还有一堆事情要做。”

他耷拉着脑袋，那双棕色的大眼睛里流露出悲伤的表情，要在平时，这种表情足以将我融化。“我给你做背部按摩。”

哦，这个坏家伙。用这个世界上比巧克力和性更有吸引力的东西来诱惑我。好吧，可能没有巧克力的吸引力那么大。

我深吸了一口气。“不行，走吧，丹。”

“我走，我走，”他说道，我三心二意地抱了抱他之后就松开了。

我看着他悠然自得地沿着小路走出去，背包随意地挎在肩膀上，头上的礼帽也是戴得东倒西歪。当走到大门口时，他突然停了下来，转过身来。

“明天是不是要发生什么事情？”他说道，“我突然有个奇怪的感觉，我会在其他某个地方。”

我扬起眉毛，用眼睛瞪着他，我这样的表情足以让一个小孩子在一秒钟之内停止尖叫，而他只是咧嘴而笑。

“什么？”他说，“你知道，现在取消还来得及。”

“你说什么？取消？”我的胃里翻江倒海，感到一阵难受。

“取消婚礼。现在变卦还为时不晚。”

我瞪着他，心中一阵纠结。难道他不知道我为了准备这场难忘的婚礼有多辛苦吗？难道他没有意识到在他出去和朋友喝酒、翘起二郎腿看电影的时候，我却为了准备这些事情而不得不放弃了多少属于自己的社交活动吗？而他有对我说过谢谢吗？他有说过他很感激我付出的辛苦劳动吗？

“这不好玩，丹，”我说道，“真的一点儿也不好玩儿。”

他的笑容不见了，耸耸肩说道：“你需要冷静一点，露西。”

冷静？为什么男人总是在女人非常理性的时候让我们冷静一点？另外，我有任何理由感到烦躁。早餐的时候，他骗我说要在婚礼的誓约中称呼我为“我的野蛮娇妻”，午餐的时候，他又将面包片挑向我，声称他要在喜筵上掀起一场食物大战。而现在，他又开玩笑说取消婚礼。这种嬉皮笑脸简直还有完没完？我试图保持缄默，但那些话还是脱口而出。

“如果你没有注意到，丹，我告诉你，过去的一年时间里我都在策划这场婚礼，而且我已经好几天都没睡好了。”

“我也在忙，”他说道，好像迫切地要走到他那辆迷你车跟前。“我为婚宴预定了DJ。”

“哇，你不过就是给自己的一个伙伴打通电话，让他把家伙带过来而已。你干得可真漂亮。”

丹有点儿震惊。“你知道我为了找到适合婚礼上播放的歌曲花费了多长时间去听那些唱片吗？我希望每一首歌都是完美的，希望每一首歌都代表着我们两个人关系中那些特别的时刻——"

我挥着手说，"这么说你是听了不少唱片，是吗？天哪，你可真是辛苦呀，丹。是因为你不喜欢听音乐，是这样吗？我倒是希望自己能坐在地板上边喝啤酒，边听音乐，但是我却不得不开车跑遍全城去买那些领结、纽扣以及婚礼上的饰品，而且——"

"我们现在能不能不吵了？"丹说道，他看我的眼神仿佛我被激怒了一样。"我想我该走了。或许这是你想要的结果。"

我想要的，我想要的只不过是让你认真对待我们的婚姻。你今天真让我坐立不安，丹。

他耸耸肩，打开大门，走上人行道的时候几乎被绊倒。"我爱你，露西·布朗。"他一边到处找车钥匙，一边大声喊道，之后便上了车。

我关上前门，头抵着走廊的墙壁，深呼吸了几下。天啊，我这是怎么了？因为一点无伤大雅的玩笑就反应过度并不是我一贯的作风，可是就好像之前数月的压力都累积到了我无法再承受的地步了。尽管如此，我也确实不应该抱怨丹。他只是在做他通常会做的事情——在我感到疲惫或者压力大的时候，试图逗我笑。的确，丹有时候是显得有点儿傻，而且也比较懒，但在其他各个方面，他跟我都极其般配。他身材高大（我身高5英尺7英寸），乌黑的头发（我也是，只不过，我是从棕色染成这样的），有一种另类的帅气。我爱他的一切，从他坚挺的臀部、温暖的褐色眼睛到他鼻子上的小伤疤，那是在他年少时的一场激烈的橄榄球比赛中碰伤的。而且他爱我，即使在我面对巨大压力而变得毫无幽默感的时候也是如此，而对于我容易上当受骗的个性、莫名其妙的过度情绪化以及忧郁症的倾向他也能一一包容。

我在疾步上楼的时候就决定，在上床睡觉之前一定要给丹打个电话，为自己变成这样一个可怕的"新娘怪物"向他道歉。他离开的时候我甚至都没说“我也爱你”，之前也从没说过。我总是事后才说。

我走到楼梯顶端，在我的牛仔裤口袋里摸索婚礼准备清单。在第十项内容——为丹准备礼物——旁边，我用圆珠笔画了一个问号。我已经为他买了一些银链扣，但这个礼物还不够特别。链扣完全体现不出“这是我人生中最幸福的一天”这个含义，不是吗？更像是在说“我是一个非常没有想象力的女朋友，明年圣诞节我会给你买钻头做圣诞礼物。”

我愤愤地把清单塞回口袋里，满怀心事地步入浴室。再有不到一小时，两个伴娘安娜和杰西就要来到这里，她们将伴我度过一个香槟和音乐的新婚前夜，现在我需要冷静下来认真思考一下。我匆匆脱下衣服，打开收音机，让自己在温暖的泡泡浴中放松放松，脑袋里也尽可能只想那些开心的事情。用不了二十四小时我就会成为丹尼尔·哈尔丁先生的夫人——露西·哈尔丁。永别了露西·布朗！

当我跨出浴桶的时候手指和脚趾已经泡成深紫色，皮肤也起皱了。突然灵光闪现让我意识到最适合丹的礼物就在阁楼上。

两周前我进行了一次大扫除，他帮我把装纪念品的木盒子搬到了阁楼上。这个盒子相当于我前半生的全部记忆：照片、小饰品、信件、贝壳、明信片，还有我们第一次约会时的电影票。如果把电影票放在链扣盒里，在仪式结束后送给丹那岂不是完美至极——既有新婚纪念物又有第一次约会的见证物。

所以我现在就得把它找出来。

我用杆子支开阁楼的门，然后光着脚把梯子拖到了阁楼下面。我尽力爬到梯子的最上一级，盒子距我能够到的范围只有几毫米远。

“真背。”

更惹人烦的是它居然是锁着的。如果我能再向前一点儿就好了。

我站稳了身子，深吸一口气尽力摸向盒子的边缘。梯子开始吱吱作响，并且产生了剧烈的摇晃，最终向一边跌去。我大声尖叫，挥舞着双手试图抓住点儿什么，但一切都是徒劳的，我的身体在空中做自由落体运动，身上裹着的毛巾也滑落在地。

落向地毯时我想到的第一件事是我没有开保险栓，第二件事是这次真的完蛋了，受伤是在所难免的了。

事实上一切都只发生在一瞬间。

我的头撞在栏杆的扶手上，脖子也扭了，整个身体重重地摔落在地毯上。

事情就这样以我的死亡而告终了。

第二章　重返人间

当我再次睁开眼睛时，眼前是一片灰暗，无数条模糊不清的腿在我的面前走来走去，就是没有一个人来问问我是否安好。我挠挠头想，很明显我现在呆着的地方是牛津大街的中央。究竟发生了些什么？

我用手肘支撑着身体站了起来，想检查一下身体状况看看有没有线索。

结果我意识到自己身体僵硬而且全身赤裸。

“不、不、不，”我一边呜咽着一边像婴儿似地蜷起身子。“不会是又做那个裸奔购物的梦吧。”如果我不能快点清醒，就会进入梦境的第二部分。所有前男友会一起出现向我指指点点大笑不已。

等到眼前的腿消停了些之后我慢慢站起来，一只手护住下体，另一只胳膊则掩着胸部。一时之间好像世界上各个年龄段、各个种族和信仰各种宗教的人都齐聚在我身边。他们的穿着也各式各样，有商务套装、面纱、晚礼服、医生袍、防寒衣、防护服，甚至还有睡衣。每个人都面无表情，呈现出一种差不多半透明的灰色。看起来我似乎正在参加一场全世界最稀奇古怪的化装舞会。

不过我可以肯定不是舞会，因为这里没有音乐。

这里安静极了，我只能听到拖沓的脚步声，以及偶尔传来的呢喃声和远方的呼呼声。每个人的目光都直直地盯着前方，当我试着与他们对视的时候，发现他们只是眼神空洞地望着我。我好像又一次成为大学校园里的新生，可惜这里没有啤酒，也没有音乐和闪光灯球。这里甚至没有墙壁，只有一片厚重而惨淡的愁云围绕身边。

我断定这里是我所呆过的最糟糕的地方，得想法子快点儿离开。

“打扰一下，”我一边说一边用肘轻推一位穿着维多利亚时期服饰的年轻女性。

她看着我却没有丝毫停步的意思。我急急忙忙地追赶着她，但却在突然之间停下了脚步，因为我发现自己的手臂和腿也像学校里的大米布丁一样是灰色的。

“这是怎么了？”我心慌地抓住一位老人，他的头发刚硬而蓬乱，“为什么我变成灰色的人了？”

他甩开我继续蹒跚而行。

“够了，够了，我要醒来，”我放声大叫，“我还要打理婚礼呢。”

结果什么也没有改变，只是我自己觉得头晕，全身刺痛。自从父母去世之后，我再也没有过这种恐慌到极致的感觉，但是当年的那种感觉仍然刻骨铭心。

“露西，”一个声音从周遭的杂乱中传出，“露西·布朗，呆着别动。”

我怔住了，有人知道我的名字。

“这里，”我大叫着，掩着胸部的手在空中用力挥舞。“我在这里。”

人群被分开，我发现一个金色的光头正向我靠过来。我立刻蹲在地上，用手护住全身。“上帝，求你保佑来的千万别是前男友，求您了！”

几秒钟后，一个矮小的男人穿过人群蹲在我面前，向我伸出手。

“你就是露西吧，”他气喘吁吁地说，“很抱歉我来迟了，我应该第一时间在这里恭候你的。”

“究竟出了什么事？”我说，“我身上居然是全裸的！”

“哦，原该如此，”他回答，好像这是天底下再正常不过的事情。“你想要条床单吗？”

我看着他从夹克的内口袋中掏出一条白床单，就好像魔术师从帽子里变出头巾一样不可思议。他带着一脸抱歉的表情把床单递给我，我围好之后方才站起身来。我的新朋友身材矮小而且全身都是金色的。他的头顶还闪着微光，合身的外衣下露出毛茸茸的趾尖。眼上是浓密的眉毛，两片丰满的面颊中间趴着一个大鼻子，下面是他正在微笑着的嘴。他简直就是鲍勃·霍金斯的翻版。

“我在做梦吗？”我问。

“我是鲍勃，”浑身发光的男人一边说一边伸出他的手，“很高兴见到你。”

我明白了，我全明白了。压力太大了，所以我开始梦到名人，这听起来很不近情理，但仔细思索却又在情理之中——特别是当你从梦中醒来发觉自己竟然在梦里跟诺尔·艾德曼做爱时。我可不能一连几个月都在梦中跟“亲爱的或非亲爱的”一起过。

“霍金斯？”我傻笑着与他握手。

“不是，”他带着困惑的表情说，“圣·鲍勃，彼特的堂兄弟。跟我来。”

我还没来得及做出反应，他已经抓着我的手返回人群。我跌跌撞撞地跟在他的后面。

“不远，”他气喘吁吁地说，“很近的。”

正当我打算请求他停下来喘口气的时候，我们终于穿过了最后一个人群，来到一扇宽阔的木门前。鲍勃放开我的手，开始翻他的兜。

“啊哈！”他从夹克的内口袋中掏出一把钥匙，迅速打开大门。“进来吧，请坐。”

我眯着眼睛打量一下四周，试着去找把椅子。好像每一件东西都很晃眼，我看不清楚。

“不好意思，”鲍勃说着再次把手探入口袋中，“这个或许能帮上忙。”

他给了我一副太阳镜。眼镜的款式有点像七十年代的摇滚歌手艾尔顿·约翰戴的那副，但此时此刻我也顾不得追求时尚了，立刻戴上。眼前的一切马上暗了下来，我像一头在沙尘暴中迷失的骆驼一样眨着眼睛。

屋子比我想象中要大一些。上面有一个雕刻着植物、人和动物的巨大拱形天篷，下面是深色的磨光木地板，中间放着一张宽阔的红木桌子，两边各配了一把安妮女王风格的椅子。鲍勃就坐在椅子上正对着我。

他笑道：“坐下，露西，让我们谈谈。”

我小心翼翼地坐到空椅子上，幻想着它突然变成一位社会名流，叫嚷着让我滚开。

“我在做梦吗？鲍勃？”我问道。椅子并没有任何动静，我把脚蜷了进去。

他摇摇头，“你记得的最后一件事是什么？”

“我搬了把梯子想上阁楼把送给丹的礼物拿出来，”我的声音陡然急促起来，“然后我摔了下来，磕破了头。”我深吸了一口气，“我现在是在梦游吗？”

鲍勃再次摇头。

“一定是，”我说，“我应该躺在医院里，丹在病床边为我演奏席琳·狄翁的《我心依旧》，希望我能睁开眼睛，他有可能会唱成《我屁依旧》，自从我们第一次约会之后，他……”

“露西？”

“鲍勃，我在。”

“你再也不会醒来了。”

“我会醒来的。”

“永远不会。”

“一定会。”

“露西，”鲍勃向前倾了倾身子，低语道，“你已经死了。”

“我现在就走，鲍勃，”我站起身走向门口。“我要去告诉丹我爱他，我不应该跟他争吵，我不想等到明天才与他结婚，……”

我猛地拉开门。门外一群灰色的人转来转去。

“醒醒吧，露西。”我一边说一边狠掐自己的胳膊。

我并没有被掐的感觉，所以便用力地掴自己的脸。我怎么了？为什么我没有感觉？

“露西，”鲍勃叫道，“请你回来。”

我失魂落魄地走了回去，扶着椅背说，“请帮我醒过来，鲍勃，我做不到。”

他站起来抻直衣服向我走来。他的嘴角微微抽搐，眉毛也弯了下来，似笑非笑。

“你再也不会醒来了，露西，”他说，“这里是地狱的边境，界于人世与天堂之间。我确定你已经死了。”

“地狱边境，”我开玩笑说，“是镇上新开的夜总会吗？”

接下来一切都变黑了。

鲍勃的身材虽然矮小却很强壮。当我向门外走的时候，他死死地拽住我。他的手像刚灌满热水的热水瓶一样温暖，他拉着我的时间越长，我的感觉就越平和。当他拉着我慢慢坐回椅子上时，我感觉就像自己一个人喝了一瓶葡萄酒一样放松（当然并没有头痛的感觉）。

“好点儿了吗？露西？”鲍勃问。

我点了点头。我已经死了，我本应该感到很崩溃。可是我感觉自己好像正在云端飞翔，阳光下胖胖的小天使正张着双翼向我飞来。

我看见鲍勃坐回椅子上，打开桌子上的一个大厚本。他不停地翻着，每翻一页就用短粗的食指舔一下唾液。

“我要下地狱吗？”我问。我的舌头有点儿打结，声音也模糊不清。“我没有从H＆M那里偷耳环，它们只是碰巧落在我的包包里。”

他笑道：“不会的露西，你不会下地狱，你会留在这里，因为你是意外死亡。”

我想说他在开玩笑，但是话却说不出口。

“我们继续，”他翻开下一页接着说，“你是露西·布朗，现年二十八岁，已故的朱迪斯·布朗和马尔科姆·布朗的独生女。”

哦上帝，如果你让我上天堂，或许我就能见到爸爸妈妈了。

二十二岁之后我就再没见过父母。复活节假期我从学校回到家里，却因为他们打算到罗德岛度假没有带我而怄气。整个假期是一只猫和一本实验心理学教材伴我度过的。我甚至也没让丹来陪我。那时他正一边搞研究，一边在曼彻斯特做兼职侍应。

父母启程后我只在家中呆了两天。开车之前妈妈摇下车窗探出头来冲着我喊，“再见傻露露，我们爱你。”

两位警官来到家中向我通告消息。女警官让我在椅子上坐下，然后说“我很遗憾”，这时她的同伴正在厨房弄咖啡，传来一阵叮叮当当的声音。她说因为天气原因山路上发生车祸……我的父母才出门四天呀。

接下来的两周生活一片昏暗。丹到布赖顿陪伴我，我只知道他的怀抱很温暖，他的声音很温柔。父母的死亡彻底打击了我。我觉得天塌地陷，整个世界都崩溃了。是丹不离不弃地守在我身边，告诉我他永远不会离开我。他让我真的相信我们会天长地久，直到我们满头银发也依然会厮守在一起。

“露西，”鲍勃说，他温和的声音打断了我的思绪。“露西你还好吧？要不要休息一下？”

我以手抚面，泪水滑满脸颊。

“他们在哪儿呢？”我的喉咙发紧，问道，“我的父母在哪里？”

“他们在天堂。”鲍勃温柔地说。

我猛地从座位上站起来，走到桌边问道：“我可以见他们吗？我可以和他们说话吗？”

“你可以，”鲍勃说，“但是你必须先做一个决定。”

“什么决定？”

他把眼光移开，用手捋了下他那光滑的额头说，“你需要在你的父母和丹之间做出选择。”

“你说的选择是什么意思？”我从椅子上跳起来，心里一刻也不能感到平静。鲍勃理了理自己的领结，冲我做了个鬼脸。“我想你最好跟我来。”

他大步走向大厅另一侧的一扇门，我快步跟上。这是一条可以重新见到丹的路。但是要怎么样做呢？或许我根本就没死，又或者鲍勃会用一阵风把我送回人间。或许丹正在为躺在地上的我做人工呼吸，而我则奇迹般地醒来，睁开眼睛看着他，而他会说，“感谢上帝，我以为我会失去你，露西。”然后我们接吻、结婚、快快乐乐地生活在一起。一切都会变得圆满。

当鲍勃把钥匙伸进锁孔里的时候，我紧张地屏住了呼吸。门后究竟是什么？伦敦？我所住的街道？我的公寓？医院的天花板？门吱吱呀呀地开了。“这里，”鲍勃说，稍稍弯了下腰，摊开手掌，“随你怎么选。”

我的心又沉了下去。在我面前的是两部灰色的电梯。一部上面闪烁着“向上”的标识，另一部则“向下”。向上的那部延伸到头顶的灰云中，向下的那部则落在下面的绿雾中。

鲍勃指着那部向上的电梯说：“这部电梯将把你带到天堂，你的父母正在那儿等你。”

我情不自禁地深吸了一口气。我简直不能相信，就在这部电梯的上面，我就可以再见到我的父母，我强忍着没有让自己哭出来。

“那另外那个呢？”我指着那部向下的电梯说，“那部电梯又会是什么情形呢？”

“那部电梯将会把你重新带回人间。”

我是对的，我真的没有死。我只是在一个很诡异的中转站而已。我盯着那部向上的电梯，想象着我的父母正面带微笑、张开双臂在天堂等我，心中非常激动。只要能让我再次拥抱我那高大、强壮的父亲，再抱一抱我的母亲，当她紧紧拥我入怀的时候，闻到她身上散发出来的欧莱雅发胶和迪奥香水的味道，我什么都可以放弃。在这个世界上，只有三个人让我有安全感和被爱的感觉，可现在，却要让我在他们中间做出选择。我到底应该怎么做呢？

我反复地看着向下和向上的两部电梯，感觉自己的脑袋都要炸掉了。我应该选择我的父母还是丹呢？我的父母在我的童年和少年时光里曾经是那么地爱我和珍惜我，而且我已经长达六年都没有见过他们了。而丹比这个世上的任何人都要爱我，并且他想要和我共度接下来的人生。

我想到了我的父母，他们相互搀扶着，一副满怀期待的表情。接着，我想到了丹——他会在楼上发现我死去的、裸着的躯体，他会把我抱在怀里，不停地摇晃我，并一遍一遍地哭喊着我的名字。

“对不起，”我对着那部向上的电梯低语，“爸爸妈妈，我非常非常地爱你们，多年来我一直梦想着能有机会再见到你们，再拥抱你们一次，并且告诉你们我爱你们……”——我的眼泪像断了线的珠子一样落了下来——“……可是，我并没有真的死去，没有。鲍勃给了我一个可以重新生活的机会，而且丹现在是孤孤单单的一个人，他需要我。你们是理解我的，对吗？我们有一个可以幸福生活的机会，而且我想那也是你们所希望看到的。但是，我决定要回去了。有一天，我会回来，而且我们会重新团聚——”

“露西？”鲍勃说，“一切都还好吧？”

我把他推开，在我改变主意之前快速地走到那部向下的电梯前面。“感谢你为我所做的一切；但是现在我要回家了。”

鲍勃的动作比林福德·克里斯蒂的冲刺还快。他冲到我的前面，站在那部向下的电梯前，伸开双臂拦住我。

“等等，”他说，“在我没有向你做出解释之前，你不可以搭这部电梯。”

“要解释什么？”我说，打算从他身边挤进去。“如果我上了这部天梯就可以再和丹在一起，你说过我可以再见他一次，你说过的。”

“我没有，”鲍勃说话的方式像一个任性的孩子。“我说你最好跟我在一起，我没让你自己选。”

“有区别吗？”

“向上你会进天堂，可以呆在那里等丹死后再相聚，或者回到人间做一个活死人。”

“什么？”

“一个活死人。”

我张了张口想说话，然而我理解了鲍勃所说的话，就没再出声。

“我只有变成僵尸才能回去吗？”我说。

鲍勃伸出手。“我们最好使用术语露西，是活死人。简单地说，你必须以未死者的身份回到人间，完成一项任务后你将变成幽灵，只有那样你才能与丹重聚。”

我唯一与丹在一起的方式是让我变成幽灵？我真的成为死人了。这太不公平，我还太年轻，我不想死，我不想啊。

“露西，你还好吧？”

我摇摇头，一句话也说不出来。如果我上天堂就得等到丹死那一天，如果他能活到80岁我岂不是要等……用手指算算……五十一年！让我投胎吧。我可以当一只睡鼠、一个醉鬼、一个僵尸、一只渡渡鸟、一只门钉……任何一件微不足道的东西都可以呀……

“为什么我不可以直接变成幽灵？”我问，“必须先变成僵尸？”

“活死人，”鲍勃咬文嚼字地说。

“随便吧。”

“根据第550.3条的规定，一个人想变成幽灵，”鲍勃背着手用一副公事公办的嘴脸说，“死亡者必须先完成一件有益于人类的任务。”

“例如？”

“嗯，”他把手伸进夹克口袋中掏出一个貌似黑色塑料计算器的东西。按了几个键之后，又叹息地停顿了一会儿。

“你，”他仰头看着我说，“可能必须帮一个以前从未谈过恋爱的人找到真爱。”

这是什么话？我想变成幽灵就必须找一个男朋友？

老实说在我活着的时候还真的试着撮合过几对。不过没有一对儿能成的，而且其中一位朋友还说我把在火车上认识的动物剥制师介绍给她，让她在心理上留下了阴影。话虽如此，并不是说我胜任不了这项工作，只能说我的运气比较差而已。

“我有多少时间？”我问。

“二十一天。”

“你在耍我？让我用三周的时间帮一个人找到他一生的挚爱？要知道找到丹我用了二十一年的时间。”

鲍勃耸耸肩。“二十一天是标准期限，露西。不会再延长了，世界上很多人想完成任务成为幽灵呢。如果你拒绝上天堂，又未能在规定时间内完成任务，那么后果是很严重的，”他瞥了一眼我身后那些面如死灰的人，“你会永远生活在伤痛与忙碌中。”

那些站在鲍勃办公室外围着我咕哝的人带给我的感觉极差。很明显，曾经经历过的某些事情让他们陷于长久的震惊、伤痛之中无法自拔。我无权指责他们，我只能说即使没有把握也要尽力一试，希望我能成为希拉·布莱克天使。

“我还有一个问题，”我说。

鲍勃点头。

“如果我以活死人的身份回到人间，并且顺利完成任务晋级为幽灵是不是就可以再跟丹在一起……”

“是的。”鲍勃说。我的直觉告诉我，他有一点敷衍我的意思。

“以后我还有机会上天堂？”

他摇摇头。“当你真的成为幽灵重返人间后，如果你选择建筑物作为守护的目标，那么只要这个建筑物存在你就会一直呆在人间。如果你选择一个人作为你追逐的目标，那么只要他活着你就只能是幽灵。当他死后你才能上天堂。”

“哦，上帝！”

“嘘，他老人家正在听着呢。”

“抱歉。”

“何去何从你还需要想一想吧？”鲍勃问。

我用力点点头。“能给我五分钟时间吗？”

“你可以一直想下去，”鲍勃说，“但是我希望你快一点，只要你愿意你可以一直使用我的办公室。”

我重重地坐在鲍勃对面的椅子上，以手抱头。这真不公平。我的生命是那么地精彩。好吧，我承认我设计的东西是有那么点儿单调。我已经遗忘了在艺术学校时打算设计与众不同的杂志封面和外包装的梦想，我已经不再是为超市自有品牌的洗衣粉设计盒子、为音乐学校设计宣传册的小设计师了。虽然我们的生活环境并不尽如人意。房间狭小，锅炉时好时坏，整个冬天房间里都冷得像冰窖，还得忍受难闻的气味。虽然我已经没有亲戚了，但我还有朋友，还有丹。丹是那个承诺要爱我一辈子的人。我所做的一切不过是希望我的爱人在那个特别的日子里能笑得更灿烂，上帝跟我开了一个天大的玩笑，让我在即将获得幸福的一刻离开了人世。这世道真是不公！并非我贪恋人生，我只想与我爱的男人结婚，过着还算体面的职业生活，或许有一天会生几个小孩子而已。难道我的要求很过分吗？

当我想到我最后一次见到丹的情景时，我的心中一阵内疚。在他想要最后再拥抱我一次的时候，我却推开了他。我还抱怨他没有帮我准备婚礼的事情。而接下来，天哪，我甚至在他离开的时候都没有费心和他说声“我爱你”，而他在开车离去的时候肯定以为我在生他的气。可那却成了他对我最后的印象。

“露西？”

我抬起头来。鲍勃正在戳着门边闪闪发光的把手。他看起来多少有点儿抱歉的样子。

“很抱歉要催你快做决定，因为有些新人要来这里，请问你想好了吗？”

我坐回在椅子上，直视鲍勃。

“是的，我已经想好了。”

“好，”鲍勃说，他指引我穿过那扇门，“去哪里？”

“我真的很想很想见我的父母，但是我不能连见都不再见丹一面就直接上天堂，”我说，“我无法在接下来的五十年里都一直在想他过得好不好。我要和他在一起，鲍勃。我要向他道歉，我要让他知道我爱他。”

“这就是你最后的决定？”鲍勃问我，他看起来多少有点失望的样子。“如果你上天堂只要做做简单的文书工作就可以了。”

“这是我最终的决定，”我说，声音变得更加自信，感觉像是在参加一场稀奇古怪的有奖竞猜节目。

“好的，露西。”鲍勃把一个大大的棕色信封交到我的手里。“你所需要的一切这里都有，如果我有什么漏掉的地方，相信你的新同居人会帮你补上。”

我看着他。“我要去哪儿？什么同居人？”

“露西，你将要加入幽灵模仿者之家。很快你就会遇到你的室友。”

我一把抓过信封按在胸口上，同时鲍勃拿出一把小钥匙伸进了下行电梯的插槽里。当红白相间的栅栏缓缓落下时，他伸出了手，“祝你好运，露西。二十一天后再见。”

“谢谢，鲍勃。”我与鲍勃紧紧地握了握手。

在我进电梯的时候，我的心，如果我还有心的话，在胸中激烈跳动，我颤抖着抓住了扶手。

“记住了，”鲍勃大喊，“任何时候你都可以回来。你不一定要呆满三周的，这个在手册里有。”

“手册，”我向他喊回，“好的，我记得了。”

电梯剧烈地颤抖着，我几乎是爬上去的。我究竟在做什么？我要帮谁找爱人？如果我真的变成了幽灵，丹还想见到我吗？

电梯呼呼向下，载着我向绿色的湿地行进。我要重回人间了，而且没有回头路。

第三章　陌生人

“哎唷，”我叫道，摸摸鼻子向后走，“现在该怎么办？”

电梯突然停了下来，我把头伸向一扇白色漆门。门没有把手，停着看了几秒钟后，我用脚试探性地点了点。看看没什么变化就很客气地敲敲门。“有人吗？”我问。

没人应声。

“有人吗？”我高喊，又用力地敲了敲门，“我是露西。”

仍然没有人应声，我开始感到恐惧。电梯让我觉得极不适应，我认为自己应该快点穿过这扇门。因为这里已经没有其他出路了。

我开始双手用力重重击门。“嗨！让我进去！”

门晃晃悠悠地打开了，出来一位瘦高的中年男人，他的头上是黑色的卷发，一个大鼻子下面是浓密的八字须。他的穿着比较简单，柠檬色的套头衫、白色短裤和皮凉鞋。

“需要帮忙吗？”他说。

“我是露西，”我说，拿出信封在他面前晃了晃，“鲍勃送我来的。”

那个男人翻了个白眼，叹了口气。没有我想象中的热情。

“好吧，”他抽回身说，“先进来吧。”

我疾步向前，头不小心碰在晾衣架上。每个衣架上都挂着彩色的套衫或者一对白色的布条。当我向前走时可以听到刺耳的声音。

“小心鞋子，”男人叫道。

我的脚下是一双双排列整齐的棕色凉鞋，每一双里面都有一对卷成球形的白袜子。结合身前那个男人的表现，我认为我正走在一个衣橱里。

“没问题，”我边说边退了一步。“别害怕，我不知道这是你的衣橱。”

“快出来吧。”

我低着头向前跳跃，一不小心脚底绊了下，脑袋向一堆已经生蛆的地毯倒去。那味道闻起来像煮烂的蔬菜。

“对不起，”我说，我匆忙站起来然后四处打量。我这到底是在哪儿呢?

卧室，没错，这绝对是一间卧室，而且是一个书呆子的卧室。墙角放着一张单人床，上面是被套。除此之外，还有一个堆满书籍的床头柜。每一面墙上都贴满了火车海报；一点空隙也没有留下。

当我正想评论一下屋子的装修风格时，衣橱的门被砰地一声关上了。负责培训的男人正在盯着我看，双手放在瘦削的大腿上。他的皮肤并没有脱落，行走也很正常。但他仍然是我所见过的最难看的男人。

我问他，“你也是僵尸……活死人吗？”

“是的，”他说话极慢，“我是。”

我上下打量着他，又咬着手指甲想了一会儿。虽然他看起来比较像人，但不代表我也会这样。我低头看看自己的手，她们柔软而粉嫩，不过我不敢保证自己的脸也是这样。我拍着自己的脸颊希望能活血。

“哪里出问题了？”培训师问。

“我还不确定，你有镜子吗？”

培训师在自己身上翻了翻，最后找出一面刮脸镜。

我屏住呼吸凝神观看。

还好，我还是棕色头发、蓝眼睛、细眉毛。我没有长出荒谬的宽前额，我的嘴巴也没有像妖魔一样垂在下面。眼睛下面的黑眼圈让我有点儿惊讶，但我随即想到沐浴前我好像把遮瑕膏擦去了。唷！我还是那个我。没有任何修饰，略显憔悴，但依旧光彩照人。

我还回镜子，“谢谢……”

“布莱恩。我会介绍你认识克莱尔，然后带你去你的房间。”

看来这里还有另一个女人。感谢上帝。或许我可以跟她谈谈，或许她可以成为一位并不了解我但却能为我指点迷津的朋友！

布莱恩带我离开他那乱糟糟的房间，我跟着他走进一条狭窄的回廊。走廊的地毯很脏。其实它们并不破，只是上面装饰着很多巨大的橙色布团。木制的墙壁一片昏暗，我看到走廊的尽头有一扇开着的门，门里是一个水槽。因为水垢的原因它看起来像是灰色的，给人感觉好像已经很多年没有清洗过了。

当我正想问问这里是不是还有第二间浴室时，布莱恩在一扇关着的门前停下敲了敲门。“克莱尔，我们有客人来了。”

“门是开着的，”一个女人的声音传了出来，“我又不吃人。”

布莱恩哼了一声，转向我说，“看你的亲和力了。”

他开门的时候我向后退了一步。显然克莱尔是个不好接近的人。布莱恩身上的气味则更难闻一些。

“你要进来吗？”一个声音大叫着。

我跟在布莱恩后面走进屋内，略显紧张地站在门口。屋中弥漫着浓浓的烟味，那是多种烟草和熏香混合后的香味，墙上还贴着一些我看不清楚的广告。之所以看不清楚是因为它们是重叠的，主唱的脸上贴着红黑相间的唇膏广告，只能看到他的金发碧眼。地板上全是衣服，大部分是黑色的，偶尔也有几件红色和粉色的。一位胖胖的身穿超大针织衫、粉色短裙、黑色裤袜，脚蹬一双军靴的女子正盘腿坐在房间一角的单人床上。她用她的小眼睛打量着我，“你是谁？”

“露西·布朗。”

“克莱尔。”

“幸会了。”

“随便你。”

嗯，又是一个不冷不热的招呼。实际上说不冷不热都有点言过其实，对方的态度是明显的不欢迎。

克莱尔脸上上着厚厚的浓妆，很难判断她到底有多大，我猜她可能在十八岁左右。她的脸色极其苍白，看起来有点儿像食尸鬼，她的眼睛闪着贪婪的目光，浓浓的黑眼线上是淡淡的眉毛。她的黑色针织衫外露着内衣的肩带，两只手腕上缠着厚厚的绉纱绷带。她看了我一眼说，“很好，我们又可以玩死亡游戏了。”

“不好意思，”我说，试着把我的视线从她的手腕上移开，但没成功。“什么游戏？”

她翻了个白眼说：“我们各自讲出自己死亡的经历，最悲惨的人可以重获新生。”

我屏住呼吸，我死在新婚前夜，还有比我惨的吗？或许我可以获胜，然后……

“上帝呀，你太容易受骗了，”克莱尔说，“看看你自己的表情，不但相信了居然还一脸甜蜜相。”

我一脸绝望地看向布莱恩，他则摇了摇头。“根本就没有死亡游戏，克莱尔只是跟你开个玩笑。”

“的确很好笑，”她嘲笑地冲布莱恩说，“我是自杀死的，他死于心脏病。轮到你了。”

“我从梯子上掉下来摔断了脖子。”

“哎呀。”

我盯着她说，“在我新婚的前一个晚上。”

“真的？”她说，上下打量我一阵。“我还以为你是要去赴晚宴呢。”

糟糕我忘了我身上还披着沾了血的床单。我把双手环绕在胸前，尽最大努力忽略掉克莱尔那嘲笑的语气，然后她依旧笑个不停。

“够了，”布莱恩说着抬起他的胳臂意欲带我离开这里，“我想我们的介绍应该结束了，来杯茶好吗？露西。”

我点头同意。我宁愿跟浑身臭烘烘的布莱恩在一起，也不愿意与那个心理变态的母牛为伍。

当我仓惶离开的时候，她还在对我喊：“再见，新娘子。”

关上门后我小声咕哝着“再见哥特人”，我似乎从未这样幽默过。

我跟着布莱恩穿过走廊，沿着未铺地毯的楼梯走到厨房。墙边靠着一个脏兮兮的烤炉，旁边还堆着一堆碟子和碗。每个独立的工作台面上都放着面包屑、盘子和空的食品包装袋。厨房中间的桌子上放了一碗苹果，苹果的表皮皱得像老年男子的睾丸。

“不好意思，”布莱恩边说边把一些报纸和杂志从椅子和地板上收拾起来。“我自己在的时候还定期清扫一下，克莱尔来了之后就这样了。”

我深表同情地耸了耸肩，然后望着我面前染满茶垢的茶杯。有一只已经发霉了。它让我隐隐约约想起了我为丹做的第一餐（那是一顿特别不成功的未煮熟的泰式咖喱鸡）。

“更糟的我也见过。”我坐了下来。

布莱恩指着唯一一个比较干净的灶台说，“这是我用的，那个碗柜也是。我会让克莱尔清理出一个碗柜给你。”“谢谢，”我口头答应着，心里却极不以为然，我认为让克莱尔收拾碗柜的几率比跟布莱恩借双凉鞋参加晚会的几率还要低。

“你在这里多久了？”当他灌满茶壶又找到两个干净的大杯子后我问他。

“五天。”

“你在继续你的任务吗？”

他耸耸肩说，“我不想谈这个问题。”

很明显我将来的下场也不会很好，不过这倒是提醒我了，我还没打开我的信封呢。

“现在可以打开它了吗？”我拿着信封在布莱恩面前晃晃说。

“你还没打开吗？”他明显在逃避这个话题。“其他鬼早在电梯上就已经打开了。”

说实在的，我一点儿也没有做鬼的感觉。实际上，我根本就不认为我已经死了。我感觉自己好像在读大学，只不过运气不好遇上了世界上最差劲的室友。我的手划过信封慢慢抽出信件，小心翼翼地避免任何东西掉在肮脏的地板上。

最上面一张纸上写着抬头“任务明细：露西·布朗。”我大略看了一下：

幽灵申请者姓名：露西·布朗

年龄：28

死因：脖颈断裂（这让我感到恐惧）

希望成为幽灵的原因：能够追随未婚夫丹（听起来有点儿毛骨悚然，不过事实的确如此）

任务：帮助完全陌生的人找到他一生的挚爱

陌生人姓名：阿奇博尔德·汉弗莱-史密斯

年龄： 30

职业：计算机程序员

工作地点：比茨计算机公司，伦敦托特纳姆法院路113号

“哦，上帝，”我说，“他真是个怪人，听起来条件蛮不错的。”

布莱恩把一杯茶放到空着的麦片粥盒里。“谁是个怪人？”

“我的任务。他的名字叫阿奇博尔德，谁家的孩子会起这种名字，阿奇博尔德！

“我父亲就叫阿奇博尔德。”布莱恩说。

“哦，对不起。”我不好意思地说。

“没关系。”他耸耸肩，“他老人家已经去世很久了。”

我感到脸颊发热，赶紧打开第二页继续观看。这是一份三英寸厚的装订成册的文献，名为“幽灵申请人的规矩与规则”。

“你可能想看看这个，”布莱恩评论说，“这里面写了许多你不可以做的事情。”

“例如？”我问。

布莱恩笑起来的时候给人的感觉很古怪。他的眼睛隐藏在眯着的眼睑后，他的嘴唇消失在浓密的胡须下。你可以清楚地看到他的鼻毛……以及一切有趣的东西。真是奇怪，一个对厨房卫生如此紧张的人居然会忽略掉自己的个人卫生。

“我会让你自己明白的。”他说。

我拿起自己的茶杯，倒满水。“我还有饮水的能力吗？或者水会穿肠而过？”

布莱恩拿起他的茶杯，啜了一小口。“你还不是幽灵，露西。暂时你的一切都如常人，能吃能喝能睡能拉。”

“好极了。”

“你问吧。”

“还有我不能做的吗？”

“你们在谈论些什么？”克莱尔懒散地倚在门口摆出一副不耐烦的神情。

“与你无关。”我说。

“是吗？”

在我还没弄清楚状况之前，她已经一个箭步冲到我面前把我指南里的第一张表格抢到了手里。当我试着抢回它的时候，她已经跳回门口站在那里瞧了。

“希望成为幽灵的原因，”她念道，“能够追随未婚夫丹？丹就是那个你想要嫁的人？”

我看了看放在麦片粥盒边涂满黄油的盘子。如果我用黄油刀去捅克莱尔的话，她会不会死两次？

“正是如此，”我说。

“你还想跟着他？”

“不是跟着他，是需要和他在一起。我还有话要跟他说。”

她大笑不已。像她这样外表粗犷的女孩儿也能笑出这样的高音真是令人惊讶。“说谎！你想去盯着他证明他还没忘了你。”

“不，我没有，”我跳起来从她手里抢回了那张纸。“老天呀，我死了还不到二十四个小时呢。”

“可怜的永远不能成为新娘的小妞你什么时候死的？”

“昨天，三月二十三日星期五晚七点三十分许。”

“你在说什么？”克莱尔说，扬起了她那纤细的眉毛，“如果我告诉你今天是四月二十七日星期六呢？”

“我会说你是个骗子。”

“是吗？”

我往边上让了让，克莱尔弯下身去翻那些布莱恩收拾在地板上的报纸和杂志。

“啊哈！”她叫道，在我面前挥舞着一份《每日先驱报》。“证据。”

我一把抓住。“让我看看。”

报纸的右上角写着“四月二十七日，星期六”。我感到难以接受，然后一下子坐在地上。她是对的。

“布莱恩，”我低声说，“发生了什么？为什么会凭空少了一个月？”

“世界上只有时间是永恒的，”他说，把手里的大杯子放回桌上，然后竖起拇指做了个手势。

“也就是说我真的已经死了一个月了？”

“应该是。”

“可怜的小露西。”克莱尔从门口说，“还在担心丹会不会变心吗?

“布莱恩，”我没有搭理克莱尔，“我想现在就看看我的房间。”

“没问题。”

当我转身背向克莱尔的时候以为她的魔爪会从背后攻击我，但她没有。我跟着布莱恩走出厨房，直到踏上台阶的时候还听她在咕哝，“永远也当不上新娘”。

我转回身来，“说话注意点儿，克莱尔，别自找没趣。”

她抬了抬眉毛瞪着我。我也毫不示弱地瞪回去，并且下决心绝不先屈服。我可是玩瞪眼游戏的高手，百战百胜。

“你少说了个你字，露西。”

哦。

一派胡言。

“你的房间，”当我快步跑上台阶的时候，布莱恩说，“就在我的边上。”

“不错，”我气喘吁吁地说，“我很高兴。”

我说的是真心话，虽然从他的房门中不断传出各种难闻的气味。总之离克莱尔越远越好。并不是说我喜欢布莱恩的那股味儿，而是她说我担心丹会变心的那些话真的令人伤心。她说得全然不对。他爱我，他想我嫁给她，而且我也才死了一个月而已。他当然不会背叛我。

“喂，”布莱恩踱到我房间来，坐在我的床上说，“你确定不会介意被一堆东西包围着？”

什么东西？他究竟在说什么？我的天啊。是丹把他的鞋子随意地扔在洗衣篮里？还是他把在布赖顿码头为我赢来的红色大象扔到了床上？这里的东西多着呢——丹的隐形眼镜浸泡液、一堆CD和他的PSP，还有我在读的书都堆在他的床头柜里。我那边则整齐地摆放着一盒子物品和半杯水。我看着门框突然感到一阵眩晕。

“这是我的房间，”我说，“这是我和丹的房间。”

布莱恩看了我一眼，“是的，我知道这是。”

“准确地说这与我生前的屋子一样。”

“没那个好，”布莱恩说，床上的弹簧果然不太好。“我不知道他们是怎么做到的？但是的确每个人都得到一个与生前相似的卧室。”

“为什么？”

“照我的理解他们可能觉得这样子有助于我们适应新生活。”

我认为这是一件很恐怖的事情，比参加大独裁者那个变态节目还可怕，不是用可怕的任务赶你出局，而是直接弄死你，然后用以往的生活来折磨你。

“我觉得这简直是变态。”我说。

布莱恩从床上站起来走到我身边。气氛有点凝重，我以为他要走过来抱紧我呢，结果他却绕过我直接回到了自己的屋子里。

在他的身影即将消失的时候，传过来一句话，“我认为这实际上是件好事，我弄丢了我在火车上的海报。”

当台阶的吱吱声传来时我觉得自己可能会跟在他的后面，但最终我还是跳进了屋里，匆忙间我的大腿还碰到了桌角。我有痛感，我真的感觉到了，步履蹒跚的我差点儿把首饰盒扔出去。盒子还呆在我放的位置上，因为曾经摔坏了铰链所以永远关不上盖。里面装着几条项链、一些不成对儿的耳环（它们的另一半已经永远地丢失了）、还有一些过生日时丹买给我的银的或玉的手镯，它们呆在上面摇摇欲坠。我看了下自己左手的第三根手指，哦，不！我的订婚戒指不见了。

我把耳环和项链倒在地上，翻遍了整个盒子。我的戒指呢？在哪里？我打开抽屉把它们扔在地上。当我在门口与丹道别时我确定自己还戴着戒指，然后……然后，我在卧室里脱掉衣服走到浴室去。等等，我想起来了，在去浴室之前我到过床头柜前，去那里找找看。

在这里了，这是一枚白金戒指，上面的钻石是从一位单身贵妇提供的大钻上切下的。丹自己一个人在邦德大街的首饰店里选中了它，然后一直藏在身边，去年我们到新福里斯特露营时才送给我的。

当时的旅行让我疲累不堪，只想着爬进帐篷里睡一觉，但是丹坚持说我们必须先生火。

“那样会好一些，”他说着从帆布背包里拿出一把引火之物，还有两支金属叉和一些蜀葵糖。“看，星星就快出来了，在这样的夜晚吃蜀葵糖真是完美。”

他的笑容很宽厚，他的眼神很热情，让我无法拒绝，很快我就开始行动并且真的点燃了世界上最小的一堆篝火，而丹则坐在边上穿蜀葵糖。

“露西，”当我正在捅火的时候，他从我身后说。

“嗯。”

“露西，你想来一块蜀葵糖吗？”

“稍等。我正打算——”

“露西·布朗。”

他喊我名字的时候，声音格外地温柔，我不禁心跳加快。当我回过头时，发现他正跪在那里，粉色的蜀葵糖上面平放着一枚戒指。

“露西·布朗，你愿意嫁给我吗？”

接下来的情景我记不真切了——总之就是流泪、接吻、说愿意愿意，然后又是流泪、接吻等等——后来丹慢慢地把戒指套在我的左手第三根手指上。

“如果这是真的，”他憨笑着说，“你刚刚造就了世界上最幸福的男人。”

我把戒指从床头柜中取出，按在我的唇上，泪水渐渐模糊了双眼，滑满脸颊。如果我能成为幽灵之家的幸存者，顺利完成任务，那么我要做的第一件事就是去看看丹。

我大踏步走下台阶，猛地打开前面的大门，走到大街上。天空中橙、红、金三色相间，周围的街灯发出低微的嗡嗡声，闪烁着生命的光彩。计划，我必须先制定一个计划。要怎样做才好呢？为什么我在自言自语地说个不停？为什么正在过马路的老人看到我之后像看到圣诞节礼物一样露出吃惊的表情？

天啊！我身上还穿着带血的外衣。

我拉上衣服，立即关上门回到自己的房间里。衣服，我需要可体的衣服。但是谁能告诉我要去看自己伤心欲绝的男朋友，然后告诉他“嗨，亲爱的我敢说你从未想过还能再见到我”时，应该穿什么样的衣服。

我猛地拉开抽屉，找出一条黑裤子、一件合适的内衣、我的牛仔裤、一双带条纹的短袜和一件舒适的灰色外套。我飞快地套上衣服和牛仔裤，整个人打扮起来简直跟那天晚上一模一样。当我站在门边的穿衣镜前时，不自觉地露出一丝微笑。我又审视了自己一遍。我——露西·布朗，五英尺七英寸高、12号的鞋码（如果在生理周期可能会接近14号）、绿眼睛、还有一头齐肩宽的长发。我知道丹一定会认出我。

当前门在我身后关上的时候，我突然意识到我不知道自己身在何处。从街道上看好像是一条普通的伦敦街道，带阳台的房子、精致的小前院（有些地方还能看到垃圾，另外一些铺着沙石的路则比较干净）、鸽子们正在啄路面上的口香糖斑痕，远处还传来警车和消防车的声音，一切都很熟悉，但是我在哪儿？一位身材壮硕的男子正在穿过马路，他的身后是一位穿着高跟鞋的女性，她边走边喊，“迈克！等等我！”而他却渐行渐远。我想追上去问问，可是我还没来得及喊，他们就已经进了一所房子了。

线索，我需要线索，或者说谁能给我提供线索。路那头儿有三个十几岁的孩子，他们坐在房前的一面低矮的砖墙上，打着响指，毫无顾忌地说笑着。我尽量让自己放松并向他们走去。看着街道，我告诉自己，要放松，要保持平常心。经过一辆车的时候我借着车窗观察了一下自己的形象，我有点儿像中风后的埃米纳姆。

“不好意思，”当我离那群青年比较近的时候问道，“请问这里是伦敦的什么地方？”

带着巴宝莉篮球帽的一个男孩子理也不理我，径自说话，“昨晚运气好吗？”

“不是，我……”

“你是出来拉客的吗？”一个女孩儿说，她穿着低腰牛仔，露出穿着脐环的中腹部。

“能谈谈吗？”一个男孩儿吹着口哨说。

“你这个该死的和事佬，”她说，转头盯着男孩儿说，“婊子养的。”

“请问，”我说，“能告诉我这是哪儿吗？我想回家。”

“给我十美元我就告诉你，”女孩子说，伸出了指甲修剪得很整齐的手。

“做梦，”我叹了口气，“我会自己找到路的。”

当我走开的时候，他们一起大笑。当我走到街头的时候还能听到他们的笑声和尖叫声。转过拐角后，我向着一个公共汽车站走去。看了站牌之后才知道我居然在基尔伯恩。这里距离丹和我居住的西汉普斯特只有十分钟的路程。

一辆车从街角驶来，我翻了一下自己的包，找些零钱准备坐汽车，百忙之中还瞥了一眼注释部分。整个任务中我的活动经费是二百英镑！不知道这些钱是从哪儿来的。可能是从我的银行卡或者信用卡里支取的，不知道我的驾照和图书证还好用不？每一件刻有我名字的东西都可以照常运转吧。

走一步算一步吧，我买了票上车，看来我应该读读手册了。

我看着窗外，车子载着我离丹越来越近了。无论我看向哪里，看到的都是人们在走路、争论和欢笑。他们或在小店外聚成一团，或在网吧前排队等机器；小超市门前人来人往，人们手里的袋子中装着鲜奶、面包和啤酒，包裹随着他们的手腕在不停晃动。我看着太阳已经落到店面的屋顶上了，人们是时候下班回家了，这时候他们应该坐在电视机前，在卧室里享用美食；又或者拉上窗帘，静享安宁。总之他们依旧过着平凡的生活，根本什么事也没有发生。我不是戴安娜王妃，也不是安娜·妮可·史密斯或希斯·莱杰这样的名流。对于公众来说我只是个无足轻重的小人物。我只是来自伦敦的露西·布朗，现年28岁。除了公寓里的室友之外，只有极少数人知道我又活着回到人间了。

坐在我旁边座位上的那位老妇人开始不断地翻她的包，我转头看着她。她身材矮小，头上戴着干净的雨帽，把她那蓝色的卷发遮盖了大半，长满深深皱纹的前额也因此而更加显眼。可怜的老妇人，她终于从包的底部摸出一块皱皱巴巴的太妃糖放到嘴里，她应该时刻面临着死亡的威胁。或许我可以跟她谈谈帮她放松一下，消除恐惧。说起来我对死亡也算是很有心得的。

我清了清喉咙，“打扰了。”

她看了我一眼，面含笑容地说，“想来块儿太妃糖吗？”回头又向她的包里翻，“我好像还有一块来着。”

“不了，谢谢，”我说，“我只是想跟你谈谈。”

“你一个人？”她问，用她那单薄的手拍拍我的后背。“这没什么，人总有孤独的时候。”

“不，不，”我说，“我只想跟你讨论一下死亡的问题。”

“死亡？”她重复了一下，面现不悦。

“是的，”我说，我温柔地握着她瘦削的手，眼里充满了同情的泪光。“我只是想让你知道死亡并不可怕，所有你曾经爱过并失去的人都在天堂等着你。你所要做的不过是……”

“救命呀！”老妇人大声喊道，一下子离我老远，在车厢里发疯似地走动着，“救命呀！有人在向我宣扬迷信。救命！救命！”

“不，”我说，当所有人都转头看向我时，我的心抖成一团，“你误会我了，我只是想……”

在我还没弄清楚事情之前，一个中年男子晃晃悠悠地走了过来，用手指着我的脸。

他的脸已经涨成酱紫色，“你这种人，不是整天上别人家敲门就是在公交车上缠人，真不知羞耻。”

“我，我，我……”情急之下我也有点儿口吃起来。我向车窗外张望希望能找出一个合理的解释，以便于自圆其说，“我，嗯，那个我到站了！”

几秒钟后汽车一阵晃动停了下来，我离开座位，三步并作两步从阶梯上蹦下去，走到大街上。太阳已经落到地平线以下，幽暗的暮霭已经落下。只有几处街灯还在闪烁、摇曳，偶尔发出嗡嗡声。街上的地砖闪着温暖的橙光。路边白底黑字的指示牌让我产生了强烈的反应，怀特大街，西北6号，我的家。

我等着人群从车站散去之后，跟在他们后面走到离我家最近的一个街灯下面，然后驻足于此在暗处徘徊。

家里亮着灯，窗帘是拉开的，电视在客厅的一角闪烁着光芒。客厅的最里面是两个书架，一个用来装我的书籍，另一个装满了丹的DVD和电脑游戏。书架上面有一个我在泰国度假时弄到的木雕象、一个黑色的金属支架上支着两支教堂里常用的蜡烛、丹在伦敦获得广告大奖的获奖证明——一个银质塑像，以及一株半死不活的吊兰。书架前是一个沙发，一个人正蜷缩在上面，手里抱着一个垫子，双腿蜷曲在身下。

是丹。

在汽车上的时候，我想象着自己跑到门前，狂按门铃然后和他拥抱在一起。然而现在我的胳臂发酸，我的嘴唇发干。我应该说什么？丹会说什么？你的女朋友并不会天天挣脱死亡来敲你的门。

电视的光线忽明忽暗地照着丹的面孔，我慢慢积蓄勇气决定做点儿什么。他正在看一个貌似照片的东西。他的肩膀在发抖，泪水落在面颊上。我的心脏在剧烈地收缩，我知道我应该从痛苦中走出了。我从未看到过他像这样子哭，从来没有。

我慢慢走近窗户，然后敲了敲。

“丹，”我喊道，“我回来了。”

他抬起头，忧伤而潮红的脸上出现了一种先是震惊继而狂喜的表情。

“是我！”我大喊，蹦跳着向他挥手，“我回来了！”

丹的表情突然发生变化。兴奋逐渐消退，取而代之的是无限的落寞，他的眉头皱了起来。我立刻被这种表情吓到了，手挥在空中一动不动。怎么了？为什么他的笑容不再？我立刻跑到门口用力砸门。

接下来，我感觉到门廊的灯开了，同时传来地板的吱呀声和沉重的脚步声。丹快来开门让我进去吧。

门慢慢打开。

“你好，”他说，透过门缝看着我，“请问需要帮忙吗？”

“哦，好极了，”我欣喜若狂地说，“让我进门，然后给我一个拥抱。”

“不好意思，”丹的眉头皱了皱，“我没听清，请再说一遍？”

“我知道我已经死掉了，”我像个疯子似地傻笑着说，“我确实是死了，只是某种程度上的死亡，现在我回来了，可以跟你在一起。当然首先我得完成任务，我将去……”

“你是谁？”他说，上下打量着我，“你想做什么？”

我感到一阵难受。丹的眼神说明了一些问题。他看我的眼神没有以往的兴奋，有的只是漠然和拒人于千里之外的冷淡。

“丹，是我呀，”我说着把手伸进门缝抚上他的面颊。“我是露西，你还好吗？你很吃惊吧？”

丹像被火烧了一样跳了起来，拍开我的手说：“你究竟要做什么？”

“让我进去，”当他要关上门时我求他，“别浪费时间了，你正在做伤害我的事情。”

“如果你失声了，”丹说，“街口有药剂师。”

然后他在我面前关上了门。

“丹，”我狂叫，用两只手腕拼命地砸门。“丹，我是露西，我是露西呀，你开开门。”

门又一次打开。

“听着。”丹一脸厌恶的表情出现在我面前。“我不知道你是谁，也不知道你想做什么，但我讨厌这个玩笑，你走吧。”

他猛地关上门，我看着门上昏暗的蓝油漆和闪着银光的门牌号，强咽泪水。究竟发生了什么？为什么他认不出我来，也不让我进去？

我又在门外站了很长一段时间，不停地喊着他的名字，但他根本不理睬我。绝望中，我移步到窗口，用力敲着玻璃。丹又坐在沙发上，以手抱头。

“我回来了，丹，”我哽咽着，“我回来跟你在一起了。”

他抬起头，目光穿过客厅与我的视线相遇。心动的一瞬间，我想他重新认出我了。接下来他猛地拉上窗帘，消失在我眼前。

我并没有直接回幽灵申请者之家。我漫步到樱草花山，坐在黑暗的长凳上，凝视着伦敦的夜空。如果此时我的心情不是如此地悲伤和孤单，眼前的美景还是很令人赏心悦目的。

丹哭泣的容颜总在我的脑海中挥之不去。我从未见他如此悲痛欲绝过。实际上，我们相识七年来他只哭泣过四次：

我父母去世后他来看我时。

当他的母亲告诉他自己罹患乳腺癌时，他没有当着母亲的面哭泣，后来他把头埋在我的臂弯里痛哭，泪水落在我的脖颈里。

一年后他的母亲说她的病情已经确定好转时。

再来是我们一起看DVD《辛德勒的名单》时，丹哭了。电影的结尾，当辛德勒抓着犹太人送给他的戒指哭喊，“我还可以救更多的人，多救一个犹太人、两个犹太人”时丹的哭声再也压抑不住。当我打开灯的时候他的眼睛还红红的。

一个小男孩儿可能经常会哭泣，但我从未见过一个男人如此哭泣。看着丹因我的死亡而一蹶不振是我一生中最恐怖的事情，我敢说在他透过窗户看到我的那一瞬间，他认出了我，回到人间这个决定无疑是正确的。当伦敦眼在地平线上出现的时候我已经彻底放松了，现在我还有更重要的事情去做。当我活着的时候他为我做了许多，现在他需要我。哪怕我只是一个鬼魂，让他知道我在看着他也好。

下定决心后我站了起来。如果我还想找出丹认不出我的原因，就必须立即回幽灵申请者之家，我没有时间用来浪费了。

回去的时候幽灵申请者之家里面灯火通明，所以我没有叫门直接推门，可是门却锁上了。

“布莱恩，”我透过信箱大叫，很害怕再一次被拒之门外。“我是露西，能让我进去吗？”

接着楼梯上传来一阵响声，沉重的脚步声过后门开了。

布莱恩从头到脚都包着战斗服：卡其布衫衣、迷彩服、军裤、肩上还有一双军靴。每一侧腮边都画着三道黑色的迷彩。

“哦，露西，感谢上帝你终于回来了。”

“我很高兴你想我，”我说，“我有许多问题需要问你，首先我想知道为什么……”

“我们可以晚点聊，”他说，抬手阻止我问下去。“我们需要先救克莱尔。”

“要怎么做？”

他重重地顿了顿那双沉重的黑靴子，“用她的话说，我要去踢爆这个家伙的头，来帮我吧。”

“什么！”我说，“你的意思是说要去帮她跟人打架吗？”

“当然不是，”他说着重重地关上门，“我要去阻止她做傻事，你得来帮我。”

“不，我不去，”我抗议道，“之前克莱尔对我一点也不友好，而且……”但是布莱恩已经走出大门像一个发疯了的动作男一样跑到街上了。

我回到前门处轻轻推门，门没有动，再多加点力仍是纹丝不动。可恶！我朝布莱恩望去，看来我不得不跟他一起去了，否则我就只好整夜坐在台阶上等他回来了。

我奋力跟在布莱恩身后，深一脚浅一脚跑得大腿生痛。死亡让我的腿脚发软，不适感至今尚存。太不公平了！

“布莱恩，”当我们跑到汽车站的时候我已经气喘吁吁了，“你以前在英国地方自卫队里呆过吗？”

他点了点头，用手捋了一下没有一点儿汗水的额头。“我曾经是，你……”突然他指着街道说，“汽车！”

的确，一辆红色的双层公共汽车正从街角驶来。上车后，布莱恩付了我们二人的车票然后爬到上层车厢。我跟在他后面靠着扶手的帮助才爬上去。他停在楼梯的顶端四处张望，眼睛左右转个不停，活像乒乓球比赛的裁判。

“我只是想找个座位，免得有人偷听我们的谈话。”他耳语的样子好像我们在执行某个秘密的武装任务。

我推开他，瘫坐在前排的一个座位上。

“如果我们坐在这里，”我猛地拉住他的手腕说，“就可以通过窗户检查一下是否有尾随者跟踪我们。”

“我理解你的意思是颠覆分子，露西。”他小心地坐在我的身边，注意保持距离，彼此之间没有身体接触。

我感到一阵脸红。“是的。”

“我们不是在找颠覆者，”他皱着眉说，“而是在找克莱尔，她告诉我她就在卡姆登的都柏林城堡俱乐部里。”

我惊奇地望着他，被他话中的暗示所震惊。即使克莱尔是个婊子，布莱恩满身臭味也不会妨碍我们之间的交流，因为我们可以通过直觉进行沟通。很神奇是吗？

“你也能看穿我的内心吗？布莱恩？”我用满怀希望的口吻说，“你能说说我正在想什么吗？”

“当然不能。”他矢口否认，像看疯子一样盯着我。“我跟克莱尔通电话了，在大厅的壁柜里、紧挨着厨房有一部电话机的。”

“哦。”

经过一段沉默后我看着窗外，下意识地开合着我的小钱袋。车窗下面的北伦敦依旧是一派喧闹景象。愤怒的司机在狂按着喇叭；年轻的小伙子倚着烤羊肉店的门口叼着烟卷四处张望，看哪个过路的女子比较正点；衣装笔挺的男人则急匆匆地往家中赶去，穿过正在笑闹的手拉着手的青年人时还要喊着借光；另外一些人则停在餐馆门口观看菜单。

“布莱恩，”我终于忍不住出声了，“我所有的卡和物品已经丢失，为什么身上还会有二百镑？”

他压低了声音说，“你有没有读手册呀？”

“我没有时间读，”看到一对儿在酒吧窗口打得火热的人后我向后靠了靠。“我想先去看看我的未婚夫。”

“结果呢？”

“真是太恐怖了。”我的下嘴唇在打着颤，努力抑制着不让自己哭出来。“他根本就不认识我了，布莱恩。”

“哦，露西，”他叹了口气，“如果你能先读一下手册就不会有这一出了。”

“但是我的样子并没有变，”我转向他说，“我对着镜子检查过了。”

“我知道你检查了，”布莱恩说，眼睛里泛着同情的柔和光芒，“我看你跟你看你是一样的，克莱尔也是如此。但是其他人，其他活着的人，他们看我们就有点不同了，露西。从观念上讲这是时空扭曲的必然结果。”

“什么意思？”我提心吊胆地问。

“你想象一下我正在粘一个陶人，”布莱恩把他的手放在我面前，“然后轻轻地压扁它。”他把两只手合在一起。“它还是一个陶人，只不过看起来不一样了。这就是在我们身上发生的变化。”

“但是丹能认出我来，”我说，“当他第一眼看到我的时候。”

布莱恩点头。“时空扭曲并不是即时发生的。它总有一定的时间延迟。”

“那我们的声音呢？”我问，“丹听不出是我？”

“听不出。你的声音会显得嘶哑，”布莱恩说，“第512.6条规则上说：如果你试着与一个生前熟识的人交流，就会受到干扰。说出的话别人听不到，写出的东西也会让人不知所云。如果你有阅读经验就会发现……”

“布莱恩你说对了，我应该看看手册的。”

当汽车从卡姆登高街的街角转过进入公园道的时候，我还纠结于时空扭转的问题上。音乐声从俱乐部里流淌出来，整个卡姆登大街都沉浸在周末的狂欢和放纵中。俱乐部与餐厅前人头涌动，哥特人、摇滚歌手、年轻的无赖、扳金工、街头艺术家和无家可归的流浪汉都聚集在一起，融入月色之中。我们被生命的活力所环绕。难怪克莱尔忍不住要来这里。

“我曾经在科文特加登见到过我的妈妈，”我哽咽着说，“或者说我认为我见到她了。那时她已经去世一个月了。”我扭头看向布莱恩。“那是不是意味着她也回到人间来执行任务了？”

“很有可能，”他貌似专家地说。

“但是她从未以幽灵的身份出现在我面前。你说她失败了吗？”

他摇了摇头。“有些人完成任务后也会选择不成为幽灵。”

“但是为什么会这样？这样之前的努力不是就毫无意义了？我们排除万难来完成任务，不就是为了出现在爱人面前吗？”

布莱恩大手一挥站了起来。“我们到站了。”

都柏林城堡里带给人的绝对是一种沉重的感觉。布莱恩一头钻进一群醉鬼堆里，我只能跟着他那黑色的毛茸茸的脑袋，看着他走向角落后面的一扇门，门上用我平生仅见的最丑陋的字体写着欲望男孩几个红黑相间的字。走近之后，一个穿着紧身黑T恤和牛仔外套的家伙伸出了一只手来。

“几个人？”他问，那声音仿佛他的鼻子下面粘着流苏，要透过它才能传出。

布莱恩翻了翻钱包拿出一张二十镑的钞票。“两个。”

瘦男孩儿抓住了布莱恩的钞票，然后在我们每人的手上随便地贴了个黑签。

“你们可以进去了。”他说。

身后的门砰砰直响，屋子里阵阵重击声音、尖叫声、猛烈的鼓声像炮轰一样攻击着我的耳朵。这里很暗，散发着啤酒和汗的臭味，压抑的感觉让我认为自己基本没有呼吸的空间（这里比地狱边境的情况更糟）。布莱恩掂起脚尖在黑暗中环视。

“露西，”他在我的耳边大吼，“我认出克莱尔出事的地点了，我能看到血迹。”

“血，”我重复说，“糟糕。”

我顺着布莱恩手指的方向从人群中挤去，行走的过程中无数的手肘和膝盖有意无意地撞向我，对这一切我不管不顾。突然有什么东西撞到了我的后背，一些温热的液体顺着我的脖子和脊柱直往下流。

希望这是贮藏啤酒，我暗自祈祷，一边用力向舞台上挤去。

乐队很引人注目。一个身材短小染了头发的主唱正对着他的麦克尖叫，同时胖墩墩的鼓手正像精神错乱的疯子一样在乱挥一通。只有低音歌手完全安静地站在那里，双眼闭合，只有不断动弹的双手才能证明他没有在那儿站着睡。

“看，”布莱恩抓住了我的肩膀，“她在那儿。”

克莱尔后背着地躺在地板上，她的黑靴子空着，短裙也卷到了腰上露出覆盖着鱼网的臀部。她的一个鼻孔上还有血痕，这让她的面容少了几分可怕。一个金发碧眼穿着红色内衣的女人正骑在她的身上，不断地把克莱尔的脑袋撞向地板。克莱尔则揪着她的衣服用拳头回击她。她们的脸上都是红色的，呼吸微弱。

她们就像参加世界摔跤联盟的两个哥特式选手一样扭在一起。

布莱恩终于赶到，他的嘴巴大张着。“嗨，”我说，重重地击了一下他的胳臂，“做什么呢！快点儿分开她们。”

他向前走了几步，但是很快停了下来，并且退回原地。“我好像没受过基本的武装训练呀，露西。”

我翻了个白眼。“天啊，哪有那么复杂，分开她们就是了，我帮你。”

激动和愚蠢推动着我分开人群走向吵架的现场。

“抓住她，”我指挥布莱恩去捉那个瘦女人，“我把克莱尔弄走。”

布莱恩猛地扑上去用双臂圈住了正在攻击克莱尔的女人，把她举了起来。同时我抓住克莱尔的手试着把她拖出来。在我还没反应过来之前，她空着的手划过一道曲线正击在我的下巴上。我向后绊倒，一阵轻微的眩晕过后又上前抓住她。

“滚开，”她尖叫道，面目可怖得像神话中恐怖的蛇妖。“我还行。”

“上帝呀，克莱尔，”我叫道，揉着自己的下巴，“我怕你被人打死。”

“我不会死，”她发出嘘声，“你不记得了？”

“是的，”人群中几个小伙子跟着起哄。“我们将获得永生，摇滚万岁！”

布莱恩把皮包骨头的金发女人拖到舞台的另一侧，女人的手腕不断撞击他的头部。他的下巴咬得紧紧地，由此我可以断定他也很痛。

“克莱尔，”我大叫，“你想让布莱恩也受伤吗？”

她看了看布莱恩，表情多少柔和了一些。

“很好，”克莱尔跳着脚说，“我明天收拾她。”

当我们从俱乐部里撤出来的时候，人群依然涌动不息，我们跌跌撞撞地走到前门口，克莱尔歇斯底里地笑了一路。

“看，”当我们走到街上时我说，“这里有我们坐的公交车。”

“扯淡，”克莱尔说，“我现在高兴，我要一路走回去。”

当她在那里折腾的时候我大叫：“够了，克莱尔！”

汽车在我们身边呼啸而过，我只能目送它渐行渐远。

可恶。

如果这辆车真是我们要坐的那趟，那下一班要一个小时以后才会来。现在我应该怎么办呢？我看着克莱尔消失在远处不得不作出决定，我必须跟着她。其实她只是个孩子。我用一只手揉揉胸脯后准备开始慢跑。加油，继续跑！

“让我一个人呆着。”克莱尔发现我跟在后面的时候朝我吼叫道。

我气喘吁吁地说："不行，我错过公车了。"

"好极了。"

"好极了。"

我们在沉默中行走着，我的脑子里有无数的话想说。我不习惯这样长时间的静默，这使我很不舒服。郁闷的时间越长，我越担心自己会像精神病患者那样用异常的方式表达出自己的想法。我盯着克莱尔，自私鬼、母狗、母牛、肥婆、狗杂种、野蛮人、臭娘们儿等称呼在我脑中呼啸而过。

我强迫自己露出一个笑脸儿说："现在你可以告诉我今晚发生什么事了吗？"

"我为什么要说？"克莱尔说着又加快了自己的步伐。

我一溜小跑地跟着她，决定绝不放弃。"因为在我努力帮助你的时候却被你饱以老拳，你不该给我个解释吗？"

"你太好管闲事了，"她说，眉毛扬了扬，"如果你知道刚才那个臭娘们儿跟基思一起睡了就会明白我什么要打她。由于静默条例我说不出话就只能直接扇她了。"

"谁是基思？"

"可怜的女孩儿。"她盯着我说，"你是白痴还是太落伍？基思·克兰克是欲望男孩的主唱。你这个笨蛋，今晚他也在舞台上。"

"你为什么那么介意她跟基思一起睡的事儿？"我忽略掉笨蛋的称呼后说。

"因为我跟他睡完半个小时之后她就跟他睡了。"

"今晚？"

"我死前三个小时的事儿。"

"但是你……"

"是的，我是自杀的。"

我应该如何开解她？我以前可从未遇上过自杀的人，或者其他因感情而死掉的人。

“基思是你的男友？”我冒险一问。

她耸耸肩说：“我也不知道。跟一个人做爱五次算吗？”

“我不确定。”

“你知道他是一个诗人，”克莱尔继续说，疑心很重地看着我。“他真的是个很甜蜜很细心的情人，在没有参加乐队之前他在宠物之家工作。”

“宠物之家，”我重复道，“好吧，那么你们是怎么认识的？你是个乐迷吗？

“不是。”她盯着我看，好像觉得我把她归为西城男孩儿的粉丝了。“我到乐队面试。不用觉得惊奇，露西，实际上我擅长吉他。”

“那为什么他们没用你？”

“你在乐队里看到过几个胖妞？”说话间我们拐过了街角。

我想了一下，觉得还是要说点儿什么让她觉得好一些。我得帮她找个榜样式的人物，鼓励一下。

“妈妈爸爸乐队的马斯·卡斯怎么样？”我说，“她也是个肥胖的天才，但是她就没有自杀。她是死在吃三明治的时候……”

“住嘴，露西，”克莱尔咬牙说，“你这个臭婊子。”

之后在回家的路上她没有再说一句话。

第四章　面试

“早啊，露西，”冰箱上的一张便条写着，“来街角的咖啡厅吃早餐吧。我们在那儿等你，今天是周一。”

我擦擦眼睛再次读了一下便条。

什么？星期一！怎么可能？

周六晚跟克莱尔回到幽灵申请者之家后我倒头便睡，而克莱尔则回到她的屋子里用最大音量播放欲望男孩的音乐，并且在屋子里蹦个不停。整个周日我都睡不着。

我盖上茶壶，又从窗户前抓起一个生蛆的陶瓷罐。咖啡，咖啡可以帮我平静下来，想想下一步何去何从。

我扭开盖子向里面看了看。可恶，是空的。看来我想要喝咖啡还真得到咖啡厅去找布莱恩和克莱尔。可恶的克莱尔，我是多么地需要这个周一的早晨呀。至少在拿着我的任务信封走出这个房间的时候我应该是理智的，还好便条证明了布莱恩已经把这里当成了自己的家（虽然从技术上讲我已经死了，但是你应该知道我的意思）。

正如我所料，克莱尔在早餐期间表现得出奇地安静。当我走进虽然明亮但却略显老旧的咖啡厅时，她抬眼看到了我，又随即低下了头。她在咬着香肠的时候脸上也写满了不安。

“嗨，露西。”当我拉开一把椅子坐下后布莱恩爽朗地和我打招呼。

他看起来很吓人。左眼被打得乌青，肿得像个鸡蛋，脸颊上还有几道抓痕。

“我的天呀，”我说，“你看起来好可怕呀。”

克莱尔并没有半点儿羞愧之色，或者表现出半点儿负疚感。她只是不断地叉起早餐向自己的嘴里塞。

布莱恩耸耸肩：“实际情况比表现得更糟。”

我点了一份全素食的早餐开始狼吞虎咽。三十六小时的睡眠让我的食欲大增。我顾不得满口食物，问布莱恩我离开俱乐部之后又发生了什么事情。他生气地说没什么，但好像那个金发女人对于他的插手很是不满，在他用双臂拖住她的时候不停地攻击他的面部。

“接着我就回家了，”布莱恩说，“直接上床睡觉。”

我啜着自己的咖啡，品味着那略带温暖的感觉。“为什么我会睡这么久？我以前从未这样睡过。”

“哦，那就打电话给吉尼斯纪录。”克莱尔咕哝着。

我看向她，“你说什么？”

“滚开，露西。”

我张开嘴巴还想说下去却被布莱恩打断了。“我想你睡这么久可能是因为从地狱边境转到人间还不适应的原因。”我刚来这儿的时候，睡眠时间是过去的两倍。我想圣人在给我们设定二十一天期限的时候应该考虑到这个因素吧，时间再长些就好了。

“是的，有可能。”我说，“我很担心时间不够用。今天已经是第三天了，而我还没有开始去找那个叫阿奇的人。”

“别把自己逼得太紧，”布莱恩说着，在他的吐司上抹了厚厚一层奶油。“你的第一天已经很激烈了，第一个夜晚则更加激情。”

“是的，昨晚真有点儿像疯子。”

克莱尔把刀叉放在她的盘子上，然后突然把椅子向后拉，发出刺耳的声响。

“我先走怎么样，”她说，“让你们两个人继续留在背后嚼舌头。这样会让你快活一些吧？露西？”

“我……”还没等我解释，她已经扬长而去。

“看起来我又得替她的早餐买单了。”当咖啡厅的大门重重关上的时候，布莱恩说。

我看着他。“为什么她总是对我横加指责？”

他用拇指擦了擦上唇并拍掉了沾在胡须上的一点儿鸡蛋渣。一把茶壶突然从天而降，落在我们旁边的桌子上。坐在那里的老妇人发出一阵尖叫。

“她跟每个人都处不来，”布莱恩说，旁边那两位很明显是靠养老金生活的老人正在手忙脚乱地从滚热的茶水中抢救自己的烤饼。“并不是针对你。”

我用餐巾纸擦了擦嘴，然后拾起我的信封。

“我需要读读手册，”我说，“看看有什么法子能让丹认出我。”

“没有办法。”布莱恩打断了我。

“然后，”我刻意忽略了这位百晓生的意见，“我需要找到与阿奇有关的人。房间里有电脑和网络吗？”

布莱恩摇摇头。“不，就算有我也不会用。我是那种使用笔和笔记本的人。你可以试试去图书馆？”

“图书馆？很好。”

“我得先走了，露西，”他站起来说，“我得继续自己的任务。”

“好的，”我笑着翻开了手册。“祝你好运。”

手册共分为七大块：

1）你可以做的事情

2）你不可以做的事情

3）初入时的适应指南

4）幽灵申请者之家的家政条例

5）完成任务后应做的事情

6）完不成任务时应做的事情

7）如果你改变主意不想再完成任务时应该如何做

第二部分“你不可以做的事情”是最厚的，我的眼睛立刻被一个标题吸引过去“你不可以与生前认识的人进行联络”。具体项的说明如下：

“禁止试图与任何一名生前认识的人进行联络。他们包括但并不限于：父母、兄弟姐妹、伴侣、爱人、堂/表兄弟姐妹、婶婶、叔叔、上司、下属、朋友、认识的人、有商务往来的人、俱乐部成员、健身馆成员、志同道合的伙伴、送报人、商店售货员、邮递员、医生、公务人员等。”

名单特别长，所以我只粗略地看了看。

“如果你试着与生前认识的人联络，就会出现下列现象：

1）他们会认不出你；

2）他们无法领会你的意图（参看第566页的缄默条例）；

3）你所发出的任何信号或联络都会被打断并引起误解；

4）你通过写作、符号、信件或技术进行的任何联络尝试都将无法辨认，对方亦无法理解；

5）你若想通过其他人与某人进行联络，你所表达的意思亦会被误解（参看673页媒介与心理条例）。

这就是为什么丹会赶我走。他并不是残忍也没有被洗脑，他只是搞不懂我的意思。

布莱恩是正确的。

我根本没有办法让丹认出我或者理解我说的话。如果我能与他在一起的唯一方法就是快点成为幽灵，那么我得赶紧完成任务了。除此之外别无选择。

我叹了口气拍了拍手册。我不可能把手册全部读完，不然的话再给十八天也不够用。我得快点儿采取行动。任务一：找出更多关于阿奇博尔德·汉弗莱–史密斯的资料。

谁是图书馆里主管网络服务的人？那个长得像辛普森的人会和善地无偿向我提供电脑并告诉我如何登录吗？还好这一切我都解决了。现在我要做的是在谷歌上输入阿奇博尔德的全名，然后按下回车键，或许我能得到他的邮箱地址，又或许运气好会有他的电话，然后我就……

你的搜索——阿奇博尔德·汉弗莱–史密斯——并没有匹配的资料。

什么？怎么会没有？一点儿消息也没有？如果你够认真，谷歌可以帮你找到奥萨玛·本·拉登。

再试一次，这一次我输入的是“比茨计算机公司”。我默默祈祷后按下回车键，希望能有所收获。结果出来了……

比茨计算机公司(伦敦)——软件设计与开发专家。

就是它了！

很好，在“关于我们”一栏里应该有他的工作地点吧……

没有，这里没有任何与阿奇有关的内容，确切地说根本就没有提到过任何员工。有的只是一些与软件有关的术语，看得我一个头两个大。我疯狂地乱击着其他链接。

没有，没有，没有！

现在我想找阿奇面临着下面的困难：

a）我不知道他长得什么样；

b）我不知道他的电话号码；

c）我也没有他的邮箱地址。

我唯一的选择就是把电话打到比茨计算机公司，直接找他本人，但是我要怎么说呢？“嗨，你想不想与女孩儿约会找到你的爱人？”他一定会认为我是一个风骚的晚间电视广告女郎。

哦，等等，这里还有一个链接我漏掉了，因为它的字体太小，并隐藏在页面的右下角处。

招聘。

希望这里有招图形设计的，求你了上帝……哎……

招聘网页设计师。必须精通Photoshop，HTML，Javascript和CSS，眼光独到。 有丰富的工作经验。

更多详情请致电格雷厄姆·威灵顿，电话号码0207 437 9854。

我唯一的网页经验就是在易趣网上购买设计模具，但我是做图形设计的，也就是说我精通Photoshop并且眼光独到。我可以买几本关于网页和博客设计的书，这样不就满足后三条要求了吗？我学东西一向很快的，值得一试！

我从长得像辛普森的人那里借来一支笔在手册背面写下了电话号码。现在我要做的是捏造一份求职简历，买几张光盘还有找一些假装是我做的网站。然后回家去打电话给格雷厄姆·威灵顿或者随便什么人。

我心中一阵激动，不就是打一通电话吗？一切很顺利不是吗？

当我返回幽灵申请者之家后我试着叫“布莱恩？”没人回应，“克莱尔？”

没有人应声。

“布莱恩？克莱尔？”

没有人在家。感谢上帝。这真是千载难逢的机会，因为我真的不想在克莱尔骂骂咧咧的背景声中打这个重要的电话，也不想当着布莱恩的面说谎话，那会让我感到压抑。我并不需要一个听众，我需要立即采取行动，在我还没改主意之前就打电话。

正如布莱恩所说，电话就放在楼下的橱柜里。引线太短了无法拖到走廊，我只能窝在里面。橱柜散发着樟脑球和臭袜子的味道，长时间弯着腰让我背痛，条件虽然恶劣但好在那里有个拨号盘，一个不错的开始。

“喂，”电话的另一头传来声音，“比茨计算机公司，格雷厄姆·威灵顿为您服务。”

为我服务？他是做什么的？接线生吗？

“你好，威灵顿先生，”我说，“我是露西·布朗。我打电话想询问网页设计的工作。”

话筒那边传来一阵沉默，长时间的沉默。我能够听到格雷厄姆·威灵顿沉重的呼吸声。

“那个，”我拉长了音调，“我有工作经验，很明显您在广告上列出的技能我也都具备，因此我想知道您是否需要我把自己的简历递过去，或者……”

“你是个好女孩儿吗，露西·布朗？”

我窝在橱柜里扬起了眉毛。“你的意思是？”

“你是个好女孩儿还是个坏女孩儿？我们比茨计算机公司只雇佣优秀的女孩儿。”

上帝呀，这是个什么人？

“我是一个……”哦上帝，我能说我不是个好人吗？“……我是一个很好的女孩儿。”

“好极了，好极了，”威灵顿先生咕哝着说，“今天下午三点你能来一趟吗？我们可以给你一个面试的机会，增进彼此之间的了解。”

“很好，我们聊聊吧，”我说。仔细地检查了一下我刚才拨过的号码。我可以肯定不是0898打头的。也就是说我没有一不小心拨上性服务热线，“那么我今天下午就可以过去面试网页设计的工作吗？”

格雷厄姆叹了一口气。“哦，露西，露西，露西，面试是一种比较正式的说法，你需要什么指点吗？”

“没什么，谢谢。以防万一我会事先打份地图。”

他那边传来一阵杂音，有点像蒸汽机车的嘶鸣。“很好。”

我并不知道这时应该说些什么。很幸运，格雷厄姆并不在乎这些。“三点钟见，布朗小姐。”他说，“我希望对你做进一步的了解。”

“好的，我也是。”

挂上电话后，我盯着电话看了半天。一切是那样地不真实。我离阿奇博尔德·汉弗莱–史密斯又近了一步，事情总在向好的方向进行。

大半个下午我都在想要穿哪件衣服。你知道接受正式的面试需要什么样的穿着：得体的套装、高跟鞋和整齐的头发，这些都是必需的，但什么才是一个好的聊天者呢？

牛仔虽然足够休闲但稍显不正式？牛仔配夹克怎么样？或者裙子配衬衫？比基尼还是布裙？

我掏空了自己的衣橱，所有的衣服都放在床上，一连试了几十种组合，才找出一套我认为最适合的：黑色的高圆翻领毛衣、及膝长的红裙、黑色的磨砂皮靴。休闲又不失整齐。对着镜子我皱了皱鼻子，就这么样吧。

但是首饰怎么办呢？要不要带我的订婚项链呢？我把它按在嘴唇

上深思熟虑了一会儿。一方面它让我感觉到丹就在身边，但是另一方面我却怕它招惹格雷厄姆·威灵顿问一些让我尴尬的问题。比如“布朗小姐，新婚之夜你会穿漂亮的内衣还是破旧的尼龙裤？我们比茨计算机公司的工作人员只穿最好的东西。”我需要把面试中可能发生的事情都考虑在内。特别是在资历和资格上我要说谎。真是令人心虚呀。

我把项链拿在手中不断绞动，然后小心翼翼地放在旁边的床头柜上。

“对不起了丹，”我小声说，“我发誓，我完成任务后一定把它放回来。”

好吧，我没有时间改主意了。我抓起外套急急跑下楼梯冲到门外。

结果我直接撞在了布莱恩身上。

“天啊！我很抱歉，”我轻拍着他的胳臂说，“你还好吧？”

他咕哝着拖着脚走了。

“布莱恩？”我提高声音说，“你还好吧？”

“哼，”他回眸看了我一眼，“你说什么，露西？”

“你没问题吧？”

“还好。”

可他看起来并不好。连他的胡须都显得很颓丧。我看了看表还有二十分钟的时间。

“我赶着去面试工作，”我说，“但是我会回来的，然后我们再聊吧。”

“如果你想的话。”他说。

当我冲到托特纳姆法院路的时候已经汗流浃背了，我一边喘着气一边数着店铺的门牌号59—61—67—91……

真是令人吃惊。我在伦敦生活了六年，却看不懂地图。在去比茨计算机公司的路上我不知道迷了多少次路。事实上，我又迷路了……哦，113号！终于到了！

我猛地打开门，并且立刻换上一张热情洋溢的笑脸。在我面前的是一段极为陡峭的楼梯。我用衣服的袖子擦了擦汗。我只要一觉得热就会汗流不止。我站在下面向楼梯上看，很好，我可以做到。

我一级一级地向上爬，终于走到了“比茨计算机公司”的门前。我看了看表，2点59分。准点到达。如果我够幸运，招待会可怜我让我坐上一会儿，在我面试前来一杯水。或许我还有时间梳一下头，把自己从平头老百姓变成专业的网页设计师。

我深吸了一口气，打开门，嘴角固定着我能做出的最美丽的笑容。

“你好，”我大声说，“我是露西·布朗。”

满屋的人都在看着我。我从未见过如此多的不修边幅的男人聚在一起，他们的头发、胡须都很长，还都戴着眼镜，他们齐刷刷地盯着我好像我是天女下凡。唯一一个胡须干净、头发够短的小伙子还穿着红色小矮人的T恤。

“打扰了，”我对离我最近的一个长着大胡子的人说，“我是露西·布朗。我约了格雷厄姆·威灵顿先生在3点钟见面。”

他透过厚厚的发帘盯着我。

“转过拐角就是，”他点头道，“格雷厄姆·威灵顿正在接电话。”

我转过拐角，恐怖地发现有几十双眼睛正一起盯着我。天啊，阿奇就在这个屋子里。如果我现在喊他的名字，他应该会有所反应，这样我就会认识他了。

但是我没这么做，这是个蠢主意。

如果我一开始就扯着嗓子喊“阿奇，阿奇”，他很可能会从最近的出口逃走。那么我也就没有机会成丘比特了。我只能先等等了。

“不可以，”从北面传来的一声大吼吓得我一激灵，“你是错误的，我才是语音激活软件的专家，你不是。”

在我前面有一位姜黄头发的中年人，随意地斜倚在一个宽大的桌子前，高耸的肚腩让人感觉他的黑色裤子尺码有点儿不合适。他的面色通红，看起来除了他的裤子之外他本人似乎也要爆炸了。

我礼貌地清了清嗓子。

大肚男上下打量了我一会儿。“好的，”他对着电话说，“这是可以接受的。如果一开始你就推荐我负责销售，我们都可以省下不少宝贵的时间。”

“露西·布朗，”我做唇语状，“我来这里……”

“坐。”大肚男对着桌子前靠墙的椅子向我摆了个坐下的手势。

我坐在那里感觉有点儿像在跟校长谈话。大肚男扣上他的手机然后让自己坐回到椅子上。

“格雷厄姆·威灵顿，”他说，透过桌子看着我。他的牙齿之白我前所未见。

我稍稍扭了一下我的坐椅，试着让自己看起来没有那么紧张。“我是露西。早先我们通过电话。”

格雷厄姆斜靠在椅子上，手放在后脑勺上。我认为他的下一个动作应该是把双脚抬到桌子上然后打个大大的呵欠。还好他没有，相反他开口了，“是的，优秀的布朗小姐。”

“是我。”

“嗯哼，露西……”

来了来了，面试的第一个问题出来了，很可能是一道我答不上来的问题。精神点儿，露西，一定要精神点儿。

“你喜欢葡萄酒吗，露西？或者喜欢啤酒？”

“葡萄酒，”我毫不犹豫地说。问题虽然奇怪但答案我很肯定。

格雷厄姆晃着脑袋。“错！在比茨计算机公司每天工作后来一杯啤酒是天大的美事。但是既然你这样回答，或许我们可以为你破例，可爱的露西·布朗？”

嗯，很明显这个问题是个小把戏，但是正确的答案会是什么呢？我不得不做出选择。

“是的，我认为你应该为我破例，”我说，“机会均等嘛。”

格雷厄姆傻笑道：“嗯哼，机会均等，很有女性风范。你是同性恋吗？露西·布朗？”

如果我是一个卡通人物，那么现在我肯定已经眉头紧皱，怒气冲天了。办公室里传来了偷笑的声音。

“开个玩笑，布朗小姐，”格雷厄姆身子前倾隔着桌子看着我。“做这份工作最重要的是要有幽默感。你有幽默感吗？”

“没问题，”我说，“当然有了，啊哈。”

我继续傻笑，不知道什么时候应该停下来，还好格雷厄姆打断了我。

“我还有另一位女性员工，不过她是在家里工作的。会计嘛，只要算算数就好了。”

“算算数嘛，”我窃笑，“是的，很有趣，非常有意思。”

格雷厄姆点点头看起来很愉快，谢谢上帝。

“这样吧，跟我谈谈你自己的情况，露西。”

终于来了一个比较正常的面试问题。这个问题我已经在心中预演了好久。我把手伸过桌子与格雷厄姆握了握，然后递给他一份装有伪造简历、CD和我在网上打印到的各种资料的塑料袋。这些资料上并没有设计者的标识，因此我可以很愉快地声称这些都是我的。发现者、保存者都是我。

当格雷厄姆快速浏览这些东西的时候我开始发言了，“我为很多客户设计过网页，比如乐队、房地产代理商、摄影师、机械公司和演员……”

格雷厄姆抬手阻止我继续说下去。“不必说这些无聊的事儿，我们都知道你能胜任这份工作。”

我知道我们中不包括我，因为我真的做不来。

“告诉我一些关于你的事情，”格雷厄姆继续说，“告诉我一点儿生动的东西。”

“我……”我应该说什么呢？我不能告诉他我是一个即将成为新娘的鬼，我的未婚夫见到我却把我当哑巴，我跟一个莫名其妙的人和一个野蛮人住在一起……

“我目前单身。”我撒了个谎。

格雷厄姆点点头以示鼓励，“继续。”

“我喜欢阅读、跳舞、唱卡拉OK，虽然我不是很擅长唱歌。另外我还喜欢看电影和泡吧。我爱度假，特别是到海滩度假。”

我盯着格雷厄姆。我说的对不对呢？他敲着自己的膝关节，站起来在屋子里绕着桌子走圈。我意识到他正打算在我旁边的一张椅子上坐了下来，心中一阵紧张。

他坐下之后肥胖的大腿紧挨着我，“跟我讲讲海边度假的事儿吧。”

他的须后水味儿很浓，像是混合了麝香、胡椒和橙子的味道。我清了清嗓子，“你想知道点儿什么？”

格雷厄姆抓了抓他的脑袋，露出了衬衫袖口的链扣。那是银质的链扣。我的眼光转向地毯，希望我看起来别显得那么吃惊。

“在海滩度假的时候你喜欢做什么？”格雷厄姆问。

哦，上帝，如果我现在接受的是别的面试，一准儿找个借口走人了。实际上，当格雷厄姆问我是不是同性恋的时候我就应该转身离开了，但是我实在是太需要这份工作了。因为只有这样我才能接近阿奇，这也是目前我唯一能做的事儿。

“我喜欢海滩，”我说，“我喜欢游泳和日光浴。”

格雷厄姆的身子又向我靠了靠。他离我太近了，我都能看清楚他鼻子上的汗毛孔。

“你裸泳吗，露西？”他一边问一边呲着那口大白牙。

好吧，现在是时候告诉他滚远点儿了。立刻、马上。

“不，”我一口否认，“我不裸泳。”

“不好意思了？”他向下看着我的胸部，“你长了一对不错的乳房。”

无耻！下流！

在我还没弄清楚自己在做什么之前，我的手掌已经与他的面颊进行亲密接触了。格雷厄姆向后跳去，捂着腮帮子瞪大眼睛看着我。

“嗯，”我站起来说，“那个……”

接下来，我转过拐角打开门走下楼梯。然后一口气走到大街中央。在心里大骂了一堆脏话。

第五章　重逢

白马是整个西汉普斯特街上我最喜欢的酒吧，这里距我的旧居和新居都只有一步之遥，当我推开白马大门的时候第一个想法就是喝酒。酒来得越快越好，越多越好。

“来瓶干白葡萄酒，”我对第一个映入眼帘的酒保说，“大瓶的。”

他扬了扬眉毛说：“很辛苦吧？”

我叹口气说：“你说对了。”

我带着酒到了酒吧里最近的拐角处，重重地坐在一把椅子上。我该何去何从？谁会在第一次面试的时候就掴未来老板一巴掌？而我，露西·布朗就这样做了，在任务开始的第四天就搞砸了一切。

或许我现在打电话然后卑躬屈膝地向他说一声“对不起！”事情就会出现转机。格雷厄姆会答复我，“哦，你怎么这么可爱，会道歉。我相信你不是从地狱里跑出来的疯子。你还想要这份工作吧？”这个可能性几乎等于零。

真糟糕，我都干了些什么？现在我要怎样才能认识阿奇？除了工作地址之外我对他一无所知。

我捂着脑袋打量着酒吧。这里与我和丹最后同来的时候相比并没有什么改变。墙壁上依然镶嵌着深色的木头，橡木地板上粘着喷溅出的啤酒汁液，横梁很矮，丹每次都不得不弓着身子才能进来。与那些灯火通明的酒吧相比，白马酒吧壁灯的光线相对较暗，营造出幽静的气氛，插着蜡烛的酒瓶摆放在桌子和窗台上。这里有非常宁静的气氛，昏暗的角落里洋溢着浓浓的温暖，你可以在这里呆上几个小时而不受影响。也因此我们经常会在这间酒吧里遇到一些名人。他们就隐藏在某个角落里。皮特·多赫担或珊迪·弗洛斯特等人留下的印记已经司空见惯。睡觉男仍然呆在他喜爱的角落里，张着大嘴巴，他的面前摆了半品脱苦啤酒。卖东西的妇人则坐在屋子中间的圆桌边上，她的脚边是两袋子货物。刚才跟我搭话的鲍勃是这个吧的台柱子，但也是最容易为客人们所忽略的人。虽然现在我的心里还是惴惴不安，但故地重游让我倍感安全。我在喝别人在看，我决定再换一种酒，直到喝醉为止。关于阿奇的事情我现在无计可施，看来第四天是注定要劳而无功的了。

突然门铃响了，我抬起头来干了杯中的酒，看到安娜和杰西走了进来。

安娜和杰西是我在这个世界上最好的朋友。

当她们向酒吧里走的时候我抬起头张了张嘴。她们看起来过得很好。杰西是我大学时期最好的朋友，在剧院做化妆师。在我的记忆里，她是一个身材娇小、可爱、有点神经质的女孩儿，黑色的头发梳成整齐的马尾，还夹着一个银色的发夹。黑色的裙子配着白色的T恤，脚上穿着一双夸张的靴子。不过她看起来倒很开心。我想她现在应该与斯图亚特相处得很愉快。太好了！

杰西看起来很好，但安娜却让我大吃一惊。她的头发比以往更短，也更光滑了。她的金色卷发变成了平直的短发，但颌骨附近还是卷着的。她也换成了短裙和宽松的无肩牛仔上装，低矮的领口透出诱人的乳沟。她看起来很富态，似乎也没有其他词适合形容她。当她穿过人群倚着吧台的时候，全酒吧的男人都在流口水。哇，我很好奇她是否找到新的男人了？

三年前我在丹朋友举行的一次聚会上遇到了安娜，我们立刻熟悉了。她是个开心果，而且她特立独行的作风也是我前所未见的。大学毕业后，她当了一年的贴面舞演员赚到了足够的钱去环游世界。与海豚游泳、住在尼泊尔人的家里、在罗马尼亚的孤儿院里工作、穿越印加古道、学会了四种语言。接下来她回到伦敦，找到了一份令人艳羡的高薪工作。

我临死的时候她正在寻找适合的精子捐献者。她决心要在三十五岁之前怀孕，然后改变自己的生活节奏。但是安娜根本没打算找个丈夫，她甚至连个男朋友都没有。

当她与朱利安之间十八个月的亲密关系结束后，她说，“我与男人无缘，他们总会带来麻烦。我并不需要别人与我共同抚养孩子，我只想要适合的精子。”

她甚至还做了一张表，上面列出了她选择精子捐献者时必须满足的条件：

1）相貌出众；

2）身高(不低于六英尺，不高于六英尺五)；

3）智力水平(必须要有学历，IQ必须高于135)；

4）有幽默感；

5）热情而且充满激情；

6）喜欢交朋友；

7）身体健康(这一点非常重要)；

8）没有性传播疾病(很明显)。

安娜的计划是选择一个正确的男人，然后尽可能长时间地与他约会，看看他是否符合她的标准，而且在他们做爱之前男方必须到医院进行性病检查，而她则会声称自己一直服用口服避孕药。然后她会与他发生性关系，直到怀孕为止，之后他们便分手（分手时不会告诉对方她已经怀孕）。而她也不会再接他的电话，并且从他的生活中彻底“消失”，独自承担怀孕的重任。

我和杰西也曾劝过她不要这样，但是当安娜铁下心来的时候是很难改变的。只要是她认准的事儿，一准儿能成。她想尽一切办法去寻找满足条件的完美男人。她试过闪电约会、网恋、黑暗餐厅之约（“形式太怪异”）、单身游园、单身舞会（“有很多秃顶的上流人士”）、冒险约会（“让人毛骨悚然的云霄飞车”），但是没有人符合她的要求。

我看着她和杰西拿着酒杯穿越在人群中。我去世之后她可曾找到合适的人？这就是她改变形象的原因吗？

哦，天啊，她们正向我走来。也许她们已经认出我来了——

可是没有。离我最近那桌的两个男人正在喝着他们的啤酒，安娜和杰西婀娜地坐到他们身边。一个男人站起来的时候碰到了安娜。

“嗨，宝贝。”他整了整领带说。

安娜冷笑着对他说：“别做梦了。”

“该死的。”那个男人耸耸肩。

“如果我瞎了你或许有机会，”安娜说，“你最近照镜子了吗？”

杰西吱吱笑着看着那男人走开。她坐下的时候背对着我，我们的位置很接近，我可以闻到她身上的香水味儿。几年来她一直使用甜甜的花香味儿香水，在我的脑海里这种香水已经成为她的代名词。

我浑身颤抖，我与最好的朋友坐得如此之近却无法向她们倾诉。该死的缄默法则让我无法告诉她们我想她们。

安娜向杰西那边倾了倾身说：“你怎么样？”

杰西拨弄着她的发夹，“还行，我正在拍一个名叫《如愿》的新剧。有些女演员的毛病特多，但是生命中有许多比工作更重要的事情。我还有许多、许多的想法……”

杰西话音刚落，安娜盯着她说：“露西死了。”

“是的，她死了之后一切事情都变化了。我和斯图亚特之间的关系也变化了。现在我们更加亲近了。”

安娜的措辞更加柔和。“我知道你说的改变指的是什么。”她摸着她的头发。“当我的美发师问我想不想尝试新发型时，我回答说是。我感觉自露西死后我改变了好多。当然我的风格与我的变化并不符合。听起来是不是很怪？”

“是也不是，”杰西说，“我并不是想说这些表面上的事情，安娜，我……”

安娜笑说，“你说我肤浅？”

“不是的，”杰西急忙解释。

“我想露西，”安娜说着食指轻触葡萄酒杯的边缘。“你知道吗？每个星期天的上午十点整她都会打电话给我。我告诉她最好下午才打来，因为我喜欢睡懒觉，可是她总是坚持上午打。以前我对此深恶痛绝，但现在我却很怀念这种感觉。虽然再也不会有电话响，但我每周末的十点还是会按时醒来。”

哦，哦，安娜。我的葡萄酒含在嗓子里，在被呛着之前快速咽了下去，以免引起他人的注意。

“你见过丹吗？”杰西问，“我很想给他打个电话，但又不知是否合适。”

“实际上，几天前我曾经给他打过电话，”安娜说完把她的酒杯放回桌子上。“他说他遇到一些奇怪的事儿，想和我谈谈。我们约好了周四晚上在这里喝一杯。”

我听了后差点儿从椅子上跳起来。我的预感是准确的，他一定是认为他在屋子外面看到了我，才会主动与安娜聊天。周四，我在心里重复着。周四我一定要到酒吧来，上帝，让我再次见到丹吧。

“我很高兴你能有机会与他交谈，”杰西说，“我在葬礼上遇到他的时候感觉他并不想与任何人交谈。”

安娜叹了口气，“是呀，可这也不能怪他不是？”

“我不这样想。”

她们再次沉默，安娜反复地划着酒杯的边缘。看到她们两个以单身的形式呆在一起真的是很稀奇，因为以往都是我们三个或者我与安娜、我与杰西呆在一起。当我们聚在一起的时候彼此总是很快乐，但是没有我的时候她们真的从未聚过。如果我不在，她们便形同陌路。现在看到她们能这样亲密地呆在一起，这感觉真好。

安娜用手支着下巴，直盯盯地看着墙壁。谈论跟我有关的话题吧，我默默地敦促她们。谈谈你们发现我死之后都发生了什么事。我知道一直纠结于自己死后的事情显得有点变态，但我真的有很多事情想知道。是谁在走廊的地板上发现我的？有很多人参加我的葬礼吗？我就埋在爸爸和妈妈的旁边吗？

杰西最后说：“精子捐献者找得怎么样了？还在找？”

安娜扬眉耸肩道：“还好吧，我也就是随便找找。有时候我觉得我应该快点办这件事，以免自己先死了——”

我忍不住笑了起来，当然我的笑声是不可能传出来的，即使她们能听到也只能是一片杂音。安娜看了我一眼，皱起眉头看向杰西。

“怎么了？”杰西问。

安娜再次看了我一眼。“没什么，我刚才说到哪儿了？”

“有时候你觉得应该快点办这件事，以免你先死了……”

“哦，对，但另一方面我又想，这事也不能操之过急。要知道真要是有了孩子，他就会以私生子的身份过一辈子。”

杰西大笑着与安娜碰杯。“我很喜欢和你在一起，我们应该每周都聚。”

安娜笑着说：“我也这样想，杰西。顺便说一句，我很喜欢你今天的裙子。你在哪儿买的？”

接下来的一个小时里她们都在谈论衣服、鞋子和购物，我不再成为她们的话题。要知道一个死人的穿着是不可能成为别人讨论的话题的（很明显克莱尔除外）。我又多点了几杯葡萄酒，让自己沉浸在酒中不再倾听她们的谈话，等着她们把话题切换到我或丹身上再说。不知道从什么时候起她们开始说起我们一起参加的一次旅行，我半夜没拿手电就想上厕所，结果走过了界遇到了正在做爱的一对鸳鸯。我极力克制住自己的欲望没有干扰他们。

十点钟的时候我已经非常、非常醉了，头昏昏沉沉地趴在桌子上，我只想合上眼睛睡一小会儿……

酒保摇醒了我。“嗨，”他说，“现在十一点半了，应该回家睡觉了小姐。”

我睡眼惺忪地看了看他，“唔？”

“让糟糕的一天过去吧，一切都会好的。”

是的，我要忘掉掌掴格雷厄姆·威灵顿的事情，我还是有机会结识阿奇的。

我看向安娜和杰西的桌子，她们已经走了。

第六章　承诺

“露西，”布莱恩隔着门叫道，“露西，电话！”

“今天星期几？”我睡眼蒙眬地看着他。

“周二，”他说，“有电话找你。”

我跌坐到床上，合上眼皮，“告诉他们我死了。”

布莱恩哼了一声说：“听起来好像很重要。”

“谁呀？”

“一个叫格雷厄姆的人，我想他说他姓威灵顿。”

“天啊，”我一下子坐得笔直。

威灵顿想做什么？一个已经死掉的女人能因为谋杀而被捕入狱吗？哦，上帝呀，如果真是那样我要怎样才能完成任务呀？

我从床上滑下来，跌跌撞撞地走下楼梯。通往橱柜的门打开了，电话正响个不停，我随手接了。

“喂。”

“露西·布朗？”一个熟悉的声音响起。

我艰难地咽了口气说：“请讲。”

“你好，露西·布朗，我是格雷厄姆·威灵顿。”

"哦，上帝呀，格雷厄姆·威灵顿先生，发生什么事了？我……"

"露西，"他声音严肃地说，"请问我是否可以叫你露西？"

"可以。"

"露西，我已经意识到昨天我与你之间的谈话有一点不太专业。"

"哦，这样呀，这件事，但是……"

"我已经咨询过了特定的就业审裁处，他们对于那些老掉牙的投诉借口是不会感兴趣的。"

什么？什么时候"你长了一对不错的乳房"居然成了老掉牙的投诉借口？

"有鉴于此，"他继续说，"再加上你的确具有不错的网站设计技术，我决定……"

他暂停了一下。

"你决定了什么？"我的心都提到嗓子眼儿了。

"把这个职位指派给你，你什么时候可以入职？"

我忍不住一阵大笑。真是太荒唐了。我捏造了一份简历，这个男人骚扰我，然后我扇了他一巴掌。现在我得到了这份工作！

"不接受吗？"格雷厄姆的声音里居然透出一点儿恐惧。

"不，我接受，明天就可以开始工作。"

"你接受？"他叫道，"太好了，很明显你的确是个好女孩儿，露西·布朗，明天见。"

"好的，明天见。"

"再见。"

我踱到厨房中向茶壶里倒水时自己还在窃笑。布莱恩出现在走廊里，眉毛还有点上扬。

"你还好吧，露西？"

"是的，布莱恩，"我一边说一边搅着水，它们很快变成一汪混水。“好极了，我找到了一份工作。”

“你找到了？不错嘛。”他皱了皱眉。“这有什么好？”

“因为，”我说，“我明天就会遇到阿奇博尔德·汉弗莱-史密斯，离完成任务又近了一步。”

“哦，不错，”他皮笑肉不笑地说，“的确不错。”

这一天余下的日子就在拖拖拉拉中度过了。屋子里没有电视，厨房有一台经常会出杂音的收音机，要想听点儿连续的声音都困难。克莱尔出门了（不知道去了哪里），布莱恩每隔几个小时就会走出来给自己弄杯茶或者洗个澡。

我实在是无聊之极。

六点钟的时候我实在是受不了这种孤独的气氛了，轻轻敲了敲布莱恩的门。

“进来，”他说。

他穿着内裤躺在床上，手里拿着本《电动列车百科全书，1879-至今》。

“嗨，露西，”他抬起头，“坐”。

我朝椅子走去，路过衣橱的时候停了一下。那是我从地狱边境来到这里时经过的那个。

“布莱恩，”我说，“我可以看一看衣橱吗？”

他点头。“嗯，嗯。”

我打开门向里瞅。那些绳子和彩色毛衫还在那里，另外，还整齐地排着许多鞋子和袜子。电梯呢？会不会也在这里？

我挪开衣架，摸到了衣橱后门的把手。

“不要！”布莱恩大叫，“你会死的。”

“什么！”我像触电一样跳了回来，盯着他看。

“开个小玩笑。”他露齿而笑。

“很有意思。”我扭回头看着把手，“如果扭动会有什么后果？”

“什么也没有。”

“真的？”

“真的，没什么。如果那边有空间的话，你可以打开它。”

我犹豫着转了下手柄，用力推推，什么也没有发生。

“但是如果我想回去要怎么做？”我推着门问。

“用另一扇门，”说话之间布莱恩手里的书还翻了一页。

“哪一扇门？”

“在你衣橱里的那一扇门。”

嗯，有意思，但也是一种恐怖的吸引。如果我不想完成任务了，只要跳进衣橱返回地狱边缘就可以了。当然我是永远也不会这么做的。

“坐下来，放松一点儿。”当我关上衣橱门的时候，布莱恩说，“你看起来很紧张。”

我蜷坐在窗边的柳条椅上，环顾布莱恩的房间，拼命地想找一些能让我感到快乐的东西。他的海报怎么这么无趣啊？火车能有什么吸引人的地方啊？

“布莱恩，”我说，“你回来就是因为喜欢火车吗？”

他越过书凝视着我说，“不，是帕丁顿火车站。”

“一个车站？”

“帕丁顿火车站有一个观看火车的最佳位置。”

他在拿我寻开心？我扬起眉毛看着他，但他脸上没有一点开玩笑的意思。他是在认真地研究火车站。

“好吧，”我说，“那么，现在算来你来这儿已经有9天了？”

“是的。”

“任务进行得怎么样了？”

“我不想去讨论我的任务，露西。”布莱恩咕哝着用书盖住了脸。

“为什么不？或许我们可以……”

卧室的门被砰地一声打开，我吓了一跳。哦上帝，克莱尔回来了，不过她看起来并不高兴。

“你可以走开吗？”她斜倚着门框，“我需要跟布莱恩说点儿话，单独地。”

我看了一眼我的室友，他依然躲在书后，懦夫。

“诚恳地求我，”我笑着向克莱尔说。

她露出一脸假笑。“滚开。”

“看，”我走过她身边的时候说，“客气一点不会伤到人的是吧？”

“再见新娘，”她说完砰地一声关上了门。

我在楼梯拐角处转了几秒钟然后把耳朵贴在布莱恩的门上。什么样的私事让克莱尔不能在我面前说？嗯嗯嗯，传来布莱恩的低语声，嗯嗯嗯，嗯嗯嗯，嗯嗯嗯。他们说的话我一个字也听不清，现在我该做点什么来自娱自乐一下呢？

我回到卧室，打开衣橱的门向里面瞅。布莱恩是正确的。我的衣服和衣架后面果然有一扇白门，与他房间里的那扇门一模一样，我试着拧了拧把手。

打开还是不打开？最糟糕的事情是？

我会被打回地狱边缘，再也见不到丹，而他终其一生都将会纠结我是不是临死的时候还在埋怨他。

嗯，这的确是个很糟糕的结果。

我倒在床上抓起床头柜上的照片。这是我和丹的第一次旅行，我们到了梅诺卡岛。丹露着牙齿的笑容看起来像个乡下土小子，我也正笑得灿烂。那是一次完美的度假。白色的沙滩，清凉的海水，阳光也很灿烂。一天下午，精力过盛的丹非要拉着我比赛游泳。

“看到那边的浮标了吗？”他问，指着远处。

“是的，”我点头。

“我们比赛谁先到那儿。”

我看了眼浮标，距离很远，而我并不是一个游泳健将。

我讨价还价地说，“除非我们全采用蛙泳。”

“一言为定，”丹说完伸出手，“我们击掌。”

我们跳下海滩，进入冰冷的水中开始游泳。开始的时候还在一起，但是当丹把头扎到水里后，我们的距离就拉开了。当我发觉的时候他已经在十米开外了。

我不可能赢过他。

我不再游泳，转而躺在海面上随意地划水。这里安静极了，我可以清楚地听到自己的呼吸声。远处海滩上的人们看起来像是一个个小蚂蚁，他们正在日光下尽情嬉戏。一瞬之间我觉得自己就是正在巡视住地的美人鱼或者海神。真是天赐福祉。

“嗨，”身后的一个声音打断了我的想象，是面红耳赤、气喘吁吁的丹，“你当逃兵了。”

“我没有放弃，”我说，在他拿水泼我的时候闭上了眼睛，“我只是停下来欣赏一下风景。”

“哇，”他看着海滩说，“非常有创意的想法。”

“我知道。”

一只海鸥在我头上呼啸而过，它正在海风中御风飞翔。

“在你心里天堂是什么样的？”丹用力划到我身边问，他毛茸茸的脚趾时隐时现。

“我不知道。我想应该是深红色的、有暖暖的阳光、飘飞的云彩、亲人们会来迎接我？”

"我想应该是这样的。"他说。

我笑道："真的？"

"是的。"

"如果我们都死掉会怎么样呢？"我问，"我会住在深红色的天堂而你住在海蓝色的天堂里？"

丹到我的身边把我拉向他。我的腿缠在他的身上，我们一起在水中摇摆，海水荡起的波纹环绕着我们。

"我希望我们能一起上天堂，"他说，"这样我们就可以永远在一起。"

"我喜欢听你这么说。"我吻上他的唇。

尖锐的语音和摔门的声音把我从白日梦中惊醒。

"布莱恩，"克莱尔尖叫道，"布莱恩你给我回来。"

我跳下床奋力跑过房间。我那哥特人室友正站在楼梯顶上向冲向前门的布莱恩大喊，"让我一个人呆会儿，"布莱恩的声音传来。

"嗨，"我说，"发生什么事了克莱尔？你对他做了什么？"

她看了我一眼。"我什么也没做。我只是请他帮我完成任务，然后他就像变了个人似地冲了出去。"

对于她的话我并不能确信。

"我去追他，你在这儿等着。"我说。

"你想做什么我根本不在乎。"她咆哮道。

等我换上衣服跑出前门的时候，布莱恩已经走出去半条街了。

"布莱恩，"我在他身后大喊，"布莱恩等等我。"

他非但没有回应我或者慢下来，反而以更快的速度冲出去，像是在执行任务的战士。

他吃错什么药了？

我在他后面跟了十分钟，穿过别人家的花园，接着他又穿过了马路，四处张望。当我们到达地铁站的时候灯已经亮了。布莱恩正在向帕丁顿火车站奔。我也投币跟上。

当他上车后，我也立刻从站台上冲出，跳到邻近的车厢里。结果我的衣服边儿被合上的车门夹住了。

可恶。

车厢里其他人都在看着我，而我则在努力地把衣服从车门里拉出来。

“加油！”我对自己说，“加油！”

我用脚后跟蹬着门，并以此为支点用力。加油！加油！我的衣服拽出来了，整个人也向后仰去。绊到了某人的衣服还把一个正在打盹的人弄醒了。

“不好意思。”看着他睡眼蒙胧的样子我不住道歉。

我奋力站起抓住了头上的拉环。当时正在播放一个帕特里克·斯韦兹拍摄的关于西街的广告，他的眼神好像在看着我。

“走开，你这自以为是的家伙，”我喃喃自语，“早知这样当鬼多逍遥。”

当车慢慢停止的时候，我听到了报站声，“帕丁顿到了。所有换乘区间车、环线和城际线的乘客请在这里下车。”

门开了，我看到了布莱恩正迈着大步向出口走去，他的速度很快，我也只好三步并作两步迅速走下站台。

我从帕丁顿火车站中部的电梯中钻了出来，四处张望却没有发现布莱恩，他在哪儿？我一阵惊恐，在人群中四处寻找。他曾经在卧室中说过帕丁顿站有个别处无法比拟的优点。但究竟是指什么呢？我决定问问警卫。

“打扰一下，”我向离我最近的一个警卫说，“请问观察火车最便利的点在哪里？”

他上下打量了我一会儿后说，“你忘了穿大衣了。”

“的确，”我羞赧地说，“我不是火车爱好者。我只是想找人。”

“哦，”他指向远方，用不太肯定的语气说，“他们一般会聚在那边。”

“好的，谢谢。”我向着车站的后面走去。啊哈，他真的在那儿。布莱恩那一头黑色的乱发在人群中格外明显。

我爬上楼梯，悄悄地走到他身边。他正靠在金属扶手上看着火车发出轧轧声慢慢地进出车站。看样子他好像哭过。

“布莱恩，”我说，把我的手放在他的肩上，“我是露西，你还好吧？”

他跳起来，用手套使劲儿地擦自己的眼睛。“你来这里做什么？”

“我只是担心你。”

“你不应该管我，”他转过头向着火车说，“你自己的事情已经够多了。”

“但是我真的担心你，”我走到近前看到了他悲伤的脸。“你和克莱尔是我在这个陌生的阴阳界里唯一的熟人。我们需要守望相助。”

布莱恩哼了声，“你认为克莱尔对我们也是这样吗？”

“好吧，即使克莱尔对我不好，我也一样担心她。她只是一个脾气极为恶劣的小妹妹。”

我说的都是事实。在我的心里，布莱恩、克莱尔还有我组成了一个特殊的家庭。克莱尔是我那闹人的小妹妹，布莱恩是我那脾气古怪、浑身臭味的脏叔叔。地球上可能还会有其他界于生死边缘的人，但是我们并不知道他们是谁、住在哪里。唯一可以畅谈一切的就只有彼此了。

“怎么了，布莱恩？”我说，“让我们找个地方谈谈吧。”

过了一段时间后，我觉得他可能会告诉我滚开然后自己一个人呆着。相反，他只是耸耸肩。

“好吧，”他说，“到一号月台的咖啡厅里来杯茶吧。”

我们坐在靠窗边儿的桌子上，布莱恩点了一壶茶而我则要了一杯咖啡和一盒烤饼。(我正在处理一场危机，因此我需要补充一点儿糖分。)

“好了现在来说说吧，究竟发生了什么问题？与你的任务有关？”

布莱恩悲伤地点点头，然后看向窗外说。“我永远也无法完成它了。”

“为什么？你没有找到目标人物？”

“我已经找到他了。”

“那听起来还有希望呀。”我眼前一亮。

布莱恩向杯里加了两块糖，用小勺搅拌着。“不是这样的。”

上帝呀，跟他谈话真像挤牙膏。

“为什么你不告诉我究竟发生什么了？”我说。

“好的，不是这回事儿。”他叹了口气搅着茶说，“我必须找到一个名叫特洛伊·安德森的十五岁男孩儿，并让他承认自己是一个火车爱好者。”他只是偷偷地喜欢火车，但是他的朋友认为那是一个太没创意的爱好了。”

不只是他们会这样想，我心里也这样想却没有说出口。

“你跟他谈过吗？”我问。

布莱恩举起茶杯呡了一口。等他慢慢放下茶杯我才学着他的样子把杯子放回桌上，他用餐巾纸擦了下胡须上的污点。

他说："我简单地向他介绍了一下自己。"

"那么他呢？"

"'滚开，你这个有恋童癖的家伙。'"

"啊！"

我饮了一小口咖啡，努力地想着接下来该说些什么。当我再次抬头的时候我看到泪水正从布莱恩的脸上流下。

"哦上帝，"我说，抓住了他的大手。他的手冰冷而粘湿，他的手指在发抖。"或许事情没有这么糟，或者你可以再跟他谈谈？"

布莱恩摇摇头，一滴眼泪沿着他的下巴流下，最后落在他那多彩的黄毛衫上。"他怎么可能会再跟我谈？在他眼里我根本就是个变态，我永远也无法完成任务了，露西。我就快超时了。"

"如果你没有完成任务就是世界末日吗？"我问道，"或许你可能会喜欢呆在天堂？"

"不，"布莱恩哽咽着，"我不想上天堂，我只想呆在这儿，我需要呆在这儿。"

我轻声劝解："别太放不下，只是一些火车而已。"

布莱恩眨了下眼："我也跟你说过，丹只是一个人而已。"

"但他是我此生挚爱。"

"火车也是我的挚爱。"

这个一生挚爱铁疙瘩的中年人无疑有着悲剧的人生，但是我理解他。火车让他感到快乐。它们是他每天起床的动力。它们让他的心脏跳得更快。

"布莱恩，为什么你不让我帮帮你？"我嘴上这样说，心里却并不在意。

他盯着我看了很久，然后一把抓住了我的手。

“你真的可以？”他说，“如果真是这样我太感谢你了。”

“会好的，”我说，“别担心，我们都会完成任务，你会看到这一天的。”

他目光炯炯地看着我，我心里有点胆怯。我连自己的任务都不知道怎么完成，又怎么能完成两个任务呢？

第七章　相识

经典，残忍的经典。

今天是我在比茨计算机公司的第一天，天上正飘着小雨。我花了几个小时的时间弄直头发。而现在染上了泥浆的它们就像钢丝一样竖在我的脑袋上。我最好的小山羊皮靴已经泡透了。如此精心打扮是为了给阿奇留下深刻印象，让他一见到我就忘不掉。

我深呼吸了一下，然后旋转门把手进入办公室中。

“早啊!”我尽量用愉快的声音说。

颏下长着大胡子的一号男停止打字，抬头看了我一眼又把头扭开。他看起来比我想象的要糟。他那长而油腻的头发束起马尾像一条塑料带子，身上穿着一件黑T恤，前胸用白字写着“游戏者”。游字上还沾了一点果酱。

“感谢上帝，”大胡子盯着我的脚说，“我们都没想到还会再见到你。”

“我也没想到，”我耸耸肩，“老实说我对这份工作也没报多少希望。”

大胡子扬扬眉毛。现在他正盯着我左肩的某个位置。

“威灵顿先生在吗？”我略向左倾身问道。

“不在，他今天会来得晚点儿。”好吧，现在他又盯着我的脚看了。“但是，我已经为你安排好了桌子，如果你愿意可以先收拾一下。”

他伸了个懒腰从椅子上站起来。哇，他真的很矮。他大约身高5英尺5英寸，我可以看到他T恤下瘦弱的肩胛骨。

“我想你如果知道我们为你配备了一台超级计算机一定会很高兴，”他隔着桌子对我挥手，“跟我来。”

他居然在屋子正中央的一个空桌子前停了下来，这个破地方，每个人都能看到我的屏幕。

“好了，”大胡子对着我的额头说，“我可以先介绍一下吗？”

哦上帝。我要与阿奇相遇。我环顾四周，哪个是他？上帝保佑他会是一个短头发、没胡须、不戴眼镜的人。(在我心目中一直把他的形象和穿红色小矮人T恤的小伙子划等号，或者比他略时尚一些)。

“他，”大胡子指着我右边一个长着满脸粉刺、还顶着一头红色长发的小伙子说，“杰夫”。

我伸出手，“嗨，杰夫。我是露西。”

“你好，”他咕哝了一句，眼睛始终没有离开面前的屏幕。

大胡子好像在思考如何介绍才会好一些，后来他指着我左侧一个顶着油腻的黑色长发的小伙子说，“他是奈杰尔。”

奈杰尔抬头看了我一眼，露出一头黄牙。

“很高兴见到你。”他说着轻轻地握了握我的手。

“下一个。”大胡子指着我身后的一个人说。

哦，他一定是我要找的人，阿奇。他必须是阿奇。他长着温暖的棕色眼睛和高高的颧骨。干净的T恤和整齐的头发表明他的确是个好男孩儿。

我露出最灿烂的笑容向他伸出手。“嗨，我是露西。”

“乔。”

可恶!

“那边还有一些同事，现在不在。”大胡子的手向办公室中空余的地方一挥，我就像泄气的皮球一样一下子软了。“不过格雷厄姆喜欢让我们在午餐的时候聚在一起喝上一杯，那时你就会遇到所有人了。”

“好的，”我重重地坐在椅子上，“听起来还不错。”

“我已经帮你做好了登记表，”大胡子递给我一张纸。“告诉那斯汀你所需要的所有软件。”

我看了他一眼。“你刚才说那斯汀？”

“他是我们的网管。一个不错的小伙子。如果你的电脑有问题喊他就行了。”

“为什么管他叫那斯汀？”

“这是他的口头禅，一遇到问题需要诊断的时候就会这样说。这已经成了他的代名词了。大多数人反而不知道他的真名。你还有什么想知道的吗？露西。”

“你的名字，”我说，“你从未告诉我你叫什么名字。”

大胡子有些脸红，向我伸出手，“嘿嘿，是的，瞧我真是粗心。我是阿奇博尔德·汉弗来-史密斯。”

真是踏破铁鞋无觅处，得来全不费功夫。我不知道要不要从椅子上跳起来给他一个熊抱。事实上我只轻轻点了点头说：“很高兴见到你，阿奇博尔德先生。”

直到他回到自己靠在门边的桌子之前，我都在盯着他看，心脏也狂跳不止。我已经找到阿奇了，我真的找到他了!但是像他这样一个身材矮小、皮包骨头、一头油腻长发、与人对视时间不超过几秒钟的小伙子如何在短时间内找到真爱呢？有没有人发明个名叫www.loveageek.com的约会网站？

“你还好吧？”奈杰尔说，向我眨了眨眼。“你没打算当逃兵吧？”

“不会的，我的耐性极强。”

我从现在开始就要工作了。在我与阿奇之间建立起联系、走向下一步之前我还是要做好这份工作的。我把脸转向显示器。哦，不，他们给了我一台个人电脑，上一次使用个人电脑还是在学校里的计算机课上。我以前工作的时候每一个人都使用苹果机。

好吧，先开机吧，这个做起来并不难。

机箱上有一个大大的椭圆形按钮上面还刻有一些蓝色的古怪字符，按下它之后显示器就开始闪烁。唷!总算启动了。我向两边瞅瞅打算看看有没有人在注意我。杰夫和奈杰尔都戴着耳机，他们都忙得很，根本没时间注意我。

棒极了。现在我最需要做的事儿就是研究一下谷歌的网页设计，以免让人们注意到我根本就不知道该做什么。

当我正在程序和网络工具之间切换的时候一道阴影落在了我的显示器上。我扭头一看，吓得差点儿叫出声来。盯着我看的人身高至少6英尺8英寸，我从来没见过这么宽大的前额和浓黑的眉毛。他看起来像是天上的巨灵神。

“嗨，”他伸出了黑不溜秋的大手，“我是那斯汀。”

“露西。”

“还顺利吧？”他像是要把我的手捏碎一样。

“是的，很好。你瞧，我正在工作呢。”

那斯汀笑笑，他的牙齿像一根根细小的钉子，彼此之间还有着巨大的空隙。他看起来像是误长了小孩儿牙齿的巨人。

“我需要关掉你的电脑几秒钟。”他说。

“好的，没问题。”

我关掉了屏幕上的所有程序，接下来却感到一阵恐慌。怎样关机呢？我有点不记得了。

“唔，”我一边支吾着，一边用鼠标在按钮和图标上乱点。我能感觉到我有点儿出汗了。“你想用这个吗？”

“不，”那斯汀果断地说，“直接关机就行了，你知道的，开机、关机。”

旁边正在打字的人也停下了工作，杰夫和奈杰尔正在看着我傻笑。

“好的，”还好机器开始传来一阵嘈杂声，终于开始关机了。“搞定。”

“现在关掉它。”那斯汀说。

他说的是什么意思？屏幕已经黑了，难道没有完成关机吗？我一脸无辜地看着他，无助地耸了耸肩。

“用主开关……去关机。”他慢吞吞地说。

当我准备去戳那个带有蓝字的椭圆按钮时传来奈杰尔的咯咯笑声。我瞪了他一眼。

“主开关在背面。”他说。

“哦，是的，我知道。”

我站起来绕过杰夫来到机器后面。眼前是一堆乱糟糟的线，可主开关到底在哪儿？我满怀希望地瞅了眼奈杰尔和杰夫。他们只是在我背后吱吱地笑。房间里突然变得寂静。阿奇也从门边的桌子前站了起来，一脸迷惑的样子。

那斯汀吼道：“主开关，动作快点儿，我没时间跟你耗。”

我一咬牙一狠心把我能见到的第一个开关按了下去。一阵巨大的声音传来!我的机器后面冒出一股青烟。

哦，倒霉。

整个办公室最少沉寂了三十秒钟，真是令人难熬的三十秒，接着便有人拍手喝彩。之后越来越多的人开始拍手。当我反应过来的时候差不多每个人都在拍手、欢呼。我绝望地望向奈杰尔，他正在放声大笑，而杰夫则把双手高举过头拍个不停。我很认真地考虑是继续呆在这儿还是找个地缝钻进去。

“干得漂亮，露西。”有人大笑。

“嗯，”我偷眼看了看网管，“我想我搞坏了我的电脑。”

他扬了扬黑眉毛，“垃圾。”

午餐是在当地的酒吧里进行的，有一份三明治和一品脱啤酒。奈杰尔解释说我只是不小心按到了电源开关而不是主开关。我并没有搞坏我的电脑，那斯汀会把它拿去好好修理一下，让它再次正常工作。

“露西，别担心，”杰夫说。“奈杰尔第一天来时把变量当成了字符串。”

每个人都在大笑，我也只能小心地陪笑，即使我未听懂他们在说些什么。同时也在提示自己：去谷歌搜索一些有趣的笑话。

“我在面试的时候应该说清楚我向来使用苹果机的，”当笑声渐歇的时候我对大家说，“只是当时我不想太大惊小怪。”

“祝贺你。”阿奇在桌子的另一边咕哝着。

“是的，”有人说，“所有的源软件都处于开放状态。”

突然之间每个人好像都获得了活力，开始滔滔不绝地讨论Linux和Redhat，还有其他一些我听不懂的名词。我穿过桌子看向阿奇，他已经离开了桌子站到吧台前，一副焦急的样子不停地看着手表，也并没有试图招呼女招待过来的意思。我站起来，一阵犹豫，但我还是忍不住慢慢踱到阿奇身边。

“谢谢你，阿奇博尔德。”

他猛地一动，看了我一眼又迅速把眼神移开，“为什么？”

“为我说我只会用苹果机时你对我的鼓励。我以为每个人都会笑话我。”

他没有再说什么，只是我从他嘴角看到了一丝笑意。

“哦，我明白了，”我说，“你笑是因为大家已经在嘲笑我了。”

“抱歉，”他扯着表带面红耳赤地说，“我们不应该这样做，没有人想在上班的第一天就出糗。”

“有点儿来不及了。”

他还是没有任何行动去吸引女招待的注意，于是我摆了下手招呼她过来。

“我想要杯金汤尼，”我说，“还有……”我看了眼阿奇，他本来就矮小的身材好像又矮了半截。“你想来点儿什么？”

“半杯苦啤酒。”

苦啤酒？四十岁以下的人很少有人饮苦啤酒。

“半杯苦啤酒。”我说。

我们肩并肩安静地站着，女侍应就在边上帮我们把冰块混到金汤尼里。

我试着再次找了个话题：“那个，如果饭后你不用马上投入工作的话，一般会做些什么？”

阿奇耸了耸他消瘦的肩膀：“写代码或者打游戏。”

“哪种类型的游戏？”

“当然是电脑游戏了。”

棕黑色的苦啤酒倒进了半品脱的玻璃杯中，女侍应用力地摇晃着杯子，我一脸困惑地看着这一切。看来我有麻烦了，阿奇的生活除了写代码就是打游戏，哪个女人的梦中情人会是他这样身材矮小、满头长发的人？至少我就从未遇到过这种情况。当然他可能会有一辆好车或者一个不错的房子，为他增加一点儿砝码。

“那么，”我啜了一口酒说，“阿奇你住在哪里？自己有房子吧？”

“不是的。”他摇头说。

“你的意思是？”

“我跟祖母住在一起。”

“祖母，”我气急败坏地说，“好极了。”

第八章　丹

可恶，星期四早上居然没有见到阿奇。他的紫色防风夹克也没有挂在椅子后面，显示器也关着。从周三下午他就一直在躲着我，有人责备他吗？难道是他告诉我与人同住时我的态度刺伤了他？

“奈杰尔，”我坐在自己的椅子上说，“阿奇博尔德怎么了？”

他从图纸上抬起头看向我，“你格外地关心他，是吧？”

我腾地一下脸红了，“没有，我只是想问他一点关于我正在使用的软件的问题。”

“那应该问那斯汀，”他的脑袋向网管办公桌的方向偏了偏。“这事儿归他管。”

那斯汀正盯着我的眼睛看呢，向我露出了他的一口小碎牙。

“晚点儿吧，”我咕哝着，在脑袋里回想着“那斯汀”计算机的事故。“我得先给格雷厄姆先生打一份关于网站的报告。”

真遗憾阿奇不在，不过我有更重要的事情需要担心。安娜晚上要和我的未婚夫在酒吧碰面，我又可以见到丹了！

我刚过六点钟进入白马酒吧的时候，心里一阵忐忑。我不知道丹和安娜会在什么时候来这里，但我不想错过任何机会。我知道我身上的套装皱巴巴的，但又有什么关系呢？我不在乎。

“哦，您来了，”侍应生把我领进去，我穿着皱巴巴的黑色亚麻裤和沾染了番茄酱的T恤趴到吧台上。“又是糟糕的一天？”

我摇了摇头：“确实不太好，请给我一杯白葡萄酒。”

我拿着酒来到酒吧的一个角落里坐下，十分钟过去了，我的未婚夫和好友还是音讯全无。酒吧里的人渐渐多了起来，而我也变得更加焦躁。我的旁边有一个空桌，酒吧的另一面还有一个空桌。如果丹和安娜坐在那里我要怎样才能听到他们的谈话？

酒吧的门打开了，我感到一阵凉意，抬眼看了一下。一个身材高挑、满头黑发、神色凄迷的男人走了进来，是丹！他穿着牛仔裤和一件绿色的毛衣，那是我们刚搬进新居时我为他织的。与上次见面相比，他好像又瘦了，下巴现出短短的胡茬儿。

我们的目光相遇了，我能感受到他的呼吸。

或许手册上说的是错误的。或许，如果你真的爱上某个人时，即使时空扭转你也能认出他。总之，他可能已经知道我是谁了。

丹皱了下眉头走开了。他认出了我，不是露西，而是那个不停地猛敲他家门的古怪哑女。当他在酒吧另一侧的空桌上坐下时，我的心一下子沉了下去，他的眼睛四处张望却没有看向我。

五分钟后安娜走了进来。与上次相比她显得更加光芒四射。她的头发平滑而有光泽，她的皮肤没有一点瑕疵。她穿着牛仔裤、高跟鞋和一件白色的芭铎风格无肩毛衫，如果她不是我最好的朋友，我一定会嫉恨她。

当她看到丹的时候妩媚一笑翩然走去。他看到她后站了起来吻了一下她的面颊，可惜我不会唇语，无法弄清楚他们之间在说些什么。几秒钟后他离开座位在吧台点了几杯饮品。

现在要怎么办？现在我需要到他们身边以便于窃听他们谈话的内

容，但是现在有两个大问题：

1）酒吧的那一侧没有空桌；

2）我不能离得太近，以免丹发现我在偷窥他。

我一边饮着葡萄酒一边打量着酒吧的环境。离丹的桌子不到一米远的距离有一张凳子，与它相邻的桌子上坐着一位金发男子，他正背对着我。唯一的办法就是走过去假装和他搭讪，然后窃听丹和安娜的谈话。我喝光了大半杯的葡萄酒用手沾了沾杯底的酒水，擦到T恤的番茄酱上。这样做非但没有变得更好看，反而让衣服显得更脏了。我拉了下外套，把领口的扣子也给扣上了，我的样子看起来跟琼·布罗迪似的，但也没办法了。丹和安娜已经开始深谈了。我站起来装作一副很闲的样子向那边踱去。

当我正在思考下一步该如何行动的时候，多事的男侍应已经给我满上了另一杯酒。当我接近之后才发现金发男子比我想象中还要白，他对于我的出现根本没有任何反应。

“打扰一下，”我拍了拍他的肩膀说，“介意我坐在那个凳子上吗？”

他转过头上下打量我一番。他的灰色眼珠里传来一些我比较熟悉的感觉，他的鼻子上居然还有一个金属环。

“随便吧，”他说。

我极有策略地绕过他，此时只要我伸伸手就能摸到丹的头，最后我还是坐到了凳子上。白皮肤的男人好像正在大口大口地饮着一杯类似于龙舌兰的酒。我沾了沾酒转头看向丹，正好听到丹在说话：

“我太想她了，但是安娜，有的时候我……”

他的下半句话被酒吧里的嘈杂声所掩盖了，好像有人在尖叫。但是我觉得他的话是转折的意思。到底是转成什么意思呢？他已经忘了我？还是他觉得此生没有我便了无生趣？

我的手臂突然感到一阵刺痛，白皮肤的男人正用右手那肮脏的手指来戳我。

“嗨，”他含糊地说，“你认识我吗？”

我本来不想理他，但是丹正看着我。很明显我移桌的行为已经引起了他的注意。哎，我还得做点儿什么别让他再受到刺激离开酒吧。于是我向着白男人的方向笑了笑。

“为什么不告诉我你是谁？”我说着轻轻地用我认为是调情的方式拍了拍他的手背。

“你听说过欲望男孩吗？”他咕哝着然后猛地向凳子的方向歪去，吓得我以为他会栽倒。结果一枚便士落到了地上。

“你是基思·克兰克。”我说。

坐在我右边桌旁的丹眼里已经涌出泪水。

“当我还是一个小男孩儿的时候，”他说，“我发誓一定跟第一个遇到的长得像印地安娜·琼斯的女人结婚。你可以想象出当我打电话给露西准备再次约她，而她告诉我她正在看夺宝奇兵的重播时我的兴奋心情。这话听起来挺傻的，但是我真的认为我们会在一起度过下半生的，然而她、她、她却离我而去……”

我的胃痛得快抽筋了，太不公平了，这太不公平!

“哼，”基思用他那带尖的鞋跟猛地戳了下我的脚踝，“你不认识我却知道我的名字，你这个说谎的家伙。”

我把目光从丹的身上转移到基思身上(我早忘了我现在应该正在与他调情来着)。

“我没说谎，我并不是一开始就认出你的。”

“你在说谎，你恨不得吃了基思的肉。”他恶狠狠地说。

“实际上我只想吃自己的晚餐。”我说。

因为安娜坐在桌子的另一头所以我只能看到她的脑袋，知道她正把指甲修剪得极为整齐的手放在丹的手上。他抽回手用袖子擦了擦眼泪。

“哎，”苍白的手指在我面前晃了晃，“你听到我在说什么了吗？”

“啊？”

“你想吃基思的肉吗？”他睨着眼又说了一次。

为什么酒总会让人忘掉五秒钟以前自己说过的话？

“不，谢谢基思先生，”我重复说，“我不饿。”

“亲爱的，这话让我听起来更爱你了。”

他就这样不断喝酒、插话，让我无法听清楚安娜和丹的谈话。

“基思，”我向他招了招手说。

他向前倾了倾，“我在。”

“为什么你不在洗手间那里等我，再稍等一会儿我就到了。”

他的嘴高兴地张了张。“你正在拖我下水？”

“是的，”我奉承道，“我就是这样打算的，你先去我随后就到。”

“一言为定!”

他从凳子上站起来，步履蹒跚地走了。可是他走到一半的时候居然又折了回来，“洗手间在哪儿？”

“顺着酒吧绕圈走到头就是了，”我随便指了个方向，“在那儿等着我吧。”

他又咕哝着穿过酒吧，一路跌跌撞撞碰到不少人和酒。丹还有安娜仍然坐在那里深谈，我则在一边倾听。安娜的身体剧烈晃动，看样子像是哭了，丹伸出手去握着她的手。

“我能感受到她就在我的身边，但我却看不到她。”他说，“她真的走了。”

不要放弃我呀，丹，我无言地呐喊着，请千万不要放弃我，我就要回来了。

“露西跟我说的最后一件事儿，”安娜说，“就是希望能看到你幸福，这样我们就会很高兴，我想这也是露西最关心的事情。”

丹无语点头。我能明白他现在在想什么。他在想我们关于婚礼准备事宜的争执，以及我死之前所发生的点点滴滴。我默默地祈求安娜，请不要再问他了。

“如果你不介意的话，能告诉我露西生前对你说的最后一句话吗？”她问。

丹摇了摇头，“我不想谈论这些。”

我听不到安娜的回答了，因为基思·克兰克又回来打岔了。

“嗨，”他吼叫道，“你怎么还不来？我等得头发都白了。”

我想说话，但是因为太过悲伤根本无法发出声音，我只能用力地吸气。

“嗨，”基思大叫，“你说过你会来跟我做爱的。”

酒吧里的噪音和交谈声全部消失了，所有人都在望着我们。基思的脸与我的距离是如此之近，我都能闻到他呼吸间的酒味？

“你打算吃基思的肉，”他大叫着，“为什么不来吃，你这家伙？”

我推开他离开了我的座位。

“嗨，”当我从他身边经过时他抓住了我的肩膀。“你要去哪儿？”

我推开他的手但他又抓住了我的衣服。

“喂，”另一个声音响起，是丹的声音。他站了起来怒视基思，“让她走。”

基思抬起头看了看他，眯起眼睛说：“滚开，瘦猴。”

“放开她，”丹捉住了基思的手，“她与你没有任何关系。”

在我还没弄明白之前，酒吧里的其他人也鼓噪起来，基思见势不妙放开了我的衣服。

“她是个婊子，”他推了我一把，“归你了。”

被他一推，我跌落到丹的怀里。我愣住了，我的脸紧紧地贴在他胸前温暖的毛衫上。

“你没事吧？”他用手环住我说，“那家伙喝多了，别理他。你要不要坐下来，跟我和我的朋友一起喝一杯？”

他须后水的味道和放在我肩上那双温柔体贴的手，让我体味到了比以往更强烈的关爱。我从他的手臂下钻出来，抬头看了看他温柔而茫然的脸庞，转身跑出了酒吧。

稍后我躺在床上，双手环抱着丹在布莱顿为我赢来的粉色大象，把脸埋在它柔软的皮毛里。我还能记得丹那须后水中添加的香料味道，还记得他从基思的魔爪下把我解救出来时那温暖的感觉。他上一次穿那件绿毛衣是在去年十二月份，丹为了给我一个惊喜，策划了一次巴黎迪斯尼乐园之行。当时我向丹抱怨有个项目的压力太大，他就建议去度个周末提提神儿。我对此并不是很感兴趣，直到他说他的父母正住在诺福克乡下，我们可以在那里吃到自家做的新鲜食物时，我才感到这正是我所需要的!当他坚持要我带上舒适的鞋子和厚毛衣的时候，我没有丝毫怀疑(他父母家非常冷!)，但是当他坚持在圣潘克拉斯站而不是在利物浦大街离开大都会线的时候，我才觉察出有什么不一样。

“我们要做什么？”当他紧紧拉着我的手臂进入欧洲之星的时候我问他。我凝视着头顶上闪着光芒的弧线形顶篷，感觉它很像一座大教堂的天篷，这里的香槟酒吧也让我看得目瞪口呆。“我们要去哪儿？”

“难道我没告诉你，”他眉开眼笑地说，“我父母上周移民法国了。”

“不可能!”我说，“为什么你从来没有告诉过我？”

“因为这不是真的，”他说完就松开我的手，在我打到他之前跑过了人群。

“但是，”我急匆匆地赶到他前面，我的手提箱也扔在了身后，“我没有护照，我们哪儿也去不了。”

“我已经替你拿护照了，”丹说着把我的手环在他的腰上，拉近了我们之间的距离。“我们要去的地方是迪斯尼乐园，露西。”

我快乐的尖叫声差不多整个通道的人都能听到。

二十四小时后我的脸再次贴在丹的毛衣上，那是因为我们在寒冷的冬日里观看烟花，他把我搂在怀里。那是一个魔术王国，有米妮/米奇和唐老鸭的国度，美丽的灰姑娘正在人群中向大家飞吻。

“我不值得你为我做这么多，”我抬起头看着丹说，我的喉咙有点儿发紧。“我觉得太快乐了，有点儿不真实。”

“不，亲爱的你值得，”他说。他捏着我的下巴，我的脸稍稍后倾，他温软的唇覆了上来。“除了你还有谁会让我如此？”

“你爱我是因为我是世界上最好骗的傻姑娘吗？”我咬着下唇闷声说。

“不，”丹深情地看着我说，“因为你是最美丽的。”

我把粉象拉得更近一些，把它狠狠地压在双臂中，眼泪从我的眼中流淌出，把它柔软的皮毛都浸湿了。

“我会帮助阿奇找到爱情的，丹，”我低语着，“我一定会，无论怎样。”

第九章　聚会

周五一大早我就急匆匆地朝公司跑，到了走廊里还在不停地喘气。天杀的基思·克兰克。都是他的错，让我睡过了头。如果没有他我就会按时睡觉，而不是用几个小时的时间来想丹，结果……

坚持！

阿奇仍然踡缩在他的桌子边，手指放在键盘上，俗气的风衣挂在椅背上。不管昨天他去哪儿了，现在总算回来了！“帮阿奇找爱情的项目”要重新开始了。

“早，阿奇博尔德，”我说着用袖子擦了擦乱蓬蓬的头上沾满的汗水。

“嗯，”他应声，眼睛始终没有离开显示器。

“很高兴看到你回来，”我接着说，“希望你现在能感觉好些。”

“什么？”他抬起头说。

“昨天你没有来，我以为你生病了。”

“差不多吧。”他咕哝着，脸红到了脖子根。

他看起来没精打采的，我推测他一定得了很难受的疾病，比如腹泻或者其他疾病。但是这并不需要不好意思呀，我们都会得病。

“肚子痛没什么的，”我说，“我有一次吃了不新鲜的咖喱虾就……”

“我没病，”阿奇小声说，看起来更怯懦。“我在做……一些事情……”

啊这样呀，时间到了，我该开始工作了。

我登录刚十分钟屏幕上就跳出一条信息，发信人是格雷厄姆：

你好，露西。请到我办公室来，我们聊聊。

在我以前工作的地方，“聊聊”意味着遭到训斥或者被解雇。我一阵紧张，难道是格雷厄姆看出了我简历中的不实之处？我不能失掉这份工作。我还没搞到阿奇家的电话号码。

我回了一个信息，“一切还顺利吧？”打字的时候整个心跳成一团。

还好，你还记得吧？我们得谈谈网站的事儿。

我重重地叹了口气，奈杰尔听到后停止打字看了看我。

“来了。”我回复道。忽略了同事们的目光，抓起事先写好的便笺走去。胡说也得有个谱吧。

今天格雷厄姆没戴那条阴郁的蓝色领带，而是换了个红色的领结，乱蓬蓬的头发也梳理得整整齐齐，总的来说今天的他比较耐看。

“嗨，格雷厄姆。”我走到他的桌前说。

“不用站得像参加仪式，布朗小姐。”他挥挥手示意我坐到椅子上，“坐下，坐下。”

“我写了一些关于网站的建议，”我说着小心翼翼地坐在椅子边儿上。“我把它们念出来还是您自己看看？”

格雷厄姆用手肘支着下巴，“你念吧，布朗小姐，我洗耳恭听。”

“好的，”我的手指向第一条的时候就开始打颤。“首先是色彩问题。现在的色彩太俗，也没有与之配套的图片。”

格雷厄姆皱眉道：“继续。”

“动画方面比较简单、庸俗，难以吸引浏览者的注意力，”我顺着自己的思路说下去。“字体太大，布局不规矩、菜单的位置不正确、很多照片随意地摆放在空白位置上，占用了大量空间。总之，整个网站给人的印象就是极不专业。原来的设计者是个色盲加白痴。”

格雷厄姆点点头。“好的，如果让你给设计者提建议，你会说些什么？”

“我不会给他们提建议，”我很高兴能看到他对我的评论感兴趣。“我会直接告之他们被解雇了。”

“你要这样做？”他扬了扬眉毛。

“是的。”

“可是我怕你无法解雇我，因为我是总经理。”

糟糕透顶。

我清了清喉咙，“我的意思不是这样的，我的意思是，我不想……”

“其实我是程序员出身，露西。”格雷厄姆在椅子上坐直，双手抱胸说，“你知道网站设计其实并不难。这里任何一个小伙子都可以完成设计工作，只是他们太忙了。所以我们雇佣了你。”

哎唷。可能谈话一开始的时候格雷厄姆就打算解雇我了，或者说他现在已经开始这样做了。

“您说得很对，”我说，“其实这个网站也还是有很多优点的，我也写了。”

“例如？”

我装模作样地看了看那些并不存在的优点。“描述声音识别软件那一段介绍文字很不错。”

“还有？”

“还有，嗯，那个使用软件时拍摄的照片很……很有意义。”

格雷厄姆的手理了理头发和领结，“还有吗？”

“当然还有，”我滔滔不绝地说，“光线很棒、角度也很不错，嗯……那个……你的桌子也很整齐。”

“像模特吗？”

“不好意思？”我一脸茫然地说。

“我认为你刚才的意思是说照片上的人很潇洒。”

我咬了咬牙，“格雷厄姆，照片上的你看起来的确很潇洒。”

“那好，”他站起来说，“按照你的想法做吧，让我看看你能不能弄得更好。”

“我尽力而为，”转身走开的时候我的背后都是冷汗。当格雷厄姆又叫我的时候我才走回去一半儿。

“有事？”我慢慢转身。

“如果你做的我不喜欢，我也会开除你。”

我瞪大眼睛盯着他。

“开个玩笑。”他说。

到一点整的时候我已经被HTML标签、Javascript代码和照片库弄得头昏脑涨，我需要休息一下。阿奇又神秘地消失了，所以我只好转向奈杰尔。

“今天还去酒吧吗？”

“不，”他摇头说，“我中午要加班，我和杰夫要加做一个编外程序。”

我转头看向杰夫他点头表示同意。

“还有些其他人会去酒吧的，”奈杰尔补充说，“很明显今天

Javascript服务器组与客户组之间又要举行辩论了。为什么你不去听听？”

“或许吧，”我又缩回座位里。“我还有些事要做，可能买个三明治就走。”

奈杰尔看了眼表，“萨莉三明治马上就会送来，她们那儿只有蛋黄酱和乳酪。”

果然，十分钟后，办公室门前传来一阵敲门声，很明显萨莉是一个胖女孩儿。

“请进。”奈杰尔大声说。

我转过头去，感觉像是一位俄罗斯铅球运动员正在昂首阔步地走进来。

“大家好，”进来的却是一个中国小女孩儿，染成金色的头发束成马尾垂在脑袋的一侧。她穿了一件红白格子衬衫和一条棉布裙子，身上还系了一条印着明亮的粉色“萨莉三明治”字样的围裙。她的脚上穿了一双尺寸极为夸张的大鞋子，总之她的形象与辣妹组合有一拼。

“鸡蛋和乳酪？”她说着来到奈杰尔身边，从一大堆东西底下翻出一份三明治。

“你的。”

“你好，”她看了我一眼说，“新来的？”

“是的，我是露西。”

当我站起来的时候觉得自己像是个巨人，萨莉的实际个头比我第一眼看到的感觉还要小上一些。我敢说她不高于四英尺十一英寸。

“你想吃点什么？”她笑道。

我买了一根香肠和番茄味的法国圆面包后坐了下来。萨莉看了眼杰夫，他正在啃一个他以前买的已经不太新鲜的火腿生菜三明治。

“明天见，”她说着提起篮子走出办公室，“很高兴见到你，露西，再见小伙子们。”

下午的其余时间就在忙忙碌碌中度过了。当奈杰尔把椅子推到后面开始伸展胳臂的时候我也抬头看了眼表，时间真令我吃惊。

居然是下午5点30分了。

午餐结束后阿奇又出现了，但我已经没有时间跟他说话了。我不得不在他逃跑之前迅速抓住他。

我及时赶到他的办公桌边。他已经穿上夹克、把包背在身上，正在伸手关显示器。

“阿奇，”我说，“这个周末你要做什么？”

“去参加一个LAN聚会。”他咕哝着走到门口了。

我虽然并不清楚什么是LAN聚会，但是与聚会有关的事儿最后的结局都不会太坏，不是吗？

“我可以来吗？”我说，觉得自己的两颊都红了。

他惊奇地看着我，手指穿过平直的头发。“你也想去LAN聚会？”

“是的，我很喜欢。”

“你知道这需要四十八小时吗？”他很认真地说，“需要非常大的毅力。”

哦，这哪里是聚会，分明是在发疯，上帝呀。如果阿奇吸毒我该怎么办？又或者正是因为这样他才经常不在公司。一个吸毒的男孩儿，谁还会想着他？

“我可以坚持四十八小时，没问题，聚会在哪儿？”

“明天早上我打电话约你再细谈好吗？”他看了看表说，“我赶时间。”

当我把家中的电话潦草地写在便签上递给他的时候，用力咬住嘴唇才没让自己笑出声来。如果阿奇肯向一位女性要电话号码那就说明事情尚有可为。他看了一眼纸条便塞进包里。

“再见，阿奇。”当他走出办公室大门的时候我向他道别。

“阿奇博尔德。”他咕哝着消失了。

当我返回幽灵申请者之家时心情不是一般地好。今天我的成就如下：

1. 没有被解雇；

2. 受到邀请参加一场非同寻常的聚会。

这意味着我可以与阿奇呆在一起四十八小时，有很大的机会找出他寻找的梦中情人的标准。接下来我要做的就是要让他相信我会帮他找到她。妙极了，我一边想着一边走进厨房，从冰箱里拿出一瓶无糖可乐，一切尽在掌握。

“露西。”克莱尔不知道从哪里冒了出来，在走廊里挡住了我的去路。

“啊。”我下意识地应了声。

“昨天晚上你回家的时候为什么叫我滚开？”

哦，糟糕，我都忘了这回事儿了。这事儿其实也怨不得我，昨天我满脸泪水步履蹒跚地进门时她居然还叫我“新娘子”。

我含糊地说：“因为我对你的某些做法很反感。”

“说什么呢？”她说着卷起了羊毛外套，并用厚厚的橡皮筋缠起来。

啊，她打算把头发也盘起来跟我开战？

我吓得向后退了一步碰到厨房的桌子，“我遇到了基思·克兰克。”一只谷物碗跌到地板上成了碎片。

“真的？”克莱尔把针织上衣的袖子挽到手肘之上，向着我又迈了一步。“在哪里？”

“我们去喝一杯谈谈这事儿怎么样？”我踩着脚底的碎片结结巴

巴地说，“就在附近。”

如果接下来她真的要揍我，我想我需要找个目击者以便于重伤时替我叫救护车。

克莱尔眯着眼睛打量着我，我连呼吸都感到困难。

“很好，”她说，而我正在考虑要不要把无糖可乐倒在她的头上，再借机跑掉。“但是你付账。”

“女王头”是幽灵申请者之家街角处一个衰弱的老头儿开的酒吧，这里倒也蛮热闹。所有的桌子都被占满了，所以我们只能坐在吧台边儿。我点了饮品。

“说吧，”克莱尔从年老的侍应手里接过苹果酒和黑加仑子，“你遇到基思后发生了什么事情？”

“好的，我……”

我要怎样解释才能让她相信我的本意并不是想勾引基思？我绞尽脑汁也找不出适当的表达方式，克莱尔一定会火冒三丈打爆我的头。惨了，我不得不告诉她基思对我有意思，而且已经采取行动了。

“我正跟几个朋友在白马喝东西，”我抓紧了白葡萄酒的酒杯，“基思走了进来，他已经喝醉了，醉得很厉害。”

“好家伙，”克莱尔喃喃道，“他喜欢那间酒吧，他跟谁一起？”

“他一个人，但没呆多久。”

“你的意思是？”

“有个女孩儿坐在吧台边上，他走了过去，想让她跟他一起进洗手间。”

她拿起苹果酒，眼神也变得担忧起来，“她去了吗？”

“没有，然后基思就说了些难听的脏话，还有其他一些什么，总之很烦人，弄得那个女孩儿很不高兴。”

我观察着克莱尔的反应，在她心目中基思一直是一个友爱、敏感的男孩儿，如果她发现了他的真实面目是不是会多少感到一点儿震惊？

“就这些？”她捻着自己的鼻环说。

我张大嘴巴吃惊地盯着她。“你觉得这还不够吗？他就是一个彻头彻尾的流氓，在大庭广众下出丑，还毁了那个女孩儿的一个美丽夜晚。”

“告诉我一些我不知道的事情。”

我皱眉说，“你是指？”

她用手在脸上摩擦了几下然后四处看了看。突然之间她看起来不再沉稳而是多少有点惊慌，实际上她是那样的年轻和无助。“他过去也总是那样对我，但跟你说的那女孩儿不同，我每次都会跟他进去，尽管他事后仍然看不上我。”

“你成年了吗？”

她摇了摇头把最后一点儿酒喝干了。“我真希望我已经成年。每次做完后他总是回到乐队的桌上，告诉我走开坐到吧台上去。然后他就会告诉他们我们已经完事儿了，而他们就会取笑我。”

我一阵心痛，克莱尔虽然是自找的，但也不应该这样残忍地对待她。

“他们怎么取笑你？”我问。

“说我如何胖、如何丑、如何不要命地追着他们。我做的每一件事他们都可以取笑。”

“哦克莱尔，太令人心痛了，你为什么非要跟他睡？”

她重重地把空杯放到吧台上，回首招呼侍应。“清醒的时候基思是个很不错的人，”她说，她的声音很低沉，她的酒杯再次注满酒水，“相当不错。我总是幻想如果我能够跟他在一起久些他就会不再理那些醉鬼。但结果显然没有。”

“你应该离开他，克莱尔，你会遇上更好的人。”

“看着我，”她用手指向自己，“谁会喜欢我这样儿的？”

她一点儿问题都没有。其实如果她的妆不是那么浓的话她还真是个美人呢。她长得怎么样并不重要，关键是她敏感易怒的性格。

“如果你能改改脾气而不是总这样偏激，会有很多人喜欢你的，”我说。

“现在已经晚了，”她咬着下嘴唇一字一顿地说，“我已经死了。”

她一语说到点子上了，或者说她要怎么做呢？已经死了的人可以有爱情吗？当我们回到家的时候我把这件事记在心里，虽然我很想帮她，但现在的我真的不知要怎么做才好。或许我还保留着十几岁时女孩儿的记忆，知道你的内心与外表并不相符。十几岁的时候我也是个贪吃的胖妞，还要带牙套矫正牙齿，皮肤也不怎么样。对于自己满口的金属牙我的心里也很介意，所以在十七岁除下牙套之前我没有吻过任何人。至于发型也一样乏善可陈。

“那么你打算怎么做，克莱尔？”我问道，随后喝光了杯里的酒把杯子放到吧台上。

她咧开嘴笑笑。“完成我的任务然后去复仇。我会把基思当作追逐的目标永远纠缠下去。让我们看看真的有甩不掉的粉丝时他们会怎么想。”

“这样做好吗？”

“好极了，”她说着，含笑的面孔无比狰狞。“这些家伙要为他们加诸于我身上的不公付出代价。”

“克莱尔，”我心头一紧。“为什么我会有一种大事不妙的感觉？”

她只是咧着嘴笑。

我斜倚在浴池边上，肥皂泡在我的鼻子前冒个不停，丹沾满肥皂的手在我的背上来回移动。浴室很暗只有摇曳的蜡烛发出温和的微光，还有摩顿·布朗牌海藻的香气弥漫在空气中。

“请问女士是否喜欢来点儿巧克力？”丹一面在我耳边低语，一边轻轻抹去我双唇间的牛奶。“要不要来一段贝瑞·怀特的音乐？”

我点头同意，其实心里却更欣赏巴赛·怀特，他的音乐更潇洒更适合眼前的光景。

“你的愿望就是对我的命令。”丹说着伸手去拿遥控器。

我放松地倚在他的胸前，他的胳臂环绕着我，他的唇……他的唇……哪里来的噪音？CD出问题了？听起来不像是美妙的乐曲，更像是……更像是……

电话！

糟透了！

星期六。LAN聚会。阿奇。电话。被惊醒的露西！

当我在床上坐直的时候，我的脸火辣辣地痛。手册中的某一页粘在我的左脸上。我必须尽量多睡一会儿。

我小心翼翼地把它从我的脸上剥下，脸被刮得生痛。在我开始打瞌睡之前我得先读上一两章。遗憾的是我并没有从中发现问题的答案，就是克莱尔是否可以在天堂中找到爱情。或许布莱恩会知道？这个以后再说，现在电话铃仍然在响。

我立刻下床，飞奔出屋冲下楼梯。

“你好？”我抓起话机的听筒。

“请问是露西·布朗吗？”电话另一端的声音很好听，而且彬彬有礼。

“是的，”我的脸上还有纸屑呢，我把它们扔到地板上。“请问是阿奇博尔德吗？”

阿奇笑了，他的笑声很深沉，单听声音你绝对想不到他的身材。

“你还想参加LAN聚会吗？”他问。

“我确定无疑。”

“很好，你住哪儿？半个小时后我去接你。”

我盯着电话，“什么？”

“要不四十五分钟？”

什么样的聚会会在周六早上11点钟开始？

于是我问他：“为什么这么早？”

“是的，我们需要做准备工作。这是一个马拉松式的聚会。”

一个要花费大半天的时间来做准备的聚会会是什么样的？尽管我还比较冷静但仍然忍不住开始幻想一个奇妙的夜晚。

“我在巴克利路108号，四十五分钟后见？”

“好的。”

挂掉电话后，我在橱柜前蹲了一会儿，感觉有点儿兴奋和紧张。这对我来说是一个极佳的机会可以了解阿奇，我必须有所建树。现在首先要做的事就是——今天我穿什么？

四十五分钟后门铃准时响起。我的心里一下子兴奋起来，立刻到镜子前再检查了一下自己的形象。头发洗过了？干了吧？正常。脸上的纸屑都弄干净了？正常。银色露背胸衣和黑色超短裙？正常。细高跟鞋？正常。好了，我可以出发了。我深吸一口气，摇摇摆摆地穿过厅堂、走下楼梯、打开了前门。

阿奇穿着米色的长裤和黑色T恤，上面印着“我爱小精灵”。我一出现他就看呆了。他的目光从头到脚地打量我，好像能看透我的后背一样。

“嗯嗯嗯”，他张口结舌的样子活像一只大金鱼。“嗯嗯嗯。”

我双手下垂向他嫣然一笑：“反应不错，是我想要的效果。”

“当然，”他挪了下步子、扭着手指说，“只是……”

难道说我的理解有误？聚会以晚餐为主而不是聊天？或许是一场球赛？真是这样的话就更棒了，总的来说他今天的表现不错。

“只是……你穿这套衣服会觉得舒适吗？”

舒适吗？高跟鞋当然不会舒适，但每个女人都肯为它花大价钱，这其中的意义是每个男人，包括阿奇在内，永远无法理解的。

“我很好，请放心。”

“那好，我们走吧，我的车在那边。”

他沿街向下走去，我则摇曳着跟在他的后面，直到我们走到一辆娇小可爱、耀眼闪亮的大众甲壳虫前才停下。

“它叫赫比，”阿奇说着打开了客座的门，“你请。”

我尽力用自认为最优雅的姿势爬进了小车。初时的紧张惊恐已经渐渐消失，取而代之的是享受生活的愉快。阿奇是个彻头彻尾的怪胎（哪有人会穿着印有“我爱小精灵”字样的T恤参加聚会的？），但是他的举止行为却极有绅士风度，跟他在一起很安心。

“安全带？”他坐到驾驶位的时候说。

“已经扣紧了，随时准备出发，比姆·巴金斯。”

“嗯？”阿奇一脸迷惑。

“你不知道？没看过指环王吗？”

“我想你要说的是毕尔博·巴金斯，露西。”

阿奇转动钥匙打开发动机，引擎开始发动，慢慢驶向公路。

“准备好了吗？”他问。从他那极为繁茂的胡须下面我看到了他羞赧的笑容。

“是的，我们走吧，那放点儿音乐吗？”

“在储藏箱里。”

我探身向前打开箱子，里面居然有一大堆CD，我随手翻翻，虽然不确定像阿奇这样的男孩子喜欢听什么样的音乐，但至少可以肯定不会是打击乐和嘻哈乐。那些已经过时了。我喜欢摇滚和独立音乐。最终我捡了几盘CD出来：Beastie Boys，Doctor Dre，Run D.M.C.，Public Enemy和N.W.A。

“这些都是你的？”我问。

“还会有其他人吗？”

我扬扬眉，把Beastie Boys的CD放进去，然后摇下车窗。激烈的音乐声从后座的方向猛地传来，是《Fight for Your Right to Party》(很适合我现在的心情)，低沉的男声让我像受到重击般靠在后座上。我回头看看，后座上好像有东西。

“阿奇，为什么要买台笔记本电脑？”

“什么？”他看了我一眼，把音量调小了一些。

“后座的那个是你的笔记本吧？为什么要买？”

“当然是因为需要了，你有吗？”

“我还没买。”我看了看自己一副两手空空的样子，突然觉得有点儿不妥。“我想买瓶葡萄酒，但我忘了。”

当车停下的时候我的身体突然前倾，CD从我的膝上掉了下来，滑在地板上，吓得我发出一声尖叫。真糟，很明显我又犯了一个严重的过失。第一流的聚会通常要饮烈酒。

“想回去吗？”阿奇说话的功夫跟在我们后面的车已经鸣笛催我们了。“现在后悔还来得及，你还可以去买笔记本。”

什么？上帝呀！难道现在的时尚聚会都流行带笔记本或者其他价值与一瓶名酒相当的东西？如你所知，参加上等人的聚会要有出色的女伴、首饰还有其他一些东西。

“但是我没有笔记本。”我沮丧地说。

阿奇打着方向盘说：“不用担心，奈杰尔有个可以借给你用。”

“奈杰尔也会参加聚会？”我吃惊地问。

“当然，”阿奇说，“还有杰夫。如果没有足够的笔记本进行互联就无法构成聚会了。”

他在说些什么呀？难道我们要参加一场笔记本狂欢？难道所谓的LAN聚会是专为书呆子们准备的？难道所有的笔记本上都安装了摄像头还连接到互联网上，这些小伙子们希望我来跳个舞或者脱衣服，又或者……

“快到了，”阿奇的话把我从迷幻状态中拉了出来，“就在那边。”

我们驶进了一条比较偏的路，停下车。两位上了年纪的女人正在街上漫步，其中一个人还拎着一个购物袋，另一个人则推着简易购物车。这里并不像是一个举行聚会的地方。

“我们要在这里？”我问。

阿奇关上引擎走下汽车。“二十七号，”他指着一个带着红门的连栋房门说。

我后退半步让他先走，当他按门铃的时候我不住地紧张。

我这是要把自己推到什么样的境地呀？

门慢慢开了。

“阿奇！”奈杰尔说，当他看到我的时候说了句，“该死的。”

我傻笑着，一个男孩儿会这样公开地说我一定是有什么地方出问题了。事实上问题可能比我感觉到的还要严重。我紧张得都有点晃悠了，“很高兴见到你。”

“我的意思不是……我只是，”奈杰尔笑了笑，“你不觉得自己穿得有点儿太正式了吗？”

我看了眼奈杰尔，但是他正在盯着他的伙伴。

“没关系，”奈杰尔说着引导我们进到门里，“进来，大伙儿都在那边。”

我顺着走廊穿过一道门，进入了奈杰尔指定的地方，发现这里是一处非常幽暗还带点儿霉味儿的房间。窗帘已经关上，家具被堆在一起靠在法式窗户边。屋子中央是由四张桌子拼成的一个大台子。人群之中我发现了坐在一台计算机后的杰夫。

“嗨，杰夫。”我说着四处瞅瞅仍然是一头雾水摸不着头脑。怎么看都觉得这里并不像是要举行狂欢酒会或者宗教仪式的样子。他们究竟要做什么？

“没问题吧？”杰夫的眼睛盯着屏幕咕哝着。

奈杰尔悄悄走过我的身边，在另一台计算机上输入着什么。

“如果你想吃花式点心，可以到厨房，我准备好了可乐、红牛饮料、葡萄适能饮料以及一些凯托洋芋片，”他看着我说，“我想等点心好了之后，我们在线订购的比萨也就到了。”

“好主意，”阿奇坐在一个空位子上说，“找个位子坐下露西。”

我拖了把椅子坐下，当他把笔记本的电源插到墙壁上的插座时，我发现这里乱七八糟地缠绕了许多线，桌子正中央还有一个黑盒子在不断地闪着光。

“阿奇，”我怀疑地打量着黑盒子。“有我能帮上忙的吗？”

“哦，”他很不好意思的说，“抱歉，奈杰尔，你有多余的笔记本吗？露西忘记带笔记本了。”

“没问题，”奈杰尔说完站了起来，“有个老掉牙的本，估计露西会嫌它破，其实除了显卡差点之外，别的还都凑合。”

他从侧面走出房间，接着我就听到沉重的上楼的脚步声。

“阿奇，”当他正准备钻到桌子底下的时候我问道，“聚会什么时候开始？”

“等我们都准备好了就会告诉你。”他用低沉的声音回答我。

“但是其他人呢？DJ在哪儿？屋子里放了这么多的桌子我们怎么跳舞？这里太暗了，没有迪斯科灯吗？”

一阵大笑从桌子下传来，还有重重的撞击声，阿奇的笑脸弹了出来。

“不好意思，”他说着把额前的头发拨到脑后，“我刚才笑的时候撞到脑袋了。”

“为什么？”我很困惑地问。

杰夫哼哼着说：“露西，你真的不知道什么叫LAN聚会？”

“那个，是的，”我结结巴巴地说，“不就是坐在地上聊天吗？LAN不是土地（Land）的简称吗？”

阿奇和杰夫互相对视了一眼然后爆发出一阵大笑。

“怎么了？”当他们继续大笑的时候我问道，“我说错什么了吗？”

“LAN”，杰夫终于从歇斯底里的笑声中停了下来，“代表的是局域网呀。”

“什么东西？”

阿奇止住笑，慢条斯理地说：“LAN聚会就是朋友们把计算机连接到一起然后运行多人游戏。”

“我懂了，是我会错意了。”我叫道。

当奈杰尔返回房间把一台笔记本放到我眼前的时候，阿奇和杰夫仍然笑个不停。我盯着它，不确定接下来要说些什么。

“如果你想，我可以送你回家，”阿奇温柔地说，“如果你不愿意不用呆在这里。”

我看了看眼前的笔记本，又看了看我的超短裙和完全不着边儿的鞋子。难怪男孩子们都那样看着我，好像我是从外星球来的（从某种程度上说我的确是）。

“嗯，”我支吾着，“嗯。”

如果我呆在这里就意味着接下来的四十八小时里我要一直打一种我生前从未玩儿过的电脑游戏，前世我唯一见过的就是丹的足球游戏。即便是那款游戏还是因为我们看电影要迟到了我在他的身后捣乱时才看清的。

我回过头看看阿奇，他看起来很焦躁，好像他应该为我的蠢行而负责一样。真该死！无论哪个选择都不好。

“我很高兴可以呆在这里，”我温和地向他笑笑，“但是得麻烦你教我如何打游戏。”

“妙极了，”他看起来好像松了一口气，“等下我帮你装上软件然后连接到集线器上，”他把手伸到我的笔记本上，“你需要选择一个角色，就是你想在游戏中扮演的人物。你想选男性人物吗？兽族、精灵族或者不死亡灵？”

“唔，”我试图保持严肃的表情，“我觉得我比较适合当不死亡灵。”

一直玩到午夜时分我们才停下来吃比萨。

我停了下来，奈杰尔和杰夫仍然在坚持战斗，不过他们一边也在吃着辣味火腿片。我十分确定阿奇也想回去继续战斗，但是他看了我一眼，手上拿着一片比萨，另外的那些放在盒子里，他拿着他们围着家具走来走去。他的视线一直在围着我转，偶尔有视线接触就会露出一点笑容。

“阿奇，阿奇博尔德，”我迅速纠正自己的说法，“感谢上帝，请你坐好，你转得我眼都晕了。”

我挪了挪身子想给他在沙发上挤出点儿空，但是他仍然挤在对面，把膝盖靠在胸口。他一边咬着比萨，一边看着奈杰尔和杰夫，两人正在相互拍手庆贺。

“你还好吧？”他问，“如果你不开心我会很过意不去的。”

我轻轻地拍了拍他的胳臂：“我过得很愉快，如果我不开心会告诉你的。”

他的表情有点儿淘气。“你叫我阿奇？”

“是呀，有问题吗？”

“我发现我很喜欢你这样称呼我。”

我笑了笑换个姿势，把脚垫在屁股底下。我的脚后跟有点儿不舒服，于是我把一件褪了色的蓝色无领长袖衫垫在下面，今晚早些时候它还在奈杰尔的身后。我感到非常、非常舒服，只是我的时尚装扮让我稍微产生了一点儿挫败感。

“大家都叫你阿奇博尔德？”

“是的，每一位同事……还有我的祖母。”

“还有你的女朋友？”

阿奇差点儿被比萨噎到，很多渣渣掉到了手上。“我还没女朋友呢，”他盯着地板咕哝，“很不幸。”

不错！看来他还是想找女朋友的。这是一个很好的开始。你可能无法为某人找到一个精神上的伴侣，但实际上对方可能也不要求伴侣与自己一定要志同道合。

“你认识很多女孩儿吗？”我拿起另一片比萨问。

阿奇摇了摇头：“我没有机会认识女孩子，工作之余，我还是很忙的。”

“忙什么呢？”

“什么都忙。”

“哦上帝呀，让阿奇跟我多聊聊吧，如果他不肯说我又如何能帮他找到女朋友？”

阿奇挑了挑眉：“你想帮我找女朋友吗？”

“是呀，不可以吗？我可是个金牌冰人，相当年我……嗯，我年轻的时候，”我及时改口，“我在大学的时候帮好几位朋友找到另一半儿。”

“你很擅长？”

“是的，有两对儿已经结婚了。现在他们连孩子都有了，很幸福。你是不是总把时间花在这些事情上？”

阿奇舔了舔嘴唇，喉结不停地上下移动。我知道他现在不是很舒服，在这种情况下不应该再追问他，但是我急于知道问题的症结所在。如果他有固定的行程表我就得围绕它展开行动。

“我得照顾祖母，”他安静地说，“我的大部分业余时间都花在这上面了。”

“你的奶奶岁数很大吗？”我用满怀同情的口吻问。很明显那位可怜的老人家身体一定很虚弱。

“她快到七十二了。”阿奇说。

听起来岁数也不是很大呀。现在有很多岁数更大的人还在坚持工作。老普西·福赛斯已经八十高龄了仍然在电视上跳舞，霍纳尔·布莱克曼也仍然魅力四射不减当年。或许阿奇的祖母另有别情？

“她生病了吗？”我问。

阿奇紧紧地把腿抱在胸前，我觉得他的腿可能要断掉了。他的眼中闪烁着悲伤的目光，我忍不住想去抱抱他。他要照顾祖母，但这并不是什么严重的问题。如果她与她的孙子为人相似，那么应该也是个身材矮小、容易害羞、心地善良的人。

“实际上我的祖母身体很健康，”阿奇说，“但是我们两个人相依为命，四年前我父亲被他的公司派到迪拜了，我母亲跟他一起走了。本来我打算几周后也要随行的，但是我的祖父突然在那个时候去世了，所有的人都认为我应该放弃行程呆在这里照顾祖母。”

“你愿意吗？”

他皱了皱眉，眼神中颇有几分坚毅之色，“这个决定是正确的。”

“我很抱歉，这件事情一定令你很不开心，但是我能理解你的心情，如果这对你会有所安慰的话。”

“你？”他吃惊地看着我。

“不是说你照顾祖母的事情，是我刚满二十岁的时候父母就去世了，所以我知道孤独的滋味。”

现在轮到阿奇显得悲哀了。“哦上帝，可怜的露西。我不知道你的遭遇。”

“我很好，”我耸耸肩说，“为什么你会这样想？”

我们静静地坐了一会儿彼此都没有说话。两个人坐在沙发上对视着，一股相互理解的情绪无言地弥漫在我们之间。

“喂，”奈杰尔叫道，“你们两个！你们正在受攻击，快抽点儿时间过来吧。”

结果我们两个都像充了气的气球一样一起跳了起来。

接下来让我有印象的事情是我感觉有人在用什么东西轻轻地碰我的前额。我睁开眼睛在屋子里张望。原来是奈杰尔在向我扔凯托洋芋片。

“你好睡鬼。”他说。

“什么？”我用手揉了一下眼睛，打着呵欠说，“我只是想歇歇眼，我正在充电准备战斗呢！”

我当然不是真的睡着了。奈杰尔打断我们的谈话后，我和阿奇又回到了电脑前，重新开始游戏。就这样我又坚持到了凌晨五点，才决定返回沙发喝杯红牛，同时也给电池充充电，很明显它的电能已经耗光了。

“如果你觉得不行可以上床休息一下，”奈杰尔嚼着薯片说，“我们决定提早结束这场马拉松，因为这里有两个新手。”

阿奇的眼皮明显很沉重，杰夫也打着呵欠向我点头。

“几点了？”我问。

“下午四点整。”

“决不！”我伸了个懒腰说，“我的角色死掉了吗？”

“没有，”奈杰尔说，“如果我们认为你已经死掉了会把你的号销掉，虽然你是新手但你还有十条命，下次你再玩儿的时候仍然可以使用它们。”

我捡起一片茶壶的碎片，把它扔回去。“谁告诉你我还打算再玩？”

奈杰尔抿着嘴唇绷着脸说：“你不想？”

“或许吧，如果工作的时候你能对我更好一点儿，我可以考虑。”

“不可能！”他大笑，“事实上经过今晚我决定对你……”

“露西，”阿奇站起来把他的椅子放回原处，打断了我们的对话。“如果你不介意的话，我想现在就回去了，我有点儿……”

“有点儿事儿要做？”我笑道，“给我一秒钟换了衣服就走。”

我很快换好衣服，把奈杰尔提供的衣物都卷了起来整齐地放在他的床上。与那些令我吃惊的主人们做过简单的道别后（经过一个晚上的奋战我们彼此之间已经有了一定的感情），我飞快地钻进阿奇的车。

往回开的时候车中仍然是一片寂静，但我们之间的感情却有所不同了，有了些友好的东西加在里面。夜里聊天儿的时间虽然不长，但我断定与他的关系有了更进一步的发展，现在我已经不急于继续向前推进了。

“好了，露西，你家到了。”阿奇已经把车停在我家门口了。

我忍住呵欠向他露出一个笑容。“谢谢阿奇，我度过了一个非常有趣儿的夜晚。”

他点点头，“我也是。”

我打开车门向外走的时候突然冒出一个念头。

“阿奇，”我重新钻回车里说，“下周有没有兴趣抽出一个晚上跟我去参加速配约会？”

“什么！”他一下子瞪起眼睛，“上帝呀，听着就让人恐怖。”

“没那么可怕，我保证。”我拍拍他的胳臂。

“你不是认真的吧，”他斜过身子看了看我，好像我提的建议是让他裸着身子从大本钟上蹦下来。“我？参加速配？露西我真的不想……”

“很有趣的，”我拼命地游说，“你会喜欢上的，真的。”

“唔，”阿奇的语气仍然充满怀疑，同时捻着胡须避免与我热切的目光相接触。

“阿奇，求你了，”我请求道，“请告诉我你会来，这对我来说意味着整个世界。”

“但是为什么？”他回视我说。

“我想找到我的灵魂伴侣，”我真诚地说，丹的笑容在我的脑海里闪现，“而参加速配则会对你有益。”

“唔，”阿奇又应了声。当他做思想斗争的时候我想我能听到他的脑神经在激烈地活动。

“求你了。”我把手背在后面给了阿奇一个最悲戚的面容。

“好吧，”他终于应承了，皱着的眉头转为笑容，“权当为你。”

虽然不是我所希望的热切回应，但至少他肯答应也算是有个结果。

“你确定？”我说，“你不会在最后一分钟放我鸽子吧？”

阿奇吃吃轻笑。“一言既出，驷马难追，我说话算话，露西我答应过你就一定会去。”

我伸出手，“握握手？”

他紧紧地握了握我的手又上下晃了晃。

“现在开心了？”他问。

“是的，我很开心，阿奇博尔德·汉弗莱-史密斯。”

当我顺着楼梯走到卧室，躺在床上看着丹的照片时，一直在笑个不停。

“嗨，”我摸着他的脸颊说，“想我了没？”

是的，露西。我在脑子里自言自语地回答着。我真的、真的很想你。

“我也想你呀，”我说，“远远超乎你的想象。”

“别担心，”我说，“事情进展顺利，阿奇是个不错的小伙子，他已经同意我帮他找女朋友了，我干得不错，是吗？”

照片中的丹依然在笑。

“我很快就会找到适合他的人，丹。”我轻轻地吻着丹。“我们会重新在一起的，等着我。”

第十章　闪电约会

我掰着手指头算日子，一天、二天、三天……四月二十七日星期六，我到达幽灵申请者之家，就是我重返人间那天，那么现在……我恨不得一头撞到灯柱上，已经十天了！十天呀！

事情怎么会这样？这么快就过了十天？我只有二十一天来完成任务，现在居然已经过半了。不错，我现在对阿奇已经有了一定的了解，他也同意参加速配了，但是……我还是没有找到具体的解决之道。

星期一早上，我推开门进入比茨计算机公司准备上班，脑子里却在想着杰西和安娜说过她们每逢周一就会聚会喝酒。我心里有点儿矛盾。如果我想再见到她们就得到白马去，但是如果基思·克兰克也在那里怎么办？

“早啊，露西。”当我迈步走进办公室的时候阿奇眉开眼笑地主动和我打招呼。

“早，”我回了他一个笑脸，然后走到我的办公桌边。

“露西·布朗小姐。”当我坐下的时候，奈杰尔像一个许久不见的老朋友一样欢迎我，“感觉如何？”

“好极了，谢谢奈杰尔。”

杰夫抬起头，“嗯哼，”哈，即使是他的哼哼声也比平时亲近不少。

“早，杰夫。”

看着我的同事们，我突然觉得精神振奋。或许我最后是可以完成任务的。至少这个世界上还有三个人认为我不是悲观的失败者。

今天又在忙忙碌碌中度过了，到了五点半的时候我开始坐立不安，渴望能快点儿去白马。可是就在我整理东西的时候，我的电话铃响了。

“喂？”我想一定是谁打错电话了。之前从来没有人打过我的办公电话。

“露西？”声音从电话的另一头传来。

“是我，请讲。”

“我是布莱恩。”

“布莱恩！”我忙乱地答道，“你是怎么知道这个号码的？”

“我翻查了来电记录，找到了一个名叫格雷厄姆·威灵顿的小伙子，是他告诉我这个号能找到你的。”

哦上帝，我希望布莱恩不要与那个古怪的家伙说太多的话。

“出什么事儿了？”我问，“发生什么了？”

他大笑，“没事儿，我只是想问问你晚餐想吃什么。”

晚餐？什么时候我们开始一起开火做饭了？自从我来到幽灵申请者之家我们的晚餐就一直在奶酪、香蒜、意大利面和烤豆子吐司之间换来换去。

“你要做饭吗？布莱恩。”

“是的，自从你上次答应帮我完成任务之后，我一直心存感谢，我想至少可以帮你做顿晚餐以示感谢。”

天啊，我早把我们在帕丁顿火车站的谈话忘到脑后了，我的精力完全集中在自己的任务上，布莱恩的还没来得及做呢。

“但是我还有事情要做呀，布莱恩。”我的心里很是内疚。

“当是预先谢谢你好了，你有什么好事儿？”

哦，他是如此和善的一个人，虽然身上全是臭味，但心底却是无比善良的。

“我很抱歉布莱恩，”我说，“但是我今晚真的有计划。”

停顿了一下，显然他并没有指望我会叫上他，而我经历了基思·克兰克的事情之后也发觉一心二用基本上是无法完成窃听任务的。

“我们明晚聚餐可以吗？”我建议道。

我的室友那头传来了极大的噪音，我不得不把听筒拿远些。

“布莱恩？你那边儿听着正常吗？”

“哦，是的。”最后他说。

我看看表快六点了，我得马上走，“再见。”

“好吧。”他叹息道。

外面天气很冷，我把夹克紧紧地裹在身上，步履蹒跚地走向白马酒吧。如果安娜和杰西不肯露面呢？她们会不会换个酒吧？如果真是那样我就永远也不会知道丹对基思·克兰克事件的反应了。感谢上帝让我有机会重回他的怀抱。我非常想知道他的感受。

当我推开酒吧大门走向吧台的时候，我感觉到有点儿神经痛。

还没等吧台里的侍应招呼，我就抢先说，“白葡萄酒。”因为我真的不想再延续前几周的话题。

当他回身到冰箱里拿酒的时候，我四周打量着酒吧。安娜和杰西正坐在与上周相同的位子上。这一次安娜背朝着我，我恰好可以看到杰西那娇小的笑脸。此刻她正皱着眉头咬着指甲。安娜究竟跟她说了些什么？

“谢谢惠顾，三镑五十分。”男侍应说着把酒杯推向我。

我急急忙忙地把钱扔给他，现在已经顾不上这些了。

“真是糟糕，”当我走到她们后面的一张桌边坐下时听到，“那个可怜的女人被那个醉鬼欺负惨了，丹不得不伸手。”

天啊！她正在说我的事儿。我小心翼翼地摆好姿势，坐在椅子边儿上，尽量显得轻松自在，同时也便于窃听她们的谈话。

“真的？”杰西睁大眼睛问，“接下来呢？”

“那个女孩儿倒在丹怀里，他用手环着她，希望能让她安慰点儿，但是她推开他跑开了。”

杰西摆了个迷人的姿势接着问，“然后呢？那个混蛋有没有继续跟着她？”

“没有，他醉得太厉害，想回到座位上都困难，根本就没想到要追。再后来那个男侍应也过来了，他发现女孩儿不见了之后便把那个垃圾赶走了事。”

杰西点点头。“很高兴事情是这样结局的，这事儿听起来真烦人。”

她们好像停了下来，可能是安娜在那儿喝东西。

“你一定没听过这么古怪的事儿，”她最后说，“因为事后丹告诉我，那个女孩儿跟上周早些时候敲他家门的哑女可能是同一个人。”

“哪个女孩儿？”

我呀，我很想告诉杰西，是我呀。

“事情是这样的，”安娜说，“他以前从来没有见过她。她就突然跑到他家门外，隔着窗户盯着他看。然后就不停地砸门直到他开门为止。”

我想她的描述略有点儿夸张。第一次我只是按了按门铃。我并没有盯着看，只是用饱含爱意的目光看了几眼。

“接下来又发生了什么？”杰西已经被安娜吸引住了。

“嗯，”安娜慢条斯理地整了整头发说，“那个女孩儿试图跟他说话，却什么也没说出来，很明显她失声了。”

“丹确认她与上周在酒吧里撞到的女孩儿是同一个人？”杰西问。

“确认无误。”

“你听到过她说话吗？”

“这正是事情的古怪之处，”安娜的声音低了下来，我伸长脖子听着，“她没有跟我俩说话，但我肯定她有跟醉鬼说话。”

“那她为什么要在丹的面前假装失声？”

“不懂呀，所以他认为她有些古怪。”

我心里想到，如果现在你回头看见古怪的失声女正坐在你的后面一定会更加惊奇。突然之间，我发觉自己的样子有些显眼。我在口袋里一阵翻腾，终于找到一条发带。它原本是用来缠口香糖包装袋的。太棒了，我解下它把头发束到后面。现在我还需要一顶帽子、一个假鼻子和一副太阳镜。

“丹怎么样了？”杰西问。

安娜叹了口气。“他的情况倒还好，没有像我们第一次来酒吧时说得那么严重。对付完那个醉鬼后，好像又好了很多。跟我在一起时，他也是鼻子里喷着啤酒笑得挺开心。”

虽然觉得安娜这样做是为了逗丹开心，但我心里还是有点儿不舒服。可怜的老安娜，她一定是把近来的约会情况告诉丹了。那些男人们还是一成不变地招人烦，然后是她取笑的对象（虽然据安娜的说法大多数时间他们都挺没劲的）。

“那么，”杰西问，“你们什么时候再见面？”

“实际上，”安娜露出女学生所特有的那种笑容说，“我们已经见过了。几天前我邀请他共进晚餐。没什么特别的，只是自己做了点儿鸡肉炒龙蒿和藏红花炖马铃薯，还有点提拉米苏。与酒吧里相比，气氛冷清多了。但感觉很好，真的很好。”她吃吃地不停傻笑。

他们一起吃过晚餐了，我错过了？可恶。杰西你快点儿问问他们都说了些什么呀，特别是丹有没有提到我。我试图把我的想法灌输到我朋友的脑袋里，但是显然她的意志很坚强。

“这是好事儿，”相反她却说，“我真难以想象丹会吃得下东西。”

“他吃不下，”安娜回答说，“这也是我为什么又约他在周四共进晚餐的原因。我想我们应该试试瑞士山庄里新开的泰国菜。”

杰西的脸沉了下来，“周四？哦，真不巧。我已经有安排了。要知道我可是很想跟你们在一起的。”

“真是遗憾。”

真是奇怪，安娜居然用假声跟杰西说话，每当她要撒谎的时候就会用假声说话，声音变得柔软、音调则略高些、每一句的结尾部分音调上扬，以前我听她用过这种声音不下一百次。特别是用来对付那些同事和不太熟的人：“当然没关系了，我不会介意今晚工作得太晚”；“多美的裙子呀”；“黄的不适合你吗？”但是为什么她要对杰西撒谎？难道她并不像我想象中那样喜欢她？

“我很担心丹，怎么样才能让他振作起来？”杰西说，很明显她遭到了冷遇。“他不是那种会向同性朋友倾诉的人，但是对女性朋友他或许肯倾诉。他肯对你说真是太好了。”

“我知道，”安娜说，“这对他来说的确是福音。他真的太敏感了，可能太刚强的男人都是这样吧。无论露西现在呆在哪个世界，我想她都不希望丹的余生都在悲伤中度过。她也会希望他振作起来。”

“什么？什么？她为什么要这样说？突如其来的震惊使我差点儿让酒呛到。我用力抓住桌子，我的胃里装满了酒，我无法呼吸和吞咽了。喉咙一阵发痒，有些东西想吐出来，但是我闭紧了嘴巴。不能咳嗽、不能咳嗽、不能……

白葡萄酒从我的嘴角喷出，喷到了安娜那完美头型的后面。

“安娜，”杰西大叫，“你后面那个女人好像被噎到了，快点儿帮她敲敲背，快！”

在安娜转身之前，我已经迅速地离开酒吧，夹克和包拿在手中，其余的东西全部堵在嘴上。

尽管手里捧着一杯咖啡，身上围着羽绒被，我还是忍不住打哆嗦。安娜为什么说我希望丹找到新女友？我可从来没说过。一次也没有！当然，我们喝酒之后的确会絮絮叨叨地说很多醉话，而且谈论的内容天上地下，无所不包。

一次，丹和我凌晨时分从某个夜总会回家，曾经谈论过死亡的话题。我搞不清在日出之前的几小时，是什么原因引起了我们这番谈话，或许是人们都在沉睡时的那种寂静的氛围吧。我点上几根蜡烛，与丹在床上和衣而卧，丹点着一支烟猛吸了一口，边吐烟圈边叹了口气。我弯起胳膊，脑袋枕在上面，看着那烟雾缓缓上升，在纸质灯罩周围打旋儿。

前一天晚上，我们五个人来到酒吧，本打算喝几杯酒，等酒吧打烊就各自回家，但是喝起来就一杯接着一杯没完没了，大家商量着要找家夜总会去玩：安娜想去庸俗的娱乐场所找点艳遇，我则非要到肯顿的一家专门播放独立音乐的夜总会。一番小小的争执和投票表决之后，我们一伙人浩浩荡荡地开向了一家叫作“世界总部”的夜总会。那晚原本过得很愉快，但最后杰西和斯图亚特突然吵了起来，当时音响里正放《我想被崇拜》这首歌，两人气冲冲地离开了，后来的气氛就像伦敦M25环形高速路上被碾平的刺猬那样，变得既平淡又无聊。丹和我决定叫辆出租车，然而当我们四处寻找安娜的时候，发现她正藏身夜总会的某个角落，和一个模样看上去不过中学六年级的小子舌吻，我们向她道别的时候，她甚至连气都没换一口，伸出拇指向我俩做了个手势算是允许我们离开。

我们回到公寓，丹倒了两杯威士忌，提议我们先到床上平静一下情绪再睡觉。

“露西，”他掐灭一支烟，又点燃另一支，“你知道凌晨三点是一天之中死亡率最高的时间吗？人最有可能在这个钟点死掉。”

我看了看闹钟，上面荧光闪烁着2点56分的字样。

“真的？”

丹点点头，“嗯，我在哪儿读到过。这和生物钟有关系，人体内部的活动到了那时候就变慢了。”

我把闹钟推到一边，翻了个身，伸出一只胳臂环绕着他。“那我们最好多清醒一会儿，等那个时候过去。”

丹将脸颊靠在我头上。“如果我死了，你会过多长时间再找别人？”

我抽回胳臂抬眼看着他，虽然出门之前刚刚刮了胡子，他的下巴上还是有些胡茬儿。“你怎么突然冒出这种话？”

丹耸耸肩。“不知道。回答我，你会等上多久再找别人？”

“你别胡说。”

“不是胡说，只是问个问题。”

“喔，”我说，观察着他的眼神，判断他是胡闹还是想要一个认真的答案。“我最少会等两年。”

丹扬起眉毛。“整整两年？我还以为最多不过两星期。”

“傻瓜，”我说，使劲在他胳臂上捶了一下。

丹朝他那边扭了扭，用胳膊肘撑起身子。“露西。”

“干吗？你这个奇怪的家伙。”

“如果你出了什么事……”他停住了，眼睛望向别的地方，下颌一紧一松，整个身体都绷起来。

“什么？”我说，突然觉得不自在。他从未这样紧张过。

丹仰面一躺，眼睛盯着天花板。

“如果你出了什么事，露西，”他缓缓说道，“会彻底毁掉我。”

我盯住他，心提到嗓子眼，他把香烟举到唇边，深吸了一口，然后慢慢吐出一道平稳的烟流。他转过脸来看着我的时候，我感到一股强烈的爱意，这电流是如此的热切，足以让我昏死过去。我抓过他的手紧紧握住。

“不会发生这种事，丹。”

“什么？”

“我不会先死的，”我说，一丝微笑爬上嘴角。“别忘了你是烟民，而我不是。”

“啊，对，”丹说，他的眼角皱了起来。“你一定觉得我会一直这么抽下去，是不是？”

我咧嘴笑了，从他指缝中抢过香烟，在烟灰缸里按灭。

“嘿，”他说，“你干嘛呢？”

我滚向他，双手捧起那张好看的、迷惑不解的脸。

“我有权这样做。”我说，吻着他。

我把身上的羽绒被拉了拉，咖啡杯抱在胸前。安娜说的那些话毫无意义，除非……想到这里，我的胃可怕地抽搐起来，除非丹对她说了什么。我听见他告诉她，我死去以后，他在房子里完全感觉不到我曾存在过——也许他把这当成我冥冥之中的暗示，希望他另找别人？我啜着咖啡，那温暖的液体却无法驱散心中的寒意。已经没有时间可以浪费了，我必须完成任务，尽快变成幽灵，这意味着我得以最快的速度帮助阿奇找到他的另一半。

来到办公室之后，我马上开始了“闪电约会”计划。

我浏览了一些伦敦本地的网站，挑出一家每晚都举办闪电约会派对的网站，现在唯一要做的事就是保证阿奇参加这个活动了。

“阿奇。”我走到他桌旁。

他的手黏在键盘上，看起来正在沉思。

“阿奇！”

他抬起头冲我一笑：“露西。”

“你今晚有空吗？”我俯下身小声说道。

“我查查时间安排。”

他打开电子记事本，按动按钮，拿出一根尖尖的东西在屏幕上划起来，我在一旁踱来踱去。

“有空，”就在我溜达得双膝发软的时候，他突然说话了，“除非奶奶让我帮她做事。你有什么计划？”

该死，我忘记他还有个奶奶，但我绝不会让这成为自己的障碍。

“闪电约会派对，怎么样？”我爽快地说。

“今晚？”他的笑容消失了。

“怎么啦？你不是愿意去吗？我记得你星期六告诉我说要去的。”

“我是说过，只是，呃，”他嘟囔着捻了捻胡子，望向显示屏，“我只是想在参加闪电约会之前有更多的时间做好心理准备。”

“你打算怎么做？”

“我还没想好。”

“好吧，”我说，手伸过桌子一把关掉他的显示屏，“给你奶奶打个电话，告诉她你晚上出去。我们就在那呆几个小时而已，你回家不会很晚。”

“我可不能保证，”他看了我一眼，又把显示屏打开了。“她或许会小题大做的。”

“求你了，”我恳求道，“就当是为了我。”

“那样的话，露西·布朗，”他微笑道，“我尽力吧。”

下午五点，我就开始坐立不安。屏幕上每冒出一条消息，我的心脏就停跳一次，但那些消息不是奈杰尔发给我的“好玩”的网页链接，就是格雷厄姆在询问我的工作进度。整个下午，阿奇都没发来一条消息，还有半小时就要下班了。

我往门的方向看过去，哦，很好，阿奇在打电话，可是……他皱着眉头。求你了，我默默乞求，告诉我你会去。

有人使劲戳了我一下，我回过头。奈杰尔正从眼镜框上方瞅着我，一副呆呆的神情。

“有人恋爱啦？”他吃吃地笑。

“什么？”

“他跟你比是不是有点矮？”他说，拇指在肩膀上比划着。

“你认为我喜欢阿奇？”我吓了一跳。

“你一下午都朝他那边看。”

“那是因为……因为……我在等工作邮件。”

“真的吗？”他怀疑地挑挑眉毛。

“是的，真的。我在等……他把组件传给我。”

“什么组件？”

“呃，是为了……”

我无助地盯着屏幕。组件？为什么要这么说？你永远不可能以技术方面的问题为借口骗过一个极客。我还不如说在等人给我快递一包卫生棉条呢，至少这样可以让他闭嘴。

“为了……”

一条消息从我的显示屏上蹦出来，我几乎因为解脱了尴尬而尖叫起来。是阿奇发来的。

“等一下，奈杰尔，”我说，“格雷厄姆找我有急事。”

嗨，露西，那消息写道。好消息！今晚我可以和你去闪电约会啦（尽管我仍然不敢相信自己当时答应了你，那时我太累了无法清醒思考，你就利用这一点骗我就范！）无论如何，我得先回家一趟，然后再和你见面。请告诉我地点和时间。A.

太棒了，我敲着键盘，今晚七点半，我们在波兰街（索霍区）琥珀酒吧见面，派对晚上八点开始，需要我在酒吧外面等着你吗？

不用，阿奇回复道。你在里面等的话更安全。我可能会晚点到，但最晚不会超过七点四十五分，好吗？

我盘算着是否应该让他修饰一下外表（他的胡子蓬乱不堪，还穿着一件可怕的黄色游戏T恤，衣服前面用红色字体写着“叮！欢迎练到70级”），但又觉得即使是极客，也会为了约会刻意打扮的吧。另外，我也不想表现得高人一等。

很好，我回复道，一会见。

奈杰尔、杰夫和乔伸着懒腰站了起来，五点半到了。该回家好好准备一下，毕竟，这活儿的日标是帮人寻找理想伴侣，不能大意。

阿奇会穿什么样的衣服？他会说些什么？他能不能和一个陌生人聊上三分钟？我转动着锁孔中的钥匙，旋风般冲进“幽灵申请者之家”的房门，心中充满了各种疑问。一股奇妙的香味从厨房飘到了走廊里，我陶醉地深呼吸；嗯，那是大蒜、洋葱、香料混合的味道……噢，天啊，我彻底忘记自己应该和布莱恩共进晚餐的。该死！

我快步跑到厨房，布莱恩站在炉灶旁边，他头上缠了一块抹布，看上去像空手道选手的头带，这样一弄，他那乱糟糟的卷发看上去活像一顶熊皮礼兵帽。

“嗨，布莱恩，”我说，他正往嘶嘶作响的平底锅里放鸡块，鸡块下锅溅出热油的时候，我向后一跳躲开了，布莱恩却没有躲。

“布莱恩。”我拍拍他的肩膀，“你没事吧？”

“有一点。”他嘟囔着。

我顿了一下。“是你的任务吗？”

“嗯。”

愧疚像子弹一样嗖地一声击中了我。天啊，我这个朋友当得太糟糕了，过于专注自己的任务，竟然抛弃了给室友的承诺。我答应过帮助布莱恩，却什么也没做，现在连吃顿晚饭都要爽约。我看了看表，只有一个小时的时间进行准备，然后我就得回到伦敦市中心参加闪电约会。

“布莱恩，”我柔声说，“我非常非常抱歉，但是，我真的不能和你吃晚饭啦。我的任务只差一点就可以完成了，今晚得出去帮阿奇找到另一半，我没忘记答应你的话，我保证一定会帮助你的。”

“别担心，露西，”布莱恩嘟囔说，“尽管做你该做的事。别担心我。”

“我确实担心你啊。”

他耸耸肩，打开储藏柜寻找西红柿罐头，把心里难受的我晾在一旁。我会帮助他的，一定会。可现在只剩一小时了，当务之急是帮阿奇找到合适的对象。

我换好衣服，乘车穿越了伦敦市区，奋力在索霍区的人堆中挤来挤去，到达目的地的时候已是晚上七点五十分。

我站在酒吧外面喘了口气儿，然后对着路边停着的一辆汽车的后视镜检查自己的形象。我的头发很熨帖，但眼角周围的眼线膏已经聚集成团，我把它们擦掉，打量着镜中的自己，这是阿奇、奈杰尔、布莱恩和克莱尔眼中的露西·布朗，这也的确是我自己，真正的露西，但是，丹、杰西和安娜看到的我又是怎样的形象？古怪的哑巴女人？眼睛是蓝色的而不是褐色的吗？鼻子小一点？金色的头发？

一群波兰学生从我身边挤过去，险些撞到我，我跳开了。我在干嘛？没有时间顾影自怜，想象自己的模样了，七点五十五分，闪电约会的时间到了。

酒吧里光线昏暗，几盏吊灯低低垂挂，向屋内几张靠边摆成一排的圆桌洒下柔和的光。一支庸俗的爵士乐从藏在暗处的音箱中传出，飘散在空气中，吧台周围有些人相拥着坐在一起。我凝视着他们，忍受着不自在的感觉，我的喉咙突然变干了。阿奇不来怎么办？他改变了主意怎么办？

看到他又小又黑的头出现在房间后面的时候，我的心轻跳了一下。他的头发向后扎起来了，这简直是一大进步，但是，对于他选择的服饰，我只能很坦率地说：太可怕了。米色斜纹裤子、运动鞋、白衬衫、一件粗花呢夹克和一条……一条……阔领带。

可是，他正在跟别人说话！来到酒吧不过几分钟，阿奇就能和一位真正的、活生生的女人搭上讪，这的确是个好兆头。

我疾步向他走去，手指在背后交叉起来祈求好运。

“嗨，露西，”我凑近的时候他对我说，“我想介绍个人给你认识。”

老天，他的速度可真快，屁股还没坐热呢。

“露西，”阿奇说话时，他旁边的女人转过头来看我，“这是我的奶奶。”

凝视我的人是一位矮墩墩胖乎乎的老太太，她面无表情，满脸皱纹，薄薄的嘴唇上没有笑容（上面糊着血红色的唇膏），长着个大鼻子，黄头发向后梳拢成一个发髻，由于绑得太紧，看上去仿佛要切断她前额的血液流通一样，这可与我想象中慈祥友善的老奶奶形象大相径庭——她长得简直像《101斑点狗》里面的库伊拉。

“露西·布朗，”我边说边伸出手，眼睛瞟着她的粗花呢裙子、软皮鞋、褶边衬衫和脖子上挂的珍珠项链。

“你就是那个不要命的小妞？”她问，上下打量着我。

“抱歉，您说什么？”我说。

“阿奇博尔德告诉我，你拼了命地想找个男朋友。”她使劲攥我的手，我赶紧抽开。

阿奇这个白痴正朝别的地方看，硬是没发现眼前这幕惨剧。他究竟为什么要把自己的奶奶带出来？

“我不是什么不要命的小妞，”我咬着牙吐出几个字，“只是觉得闪电约会很好玩，您是过来看热闹的吧？”

汉弗莱-史密斯夫人仰起脸来哈哈大笑，听上去像一群海鸥向一只垃圾袋冲锋时发出的呐喊。

“噢，亲爱的，”她柔声说，使劲拍着我的胳膊。“我是来参加约会的。”

我狠狠瞪了阿奇一眼，他低头盯着自己的鞋面。

“奶奶觉得今晚可能很有趣。”他嘟囔着。

“但是你得提前预定，”我声嘶力竭地说，“这样就没有别人的位置了。”

“都安排好啦，”汉弗莱-史密斯夫人得意地笑道，“我们来的时候正好有人退出了，组织者说他很高兴我来填补空掉的位置。”

我满腹狐疑，这个聚会理应是为20岁到40岁的人举办的，但是，阿奇的奶奶显然绝不是轻易妥协之辈，无论组织者怎么拒绝，她都不会买账的。

“可是，您不觉得这里的男人，呃，对您来说太不成熟了？”我紧张地试探她。

“我丈夫是死了，亲爱的，”汉弗莱-史密斯夫人抗议道，“可我还没死呢。”

“您说得对，”我说，耳朵嗡嗡作响。“可是——”

一阵声音高亢的持续铃声打断了我的话，人们立刻停止了交谈，想看看这声音是从哪里传出的。只见活动组织者站在一个凳子上，手里拼命摇着一个小小的黄铜铃铛。

“好啦，大家，”他喊道，“请你们排成一条长队，我来给你们发姓名卡片、评分单和铅笔——”

“我已经有一支很大的铅笔啦。”某个爱开玩笑的家伙喊道。

“然后，我希望你们按照自己的位置坐在桌子旁边，”组织者接着说，无视下面传来的窃笑。“请女士们背对着吧台坐下，男士面对着女士坐下。三分钟之后我会再次摇铃，请男士们向右移动一个位置，女士们坐在原位别动。”

我们像学生那样排好队，领到姓名卡片然后坐下。我企图甩开阿奇的奶奶，但她把坐在我身旁的女人挤到一边，把肥胖的屁股挪到了椅子上。

我朝她笑了笑，失魂落魄地环视整个房间。阿奇到底去哪里了？他最好别当逃兵。噢，他正坐在屋子那头的椅子上，注视着天花板，摆弄那条难看的阔领带。我是没有机会给他什么约会提示和帮助了，他得独自坚持下去。

“亲爱的露西，”汉弗莱-史密斯夫人摆出一副耳语的姿态高声对我说，这时和我配对的男人坐到我对面，挂着一副期待的笑容，“我不知道你打算干什么，但如果你想把阿奇博尔德抢走，得先过我这一关。”

她笑着转过身去。我盯着对面那人，张着嘴巴。

“她是你朋友？”他开口问道。

接下来的一个半小时，随着约会对象的变换，我不停地假装各种职业，有空中小姐、学校老师、深海潜水员、长号手、脱衣舞女（这个装得最像）、扫大街的和心脏病专家，他们和我聊上三分钟就走掉了，我记不住他们的容貌，他们说的每个字我都不记得，我忙着透过昏暗的光线观察阿奇的进展，猜测他是否已经得到某位女士的芳心。汉弗莱–史密斯夫人在一旁咯咯笑着，主动和约会对象打情骂俏，她毫无顾忌的笑声把他们吓得够呛，每换一个人，她都不顾礼貌地抓住人家的手，直到下一次铃声响起才松开。当轮到紧张不堪的阿奇坐到我对面时，我爆发了。

“阿奇，”我咬牙切齿地看他坐下，为了不和我靠近，他故意把椅子挪到几乎是屋子中央的位置，“你到底为什么把你奶奶领来？”

“我别无选择，”他结结巴巴地说，把手中的评分单揉成一团。“她说我甭想把她一个人扔在家里自己出去，非要跟着来。”

“可她是个老太太！”

他看看自己的奶奶，再看看我。

“我不想让你扫兴，露西，”他一副悲惨的表情。“我觉得带着奶奶来总比把你一个人晾在这里好得多。”

我感到过意不去，可怜的阿奇，他只是想做正确的事情。

“可是，你不想遇上什么人吗？”我问，“不光为我，你也要为自己想想。”

他挠挠头，把马尾辫上的皮筋松开，头发像湿漉漉的海草一样披散到脸颊上。“我当然愿意有个女朋友，但这不是容易的事。我没什么机会碰见女孩子。”

“我知道，”我说，朝他奶奶看了一眼，皱起眉头。“无论如何，今晚你进行得怎么样？遇见什么不错的人没有？”

“女孩们都挺可爱，”他温和地说，“我们谈得很好。”

“给我看看你的卡片好吗？”我问，手伸过桌子。“我想知道你选出了谁的名字。”

“这是我的隐私。”他说，在我的手指碰到卡片之前，迅速地把它拿走了。

“是的，但我想知道——”

组织者的铃响了，我把下半句话吞了回去，阿奇和我的三分钟结束了。

“一会儿见，露西。”阿奇说，从椅子上跳起来。“只剩一个约会对象了。”

我瞥了一眼他的奶奶，她正眯起眼睛看我们。我们的眼神碰到一起时，她笑了，那两片薄嘴唇几乎笑得看不见了。

“这难道不好玩吗？”她说。

那晚，我和阿奇说话的时间加起来总共不到五分钟。

“奶奶累了，”等派对结束，我试图把他揪过来说上几句的时候，他说，“她想回家。”

汉弗莱-史密斯夫人正和组织者站在吧台旁边谈话，她很兴奋，双手在空中比划，不时地碰碰组织者的胳膊，她看上去一点也不累，而组织者的眼睛则不停在屋里扫视，急于搜寻一条可以逃之夭夭的通道。

“玩得高兴吗，阿奇？”我问，“今晚过得不错？”

他冲我微笑起来。“嗯，我跟其中一个约会对象谈得很不错。”

“是谁？和你奶奶在一起那个？”

“真滑稽。”他笑出声来。

“那，明天见？”我张开双臂和他拥抱了一下。“他们把所有的姓名卡片都放在网上了，你可以从中选出喜欢的对象继续交往。”

阿奇刚要说点什么，他的奶奶走过来，挤到我们中间，把他逼走了。

“再见，布朗小姐，”她一边说一边把阿奇往门口方向推。“我想说很高兴认识你，但这明显是句谎言。”

“我……我……”我结巴起来，既震惊，又急着搜肠刮肚，想找一句合适的话回敬她。

走着瞧，看着她消失在夜色中，我拿起大衣和包，恨恨地想。等我帮阿奇找到他的人生真爱，那张可怕又苍老的脸就再也笑不起来了。

就是这样。

第十一章　误会

星期三早晨，八点五十五分，我坐在办公桌前噼里啪啦地输入闪电约会网站的地址，暗自祈求：请让阿奇被什么人喜欢上吧。

一条即时消息在屏幕上闪烁起来。请到我办公室来一下好吗？就现在。

是格雷厄姆。他想干什么？他告诉过我星期五完成网站的设计就可以的。

马上就来，我回复，另一只眼睛盯住闪电约会网站那缓慢的载入进度。

我可以对你的措辞做出下流的评论，格雷厄姆立刻回复道。但是有人也许会到机会均等委员会检举我的行为。

恶心！

"格雷厄姆，"我从座位上跳起来，转过桌角，冲进他那间兔子洞一般的办公室。"有事吗？"

我的老板正在剪指甲，他把剪下来的东西丢进桌旁的垃圾桶，停下来望着我。

"啊，是的。莫林昨晚给我打电话说出了点人事方面的问题。"

我感到头晕。我确实用胡编乱造的简历骗过了格雷厄姆，可是假如莫林这位精明的会计大妈开始调查我，万一她发现我是个玩弄伎俩、并且已经死翘翘的大骗子怎么办？

“什么问题？”我说，拼命想表现得自然些。

“你没有告诉我们你的国民保险号码。”

“抱歉，我没听明白。”

格雷厄姆的注意力已经转移到自己手指甲周围的皮肤上，他用牙齿把表皮一条条地啃下来吐进垃圾桶，然后把手指从嘴边移开。“我们需要你的国民保险号码，这个月底才能发薪水给你。”

该死，我倒忘了这个。不是怕自己成为发薪日的另类（幸运的话，我早晚得变成丹身边的一个幽灵），而是我根本记不住真实号码，是随便编一串数字和字母搪塞过去，还是盗用别人的？用布莱恩的也许不错。

“我一时记不起来，”我说，“得回家查查。”

“这个星期结束之前告诉我就可以。”格雷厄姆挥手示意我离开，“噢，露西……”

我转过身。

“……网站进行得怎么样了？我对你抱有很大期望，你知道。”

“棒极了，”我说，挤出一个微笑，“别担心。”

“很好。哦，露西……”

“哎。”

“你知道星期五还会发生什么事吗？”

“唔，不知道。”

“公司的年度慈善活动。”

听起来不错。也许我可以借机说服阿奇邀请某个闪电约会派对上的人来玩——如果有人愿意和他交往的话。

“是晚餐会吗？”我问，开始想象阿奇穿着无尾晚礼服的样子，修修胡子可能让他显得精神些。

“不是。”格雷厄姆摇摇头，“那天来上班的时候你得穿化装舞会的衣服，服饰最出色的赢家得到奖品，服饰最差的人受罚。你可以按照自己的想法打扮起来。”

“那么说我可以打扮成一台卡拉OK点唱机啰？”我开玩笑说。

“如果你愿意的话。”

“噢。”

我快步回到座位，刚把手指放到键盘上，就见奈杰尔一屁股坐到我旁边的座位上。

“我刚才听见格雷厄姆跟你说了‘化装星期五’的事情？”他咧嘴笑道。

他眼里有一种我无法理解的神情。

“是的，他说过。”我回答。

“你会喜欢的。”

“这样说是什么意思呢？”

“等着看好了。”

我扬起眉毛，等他告诉我更多的事，但他却假装没看到我，兀自盯着电脑屏幕。好吧，我才不会在意他有什么怪异的想法，还有重要得多的事情等着我去做，比如看看能不能为阿奇找到真爱。

把阿奇的编号输到闪电约会网站之后，我的心怦怦狂跳起来。

太好了！有两个人选中了他。噢，天哪，我做到了！两个女人对他感兴趣，他总可以从中选出一个合适的。

等会儿。

有一个人的选项旁边写着希望和阿奇成为“普通朋友”，那人就是我。好吧，这没问题，还剩一个人呢，还是有人愿意和阿奇约会的，她的名字是……

简·汉弗莱–史密斯。

不！不可能。我刷新屏幕，重新查看了一遍，然而……没有什么变化。除了他那位既讨厌又古怪的奶奶，没人愿意和阿奇约会。

我在女厕所里呆了差不多一个上午，不是把头往墙上撞，就是绝望地抱着脑袋，我晃晃悠悠地回到座位上时，奈杰尔斜睨了我一眼，但什么也没说。我陷进椅子里，挺感激他能保持沉默。说我是不死心也好，是绝望得发疯也好，我无法不反复登录闪电约会网站检查阿奇的配对记录，万一有人改变了主意，愿意和他交往了呢？然而，还是只有我和他的奶奶。我失望透顶，甚至忘了关心一下自己的配对记录。

午饭时间终于快到了，我的屏幕上出现了一条即时消息。

嗨，露西。

是阿奇。

谢谢你带我去昨晚的闪电约会。它……很有趣。是不是有人愿……呃……

我等他把消息打完，可是光标一直在屏幕上沉默地闪烁着。可怜的家伙，他没有胆量问出口，我也没有勇气回答他。

我没觉得昨天去的那些女孩有多好，我回复他。你还会遇到更好的。

他停顿了一会儿。

你的意思是说没人喜欢我？他说。

恐怕只有我和你奶奶。

哦，无论如何谢谢你告诉我这些。午餐时出去喝一杯怎么样？我想跟你讲讲昨晚的事。

他想知道自己哪里做得不好。这挺不错，实际上，不仅是不错，而是很好，我可以给他点建议，比如衣服和修饰什么的。并没损失什么——我还有机会为他找到人生伴侣！

很愿意去喝一杯，我答复道。咱们别去酒吧，这样别的同事就不会看到我们。

不错的计划，他说。街角那边有家很好的小餐馆，他们供应西班牙小吃和啤酒，想去吗？

听上去不错。我们在外面见。

西班牙小吃餐馆人头攒动，但气氛很好，光线明亮，菜单的内容看上去很美味。我和阿奇在靠近餐馆后面的一张比较隐蔽的桌子旁边坐下，即使比茨计算机公司的同事从外面走过也看不到我们。

"那么，"阿奇说着，帮我拉开椅子，"想吃点什么？"

"只要是好吃的就行。"

"这儿可有很多好吃的，"他说，"午餐我请客，你喜欢什么就点什么吧。谢谢你昨晚带我去参加派对。"

"所以你才有机会和我、你的奶奶还有一屋子歇斯底里的女人在一起。"

他笑了。"万事开头难。"

"谢谢你的午饭。"我说。

我们开始看菜单，点了一份马铃薯盘、一份橄榄杂烩、意大利腊肠、一小份煎蛋和一大篮面包。服务生先是端来两瓶西班牙啤酒，瓶口装饰着青柠檬片，十五分钟之后，又捧过来一个大托盘，里面装着我们点的菜，他把这些东西摆在桌上之后就迅速走开了。

"呃，"我说，把一块面包浸到盛着橄榄油和甜味醋的碟子里，"你觉得昨晚出了什么差错？"

"我不确定，"阿奇说，一副迷惑的样子，"我认为自己和她们谈得很好，我说了很多话。”

我把柠檬片塞到啤酒瓶里，呷了一小口：“你和她们说了些什么？”

“喔，她们问我是做什么工作的，有什么爱好，我就照实说了。”

我瞪着他：“你告诉他们‘局域网派对’的事啦？”

“嗯，我还说爱看电影《星球大战》、收藏了所有的七十年代动作片的原版人偶，而且都保存在原来的包装盒里。”

我目瞪口呆，哭笑不得。

“你不知道，它们很值钱呢。”他嘟囔着，拿叉子戳起一块土豆。

“噢，阿奇，”我说，“我很抱歉，我不是故意笑你的。只是，呃，你说的这些不是女孩们感兴趣的东西。”

“那不是我的错吧。”

他说得对，不是他的错。他只是摸不清头绪罢了。

“你问了她们什么问题呢？”我问。

“我没问。光给她们介绍我收集的不同样式的黑武士达斯·瓦德人偶就得花上我三分钟……”他声音越来越小，哭丧着脸。

“噢，阿奇。”

他重重地靠回座位上，把自己盘子里的面包撕成小片片。“我搞砸了，对吗？我只是想表现得有礼貌，只是想回答她们的问题。”

“没事的，阿奇，”我说，拍拍他的手，“别介意。”

“你怎么样？”他悲伤地问，“我敢打赌，很多人愿意约你出来。”

“没遇到合适的。”

阿奇看上去很沮丧。“哦。”

“我的意思是，我在你的名字上打了勾，选你做朋友，再没选别人。”

“选我做朋友？”他变得开心了一些。“你认为怎样才能说服一位只希望与你做朋友的女士和你约会呢？”

我咬着下嘴唇。“你不介意我实话实说吗？”

“当然。越诚实越好，我需要你全部的帮助。”

“嗯，你首先得剪剪头发，刮刮胡子。”

“你真的认为这样管用？”他问，若有所思地拽着胡子。

“还得改改穿衣风格。”

阿奇低头看了看身上的游戏主题T恤，抚摸着上面的标记。“可是我喜欢这件T恤。”

“如果你不当回事，那就没辙了。”

“不，我是认真的。好吧，去哪弄合适的衣服？”

我看看手表，两点五分，就算迅速行动，回去也会迟到的。

“给格雷厄姆打电话，”我说，“告诉他我们食物中毒了。”

阿奇瞪大眼睛，他的眉毛都快挑到前额的头发里面去了，“旷工？我从来没干过这种事。”

“凡事都有第一次，”我咧嘴笑着，“把你的电话给我，我来告诉格雷厄姆。阿奇博尔德·汉弗莱-史密斯，你马上就变超级猛男了。”

“有什么可以帮您的？”接待员问，上下打量着我们。他一身黑衣，留着酷酷的发型：脑后的头发很长，前额的头发挑染成红色，两侧打出了像鸟羽一样的层次。丹和我过去把这个叫作“理发师的发型”，只有真正引导潮流的人物才配得上这种发式，其他人留这种发型只会弄巧成拙。

“我朋友需要理发刮胡子，”我说，阿奇看看我又看看理发师，脸上现出恐惧的神色。“现在有空闲的理发师吗？”

“迈克尔有空，”接待员翻着记事簿，“你叫什么名字？”

“阿奇。”

他向我们挥挥手。“好的，请坐。迈克尔一会儿就来。”

我们在门旁的椅子上并排坐下，接待员消失在理发店后面。

“露西，”阿奇小声说，他的屁股搁在椅子边上，脚上穿着运动鞋，鞋尖敲着地板。“你不会让我弄一个他那样的发型吧？”

我笑了。“当然不会。”

“也不挑染红色吧？”

“一点也不挑染。只是把后面和两侧剪短一点，也许还得把前面修剪得自然些。”

“露西，”他盯着理发店大门，“我们去喝点什么好吗？我想和你说点事——”

“你看这个怎么样？”我从面前的玻璃桌子上拿起一本杂志，指着上面一个很帅的男模特说，他的发型跟我刚才为阿奇设想的一模一样，是一种很现代的短发，那模特留着这种发型，散发出难以置信的性感气息。

“你觉得这适合我吗？”阿奇犹疑地看着杂志上的图片，拧着自己的长头发。

我靠在椅子上，揉揉眼睛看着他。难以想象阿奇留短发会是什么样，但至少那模特的发型比他现在的发型好上一万倍。

“你留这种发型一定很帅，”我说，“我保证。”

“好吧。”他直视我的眼睛，“如果你觉得这发型好，我也一定会喜欢的。”

“看这儿，”我说，丢给他另一本杂志，“读读这个，冷静一下。别老想着逃跑，我们处理完这些事再去喝一杯。”

十分钟后，迈克尔出现了，他是一个瘦高的男人，层层叠叠的金发一直垂到肩上。阿奇紧张得要命，我的椅子都跟着他抖了起来。

“你好，”迈克尔走近的时候，阿奇尖着嗓子说，无力地伸出一只手。“我叫阿奇博尔德。”

“我可以为你做点什么？”理发师说，没理会那只手，径直摆弄起阿奇的头发来，他冲我扬扬眉毛。“你看到这些分叉了吗？”

“我想把头发理成这样，”阿奇把头发拽回去，朝我看了一眼，“还得把胡子刮掉。”

迈克尔朝我笑笑，一只手摸着自己头上精心打理的发型。“女朋友想帮你改变形象，对吧？”

“她是普通朋友，”阿奇纠正道，脸红到脖子根。

“是吗？”理发师冲我挤挤眼，“好吧阿奇，我看看能为你做些什么。”

我把杂志从阿奇汗湿的手里抽出来，他起身跟在迈克尔后面，歪歪斜斜地走到理发店那一头的水池，一位助手等在那边，她给阿奇披上黑色的理发袍，把一条毛巾围在他肩膀上，示意他坐到椅子上，把头搭在水池边。助手拧开龙头，身子弯向他的时候，阿奇就抓紧椅子扶手闭上眼睛，如果光看他那样子，别人准以为这家伙是坐在电椅上等待死刑，决不会相信这是有人在给他洗头发和抹护发素。

我拿起一本杂志，心中并无愧疚之感，阿奇虽然紧张，但不是出于我的逼迫才这样做的，他同意我的建议，希望遇见什么人，我不过是在帮他。

我从 篇文章中抬起头来的时候，阿奇已经坐到一面大镜子前方的椅子上，背对着我，迈克尔正给他梳头发。他的头发打湿之后，看上去更长了，从后面看活像滑腻腻的黑色海草。迈克尔说了些什么，然后把阿奇湿漉漉的头发归拢成马尾辫，拿过剪子。阿奇从镜子中瞪大了眼睛直视着我。

“没事的，”我的嘴巴动着，没有说出声来，“我保证。”

迈克尔的剪子一下就切断了阿奇的头发，一把又长又湿的发绺掉在地板上。我朝别处看去，不忍面对阿奇眼中的恐惧。当我转回头来，迈克尔已经剪好阿奇脖子后面和耳朵周围的头发，正在修饰顶端的碎发。我向镜中的阿奇微笑起来，虽然他还没刮胡子，但看上去比刚才帅多了。

“看上去很棒。”我不出声地说，阿奇也笑了。

半小时之后，理发、刮脸和修剪全部完成，迈克尔把阿奇坐的理发椅转了一圈朝向我。

“怎么样，”他说，“女士，您满意吗？”

我高兴得合不拢嘴。“阿奇，你太帅了。”我说，克制着为他的新发型和刮得光光的脸庞鼓掌喝彩的冲动。

“真的？”阿奇说，摸摸脖子后面，拧起眉头看着我。

“你看上去很棒。”我说。

真的是这样。没有了长头发和大胡子，他年轻了许多，容貌焕然一新，变得整洁可爱又好看。

阿奇付完钱，蹭到我身边，耷拉着脑袋。“你真的喜欢，露西？”

“我喜欢，”我站起身拍拍他的肩，“别的女人也会的，我敢担保。”

他没有表现出高兴的样子，反而双手插进口袋，叹了口气。“我们可以去喝一杯了吗，露西？求你了，我真的有事和你说——”

“等会儿，”我说，把他拉到门外，“我们得先去买东西。”

“买东西，”他说，“好吧。”

我们花了好几个小时才给阿奇买了几件衣服。因为他太矮太瘦，所以我给他选的裤子不是拖到地上，就是像个大袋子一样堆在他的屁股和大腿上。我过去只给丹买过衣服，实在不知道怎样帮助比丹矮得多的人挑选服饰。阿奇也有点不配合，他拒绝穿我给他挑的一件很漂亮的橙色衬衫，还把某条名牌牛仔裤形容为“悲剧”。

我们沿着一排排货架翻弄了一个小时（阿奇在旁边唠叨着所有衣服都太丑，他的脚都走疼了之类抱怨的话）之后，决定分头浏览商店中的货物。他抱回一堆褪了色的苍白牛仔裤、丑陋的浅色T恤，我则选出一些时髦的裤子和剪裁考究的衬衫，我们看着对方手中的衣物，相视而笑，我俩的眼光真是太不一样了。

最后，我们达成一项折中协议——精心剪裁的运动式裤子，长袖T恤，外面再套上普通T恤（前面没有讨厌的游戏标语）。

“这件怎么样？”阿奇第十五次从试衣间的帘子后面走出来。

“很好，”我说，“真的很好。”

我是认真的。他看上去确实很棒，套在最外层的衣服让他看上去不那么瘦弱，裤子和鞋的搭配使他的腿显得长一些，也壮实了许多。

“万岁，”他边说边消失在帘子后面，“我们可以去喝东西了吗，露西？求你了。”

“好的，”我笑着表示，对自己进行第一次形象设计的结果非常满意。“只要能让你闭嘴就行。”

虽然阿奇推荐的那家风格时髦的酒吧并不是我喜欢的类型，我却没有反对，因为我们是在庆祝我辉煌的、魔术般的胜利，而且，这是我对他表达感谢的一种方式。我坐到一张桌子旁边，阿奇走向吧台，几分钟后，他为我端回一大杯红酒、自己则要了一品脱啤酒。尽管注意到他可能连那些啤酒的一半都喝不完，但我没有作声，人人都知道，庆祝的时候都要比平时多喝一点酒的。

阿奇重重地坐在椅子上，吞了一大口啤酒，我张着嘴巴端详他，他看上去如此不同，像换了个人。

他发现我在看他，就从杯沿上抬起眼睛盯着我：“好吗？”

“你看上去真帅。”

“这么说，你觉得女人们愿意和我约会了？”

“噢，上帝，当然愿意。”

“很高兴你能加入比茨计算机公司。”他放下酒杯，捞起桌上的杯垫。

“我也是，”我马上说。“参加格雷厄姆·威灵顿的面试之后，我还不确定是否能得到这份工作呢。”

“你遇到这种事，我很抱歉，”他说，表情变得有点严肃。“格雷厄姆的脾气挺古怪，大家都习惯他了，他本质上不是什么坏人，只是……”

“只是有点变态？”

阿奇笑出声来：“你并不了解他。”

“我真正不了解的东西，”我呷了一口酒，“是为什么我甩了他一巴掌之后，他还要雇用我？他说有人曾经威胁说要向机会均等委员会举报他，但我想象不出比茨计算机公司的哪一个人会这样做。”

“是我干的。”阿奇轻声说，把杯垫的表层撕下来，揉成一团。

“什么？”

“我干的。”

“不可能！你威胁要举报他？”

“是的，格雷厄姆已经逃脱过很多次惩罚，应该给他点教训，你看上去又是个好人。”

“我的确是好人，”我说，开始往自己脸上贴金。“我是你遇到过的最好的人。你可以问问别人……”阿奇坐直了身子，盯着我身后的镜子，挠挠头发。“问问……”他已经完全破坏了本已做好的发型。

“你确定喜欢自己的新发型？”我有点迷惑不解，他刚才不是因为改了发型能和别人约会而感觉挺兴奋的吗？难道这不是他点了整整一品脱啤酒的真实原因？不是为了庆祝？

"我想我会习惯的。"他耸耸肩，试着抚平头发，却失败了，只好把它们向前抿到眼睛上方。

"至少你奶奶会喜欢的，"我开玩笑说，试图缓解紧张起来的气氛。"我敢肯定，她会认为你看上去十分精神，小伙子。"

阿奇没有笑，低下头继续撕他的杯垫，把它扯成细小的碎片，我从未见过什么人表现得如此不自在和害羞过。

"你不是真的想理发和刮胡子，对不对？"我说，感觉有点晕晕的。

一阵长久的沉默。最后，阿奇开口了。"是的。"

"那是为了什么？"

"因为你觉得那是个好主意。"

"好吧。"

"因为我喜欢和你在一起。"他用力吞着口水。"还因为，因为……"

"因为？"我的嘴巴突然变干了。

他双手捂脸，我屏住呼吸。

"因为我爱上你了。"他说。

我呆住了，酒杯抵着下唇。我没有听错吧？这不可能。

"对不起，阿奇，你刚才说什么？"

"我说……"他清清喉咙。"我想我是爱上你了，露西。"

我的胃绞痛起来，我真的觉得头晕了。阿奇不该爱上我的，我应该帮助他找到真爱。他不会……不能爱上我。我把酒杯放回桌上，它摇晃起来。

"你……你……"我挤出一个笑容。"你在开玩笑，对吧？"

他摇摇头，眼神固定在面前那堆撕破的杯垫碎片上，满脸痛苦的表情。他不能爱上我，不能。

“对不起，”他嗫嚅着，脸颊红红的，“我实在忍不住才告诉你的，我感觉自己快要爆炸了。我在你的名字后面选了‘约会’这一项，但是你今早没有表示，所以我必须告诉你，无论你对我是什么感觉，而且，”他停下来吸了口气，“从你的反应来看，我觉得你和我的想法是不同的……”他低着头，但不会再有长头发垂下来挡住他眼神里的东西了。

我内心深处的什么东西嘎吱作响，我想哭，想尖叫，这不是我想要的结果。我盼着阿奇建立自信，这样他才能找到合适的女友，这个女人不会是我。我努力想回到丹的身边，难道我完成任务的方式错了吗？我是不是和阿奇走得太近了？向他发出了错误的信号？

“阿奇，”我把手放在他的胳膊肘上。“阿奇，看着我。”

“我不能，”他摇着头，“我应该什么都不说的。我真是个傻瓜。”

“你不是。”

“我是。”

“阿奇，”我声嘶力竭，“你不能爱上我，我们是朋友。”

“我以为我们不止是朋友，”他嘟囔道，“连奈杰尔都觉得你，呃，他怎么说来着？对我有不寻常的兴趣。”

噢，天哪。我真傻，难怪他会这样想。我假装对局域网派对感兴趣，午餐时和他聊天，工作时盯着他看，还直截了当地邀请他参加闪电约会派对，不知内情的人会以为我在追求他，我甚至对他的外表感兴趣，给他设计形象，这难免引起他的误会。

“我喜欢你，阿奇，”我说，心烦意乱地摆弄着自己的空酒杯。“我很喜欢你……”

“但是？”

"但是我把你当成……当成……自己的弟弟。"

"弟弟？"他紧张地笑起来，"好吧，谢谢你这样想。"

"不，"我去抓他的手，"请别生气，我只希望帮你找个女朋友。"

"为什么这样做，露西？"他猛地把手抽走，我的手落在桌布上。"你和我根本不熟。"

他涨红了脸颊，愤怒地注视我，双手捏成拳头，攥得发白。我从没见他这么生气过，他受到了伤害。可是，我又能说什么呢？总不能告诉他真实的原因吧。

"你看上去很孤独。"我说。

"别绕弯子。"

"但是，但是，"我结结巴巴地说，"我不认为你爱上我了，一点也不。可能你只是喜欢我为你做的这一切，这唤起了你对自己的感觉。"

"你能不能摆出更加高人一等的姿态，露西？"

"什么？"

"我不是什么歇斯底里的可怜虫，你知道，"他靠到椅背上，眼神冷冷的，"我可没求着你把我放在你的保护伞下面，给我找什么女朋友，对吧？我自己一个人过得很好，你知道。"

"是吗？"

阿奇张嘴想回答我的问题，但立刻又闭上了，他摇摇头，站起来走到门边，当他离酒吧大门还有一半的距离的时候，我意识到将会发生什么。

"阿奇，"我喊道，"阿奇，请你别走，我们好好谈谈。"

他转过身看看我，"滚吧，露西。"

他走了。

连喝三大杯酒之后，我走出酒吧。

汽车喇叭滴滴作响，下班后的疲惫人流与我擦肩而过，把我撞到一边，但我继续朝前走，直到日落时分，路灯把琥珀色的光辉投射到伦敦昏暗的街道上。

我停下脚步。

我站在怀特街33号，我的旧房子大门外。

我坐在街道对面的矮墙上，看着自己的手表，时间刚过八点，可是房子里的灯已经熄灭了，所有的窗帘也拉得严严实实。

无须透过窗户观察，我只要闭上眼睛就能想起屋内的模样。

起居室……我和丹曾经在那儿搭过一张临时的床，那时我们订购的床还没有送来。我们躺在上面并没有马上睡着，而是像小孩子那样玩装鬼吓人的游戏，直到离起床上班还有四小时才不得不睡觉。餐厅……那里陈设着我买来的一张漂亮的古董木桌，配有八把椅子，有了这套桌椅，我和丹就可以举办讲究的晚餐派对，大家围着棉布餐巾，点起蜡烛，从开胃菜、主菜一直吃到饭后甜点。可我们只开过一次晚餐派对，因为我们发现穿着盛装，小心翼翼地礼貌交谈是一种很傻的行为，所以我把大家叫到起居室，坐在电视机旁的地上享用晚餐。厨房……我们美丽的黄色厨房。我刚搬进这栋房子的时候，厨房只有黑白灰三种单调的颜色，墙壁也是白色的。我一直梦想拥有一间黄色的厨房，我把这个想法告诉了丹。一天，我下班回家，发现丹利用下午放假（他为Creative Ink广告公司工作）的机会把厨房粉刷成了最美丽的浅黄色。后来，他告诉我自己讨厌这种颜色，但当他看到我进门时脸上那兴高采烈的表情时，就立刻觉得这样做是值得的……

有人咳嗽了一声，我猛地睁开眼睛。丹站在我身旁。

“又是你！”他低头看着我，眼神充满惊讶。“如果你想跟踪我，那也得学得狡猾些才行。”

我应该跳起来逃跑的，却没有动弹。我抬起头盯着他，心脏在胸腔中狂跳。他撑着一把黑色的雨伞，大颗的雨滴落到我的脸上，沿着下巴流淌下来，下雨了，我甚至没觉察到。

“你为什么盯着我的房子看？”丹坐到我身边的矮墙上，我呼吸急促起来，期待地喘着粗气。“里面没什么可偷的。”

这是我们的房子，我想说。我和你的房子。为什么你看不出我就坐在你身边？为什么你感觉不到这是我？

“你在打哆嗦。”丹说，把雨伞移到我头顶。“听着，我不知道你是谁，也不清楚你想从我这儿得到什么，但你必须收手。否则我会报警，或者，”他对我上下端详一番，摇摇头，“报告社会服务机构。”

丹眼睛下面的皮肤皱了起来，那不是笑纹，他的眉头也拧在了一起，看上去既担心又疲惫，可他仍然在照顾我这个哑口无言的跟踪者，不让我淋着，雨水却把他的头发淋得紧贴在脑袋上。

我必须告诉他发生了什么事。他必须知道。

“丹，”我说，“我是露西。我想回到你身边，可我觉得自己搞砸了。我想帮一个人找到真爱，可他却爱上了我，我不知道该怎么办才好。”

他看着我的嘴巴，什么都没说。那没有用。他一个字都听不见。我准备站起来的时候，他从包里翻出一本便条簿和一支笔。

“我听不见你说什么，”他慢慢地大声说，好像我是个聋子一样。“如果你把想说的写下来，我或许能帮上忙，比如给谁打个电话什么的。”

他向我这边靠了靠，手里拿着便条簿，我闻到他那温暖的麝香须后水的味道，呼吸着他的气息，一时掉进了过去那些数不清的温柔记忆中。我伸手接过便条簿和笔，和他的手指相蹭，一股百万伏特的电流袭上我的胳膊。

我是露西，我用力写到。我太爱你了，丹。我死之前咱们还吵架来着，我很抱歉，我为了咱们的婚礼才变得紧张兮兮的，那天我应该对你说我也爱你的，可是——

丹碰碰我的手，我停笔看着他。噢上帝，噢上帝，他是不是……是不是已经明白我写的什么了——

“对不起，”他温柔地说，“我看不懂你写的是什么，这是阿拉伯语吗？印地语？我完全弄不明白。”

我的心怦然一沉，仿佛停止了跳动，我拼命要抓住的每一点细小的希望都飘走了，消失了。我把便条簿上的那页纸撕下来扯成碎片，扔进排水沟。

“回来，”我转身走开，丹在我身后大喊，“让我来帮你。”

“你不能，”我低声说，“没人帮得了我。”

第十二章　布莱恩

我走进“幽灵申请者之家”的前门时，克莱尔正从走廊的储藏柜后面伸出头来向外张望，手里握着电话听筒。

“露西，”她说，“你的电话。”

我的心停跳了一下，只有两个人知道我的电话号码，阿奇是其中之一。

“是阿奇？”我一边从门厅跑过去一边不出声地问。

她摇摇头。“不是，我觉得你要挨一顿臭骂了。”

一顿臭骂？为什么？噢上帝。是不是格雷厄姆·威灵顿？

“你好？”我接过电话。

“你好，露西，”一个熟悉的声音说道，“我是圣徒鲍勃。”

我吓得差点扔掉听筒。圣徒鲍勃？他可以从中岛往这儿打电话？怎么没人告诉过我？

“露西，”鲍勃官僚气十足，“你去哪里了？”

“什么时候？”

“就刚才。”

我本想撒个谎，但心里非常明白，要是欺骗这位来自天堂的顶头上司，准没好果子吃。

“我去未婚夫那里……我做错什么事了，对吗？”

“露西——你读了手册没有？”

“读了一点。”

鲍勃叹口气。“你读没读到如果联系生前认识你的人，会有什么后果？”

我咽了一下口水。该死。他们完全掌握我的行踪。

“是的。”我说。

“根据我们的记录，露西，你曾经两次试图联系你的未婚夫。第一次，你想同他说话；第二次，你想同他说话，以及，通过文字和他交流。”

“对不起，我忍耐不住了，”我说，“我的任务进行得不顺利，我想放弃，还有……”

这个想法像迎面开来的卡车一样撞到了我，我不想放弃。我不愿意鲍勃挥动他的魔杖，把我带回中岛，塞进通往天堂的电梯。无论如何我都希望通过这个考验。如果阿奇爱上我了，我可以让他不爱我，假如有必要，我甚至可以让他恨我，只要我能回到丹的身边。

“求求你，”我恳求道，“请不要强迫我上天堂，对不起，再给我一个机会。求你了，鲍勃。”

“露西——”

“求求你了。”

“露西！”

“啊？”

“我给你唯一的一次正式警告。你第一天回人间的时候，由于没读过手册才犯下错误，我们原谅你了。可是，这次你公然破坏规则。你只剩一次机会——”

“噢，谢谢你，”我急忙说，“谢谢你，谢谢你，谢谢你。”

“但是，”鲍勃说，“如果你再犯，会立刻回到中岛，你的任务也随之取消。”

“我不会再犯的。”我向他保证，把电话线缠绕在手指上。“我不会再试着联系任何人。”

“很好。”鲍勃说，“请你提醒一下克莱尔，她也必须接受最后一次警告，我们注意到她最近差点就违反了规则。再见，露西——”

“等等，”我说，突然想起上次与克莱尔的谈话。“人们可以在天堂找到真爱吗？我的意思是，如果人在活着的时候找不到爱的人，能不能在天堂得到这个机会？”

“当然能。”鲍勃叹息道，“你以为天堂是什么地方，怎么可能让没有爱的人永远孤独下去？”

我把听筒放回去的时候，布莱恩从门后伸出头来。

“嗨，露西，”他说，“抱歉打扰你，你有空帮我完成任务了吗？你说过今天帮我的。”

我差点脱口说出“不”字，但他脸上那绝望的神情让我把想说的话吞进了肚里。

“好的，”我说，“我去换下衣服就来。”

“太好了。”他面露喜色，挠挠乱蓬蓬的头发，“我就知道你不会让我失望的。”

“哦，布莱恩，”我边说边爬上楼梯，“你能不能带两本火车爱好者杂志，我们可能用得上。”

“杂志？”他重复道，一脸迷惑。“好吧。”

雨还在下，我们在Tooting Bec站下了地铁，走在空旷无人的大街上。布莱恩快步走在前面，脸上有一种决心已定的表情。

“特洛伊就住在那儿，”他说，我跟在他身后一路小跑，没弄明白他指的是哪里。

“好吧，”我紧张地瞧着四周，那一盏盏路灯看上去都变得挺吓人。“可是，这样做合适吗？这么晚了，街上没人，我们怎样才能找到他？”

“我们会找到他的，”布莱恩回头看着我，“我知道他会去哪儿。”

我实在不清楚一个十几岁的小孩子在这个五月的雨夜能去哪里，也许是他们不该去的地方，我有点轻蔑地想。

“好啦，”他突然停在街道中间，“我们到了。”

“到哪了？”我问。一个男人骑着自行车从我身边经过，车轮在地上的水坑中溅起水花，打湿了我的牛仔裤，我怒气冲冲地瞪着他。

布莱恩指指近旁一家店铺上方闪闪发光的M形标志。

“麦当劳？”

“是的。”他说，推开门。“来个汉堡包？”

他快步走到柜台旁边，我跟在他身后走进去，很高兴摆脱了雨水的侵扰。麦当劳里挤满了人，到处都是些十几岁的青少年，他们有的正往嘴里塞着薯条，喝着奶昔，还有的无精打采地趴在桌上。

“好啦，”布莱恩端着一个盛满垃圾食品的托盘在我鼻子底下晃了晃，“你打算怎么帮我？”

“别急，”我说，抓过一根薯条扔进嘴里，“我会想出办法的，不过你得先告诉我特洛伊在哪儿。”

“看见门边那两个男孩和一个女孩没有？”布莱恩歪歪脑袋，我点点头。“那个穿灰色连帽外衣、黑裤子、白运动鞋的就是特洛伊。”

“嗯，”我说，“我们过去坐他旁边。”

布莱恩脸色苍白。“你开玩笑吧？”

“布莱恩，”我转转眼珠，“你不过去坐着，他怎么能听见你说什么？”

“我还以为你的计划不包括‘谈话’这一项在内呢。”

“难道你想绑架他，把他吊在帕丁顿车站的桥上，直到他承认自己是一名火车爱好者？”

“呃……”他耸耸肩，“不能那么暴力，不过……”

“布莱恩！”

“他叫我恋童癖，露西。如果我再和他说话，他一准儿撒腿就跑。”

“哦，看在上帝的分上，布莱恩，”我从他手里夺过托盘，走向特洛伊旁边的空桌子。“我们过去坐下。”

“好吧，”他嘟囔着，“要是他再叫我恋童癖，就是你的错。”

我们坐下来，特洛伊抬起头，他既没有尖叫，也没有掏出枪来对准我俩。这是个好的开始。

“看见没有，”我小声说，把一包炸薯条推到布莱恩面前。“他都不记得你是谁了。”

“好的。”他看上去松了口气。“下一步怎么办？”

“把我让你带的那两本杂志拿出来。”

布莱恩在他包里翻出两本包在整齐的塑料封套里面的杂志，我尽力保持镇静，抢过其中一本。

“当心，”他小声说，探身向前。“有朝一日，它们可能成为收藏家的藏品。”

“冷静点。”我擦了擦手指头（还有塑料封套）上的番茄酱，翻开第一页。“那么，火车爱好者通常喜欢做什么样的美梦？”

布莱恩倒吸一口凉气，差点从座位上掉下来。“什么？”

“火车爱好者最想实现的愿望是什么？”

“我一直想在旧路基上建设一座全新的火车站。”他说，眼神透出光彩。“不，我想买下两座车站，重新建设线路，这样蒸汽火车就可以在两个车站之间穿梭来往。”

“听起来不错。”我瞟了一眼特洛伊，他正偷偷观察我手中的杂志封面。“现在，你宣布这个梦想已经实现了，大点声说出来。”

“可我没有啊。”他抗议道。

“噢，看在上帝分上，布莱恩，就当是在表演。你小的时候没玩过这种游戏吗？”

“嗯，我在圣诞节的时候玩过。”

“很好！”

“那时我假装成一棵树。”

“你只需表现出已经实现了自己最大的梦想的样子，”我解释道，“而我，是你的火车爱好者朋友之一，你正在告诉我这个好消息。”

“我买下了两座火车站，”布莱恩几乎是扯着嗓子喊道，“我会让一列蒸汽火车在两个车站之间运行。”

特洛伊盯着我们，餐厅里的其他人也看过来。

“太妙了。”我说，挤出一个微笑。“我，呃……”我翻翻手中的杂志，迅速读了一遍一篇文章的最前面几句话，然后说：“我最近参观了马恩岛的蒸汽铁路。”

“我也去过那儿，”布莱恩叫道，“棒极了。”

噢，上帝。

我们至少抓住了特洛伊的注意力，但有个最大的问题，他和两个朋友坐在一起，他俩都不是火车爱好者，想让特洛伊对我们折服，首先得摆脱他们，而且要尽快。

“呃，露西，”布莱恩继续吼道，“你最喜欢什么——”

“布莱恩，嘘——”我瞪他一眼，“让我想想。”

怎样才能支走特洛伊的同伴呢？我说不定可以利用女人的小麻烦之类的问题把其中那个女孩骗到女盥洗室里，但是那个男孩还会留在这边。如果我大喊“起火了”，大家都会跑出去（包括特洛伊），所以，这两个办法都不行。

我扫视着旁边的桌子，绞尽脑汁。那三个小孩每人抱着一杯可乐，但没要吃的，而且，他们都在玩手机，除了特洛伊，另外两个人的手机是同一个牌子的。这让我想起一个主意，可能很傻，但值得一试。

“布莱恩，”我大声说，但不是喊，“你负责推广的索尼爱立信免费巨无霸套餐促销活动，有多少人签约？”

他茫然地看着我，但我敢说邻桌那三个小孩的注意力都被吸引过来了，他们停止交谈，以一种——“我可没在听你说什么，因为你太可悲了”——的故意扮酷的青少年姿态听我说话。

“我拉来一百人呢，”我在布莱恩明白是怎么回事之前迅速说道。“你才招揽了98个人，对吧？如果不多找上两个人，你就失业了。你总觉得孩子们都会抢着要吃免费巨无霸套餐的，”我打了个响指，“是不是？”

布莱恩继续张着嘴巴看着我。特洛伊的一个朋友，那个男孩，在桌子底下踢了踢那个女孩，我的脸上挂着自己能做出的最吸引人的微笑，转头望向他们。

“你们谁有索尼爱立信手机呀？如果不再多赠送两套免费巨无霸套餐，我的朋友明天就失业啦。”

“我有一部。”特洛伊的朋友说，拿起他的手机在我鼻子底下晃了晃。“我该怎么做？怎样才能得到免费巨无霸？”

“我也有，我也有。”那女孩尖叫起来，把她粉红色的手机从桌上推过来。

“你们什么也不用做。”我咧嘴傻笑，“呃，我们是在Tooting

Bec一带做市场调查的。你们帮了布莱恩很大的忙，是吧布莱恩？”

布莱恩龇牙咧嘴地挤出我平生见过的最假的微笑。

“为什……啊对，是的，露西，”被我在桌子底下踢了一脚之后，他说。“太对了。”

“带着你的钱包，给他们两个每人买一份巨无霸套餐。”

“我可以要一个鱼柳汉堡包吗？”女孩说，拍着她瘦得几乎不存在的肚子。“我可不想变胖。”

“你想要什么都行，”我说，“这是促销活动的一部分，你和布莱恩一块儿去挑吧。”

“露西……”布莱恩说。

我保持微笑。“这些年轻人想要什么就给他们买什么。”

“好吧，”他一下子站起身，“买吃的，好。”

布莱恩和他的新朋友们走向柜台的时候，我看了一眼特洛伊。他手里转着自己的手机，一副相当沮丧的模样。

“我非常抱歉。”我说，拿起那本火车爱好者杂志。“你的手机很好，但不是我们促销的牌子。”

“无所谓。”他耸耸肩，“我从来不要免费的垃圾货。”

我迅速翻开一页杂志，对着一张火车的照片惊叹起来。

“有什么特别的吗？”特洛伊问，竭力掩饰自己的好奇。

“噢，”我说，“没什么，就是一张新干线高速列车的照片。”

“最高时速186英里。”

我看了看那一页的内容，他是对的。

“你是火车爱好者？”我若无其事地问。

“不。”他把运动衫上的兜帽拉起来盖住头，手肘撑在桌子上。“成为火车爱好者是不对的。”

该死。完成布莱恩的任务，就得让特洛伊承认他对火车有热情，现在看上去可不妙。

“为什么不对？”我翻到另一页，装作无动于衷的样子。

“怪人才研究这个，比如你朋友。”

柜台那边，布莱恩摸着胡子，茫然地注视着面前的空气，特洛伊的朋友们指着头顶的菜单，交头接耳地讨论着。

“不错，”我说，“布莱恩看上去是有点怪，但不代表我们都是怪人。”

特洛伊扬起眉毛。“这么说你也喜欢火车？”

“当然，”我灌了一大口健怡可乐，“布莱恩教给我很多铁路方面的东西，他是火车天才。”

特洛伊看看我，再看看布莱恩。“他是你丈夫？”

健怡可乐从我的鼻孔里冲出来，喷在布莱恩的宝贝杂志上。

“室友，”我说，拿起一张油腻的餐纸，快速擦拭着溅到可乐的书页。“我们是朋友。”

柜台那边的布莱恩已经在摸钱包准备付钱了，我的时间不多了。

“你朋友喜欢火车？”我问特洛伊。

“不，”他低头看着桌子，双手来回扔着手机。“他们会嘲笑火车爱好者的，难道不是吗？”

该怎么回答呢？我不知道。

“难道不是吗？”我试探着说，故作明智地点点头。

“你说什么？”他从兜帽下方盯着我，好像我是个疯子。

我的脸颊像火烧过一样。我斜眼看了看，布莱恩和他的新朋友马上就回到这边来了，我必须速战速决。

“听着，”我说，朝着特洛伊俯过身去。“我和布莱恩在帕丁顿车站活动，在桥上。你知道吗？”

他点点头。

“我们经常去那儿，如果你想和我们一起去或者只是聊聊火车、考考布莱恩什么的，欢迎你加入。”

“我不知道，伙计。我太忙了。”

“你什么时候有空？”我在桌子底下把手指交叉起来。

他耸耸肩。“也许星期一晚上吧？”

“嗯，就这么定了，”我说，向他投去最友好的微笑。“呃，你要是去了，才算够哥们儿。”

“好吧，不过——”

“怎么了，伙计？”他的朋友转过桌角坐下来，打断了他的话，“和这老娘们儿混熟了？”

什么？真粗鲁。我怎么成了——

“闭嘴，”特洛伊说，把手伸过桌子，“给我们来点儿薯条，伙计。”

“露西，”布莱恩在我对面坐下，小声说，“怎么了？你为什么把我支开给这些小孩买吃的？”

我使个眼色。“回去的路上再告诉你。”

第十三章　冰释前嫌

我用颤抖的手推开办公室的门。昨晚帮布莱恩完成任务的兴奋刚过，就又得面对我自己的任务了，更何况进行得不妙。已经到了第十三天，阿奇竟然爱上了我，而且，他对我说的最后一句话是“滚吧，露西。”这可不好，一点都不好。

我做了一次深呼吸，走进办公室。阿奇蜷着身子趴在显示屏上，头上捂着耳机。他的头发还那么短，但下巴上黑黑一片胡茬儿，那件游戏T恤也回到他身上了。我俩目前的得分情况是——

生气的阿奇：1分，露西的形象设计：0分

“早上好，阿奇，”我说，紧张地微笑着。

他下巴上的肌肉动了动，没有回答。

“嗨，海绵宝宝鲍勃，”我说，把他桌角的小塑料人偶拿起来，暗暗给自己打气：绝不能放弃。“你好吗？”

“我很好，谢谢你，露西，”我尖起嗓子，用很傻的语调回答，举着卡通人偶在阿奇的面前晃来晃去。“你不觉得阿奇今天很帅——”

“你没正事可干了吗？”他说，啪地一声扔掉耳机，瞪着我。

“是的，”我继续模仿海绵鲍勃的声音。“我的意思是……”我转回自己平时说话的声音。“……是的，其实我很忙，没有时间瞎聊。”

我快步穿过办公室，走到自己桌旁。

“你看见阿奇博尔德了吗？”我坐下的时候，奈杰尔碰碰我。

我没理他，打开电脑，翻阅着Javascript使用手册。也许我做出专心忙碌的样子，他就不来烦我了。

“嘿，”他又推推我，“你看见阿奇博尔德的头发了？”他笑得嘴巴咧到耳朵根。一副白痴样。“你看见他头发了吗，露西？”

“阿奇的头发怎么了？”我厉声说。

“现在？”他扬起眉毛。“阿奇剪短了头发，他的络腮胡子也不见了。”

“那又怎么样？”

“他不肯告诉我们为什么这样做。你知道吗？”

“不知道。”

“真的？”

我猛地合上书，瞪着他。杰夫和乔同时停止了打字，故作镇定地听我们说话。

“你为什么对阿奇的头发那么感兴趣，奈杰尔？”

他靠回座位，看看杰夫和乔。“哦，事情有点奇怪，不是吗？昨天下午你和阿奇都请了病假，然后他就带着一个新发型回来了。”

“那又怎么样？”

“那……你们俩之间有事对吗，露西？”

“不，没事。我和阿奇之间什么事都没有，明白吗？”

“噢！”他做个鬼脸，假装把一个手提包挂到下巴上。“没必要这么敏感吧。”

“你为什么不闭上嘴，让我专心工作？”

我盯着杰夫和乔，他们在我的注视下慢慢退缩回去，继续打起字来。奈杰尔耸耸肩，继续瞅着自己的显示屏。这将是漫长的一天。

午餐时间到了，奈杰尔、杰夫、乔和办公室的其他人站起来穿上外衣。他们显然要去酒吧，鉴于我刚才爆发的坏脾气，没人跟我提起这事。

他们陆续走出办公室时，奈杰尔蹭到阿奇桌边，把他的一只耳机拽下来，对他说了些什么。阿奇摇摇头，朝我看了一眼，我们的目光相遇时，他迅速望向别处。

“那好吧，”我听见奈杰尔说，“一会见。”

办公室变得空旷起来，只剩我和阿奇。

好吧，我的机会来了。我唯一要做的是站起来，走到阿奇桌边和他聊一聊。会出现什么样的最坏结果呢？他再也不和我说话，我的任务失败？好的，最好先别这样想。想想好的一面，或者干脆什么也不想。行动！

“阿奇，”我来到他桌边轻声说，“我们能谈谈昨天的事吗？”

他刚要回答的当儿，办公室的门开了。

“下午好，伙计们，”萨利提着她的篮子走进来，把它放到阿奇的桌子边上，碰到了他的笔筒，“噢，只剩你俩了？阿奇博尔德呢？”

“阿奇博尔德？”我不解地说，“你的意思是？他不就在那——”

“想来一块三明治吗，新来的小伙子？”萨利说，用涂了铁蓝色指甲油的手指碰碰阿奇的肩膀。

“萨利，”他朝她挥挥手，“是我！”

“天啊！”萨利恐惧地蹦了起来，差点撞翻篮子。“你这是怎么啦？”

阿奇脸一红，没说话。

“这是什么？”她指着他的短头发茬，仿佛他的头已经被病菌感染了一样。“你到底怎么啦？”

“一个错误，”他嘟囔着，“一个大错误。”

“我也觉得是。你为什么把胡子也剃了？你看上去真奇怪啊。”

“嘿，”我说，“别这么粗鲁。”

“这跟你有什么关系，露西？”萨利双手掐腰盯着我。她虽然是一个小个子女人，但只要她愿意，还是能摆出十分吓人的架势。

“我只是觉得你不应该把自己的想法强加给别人。”我说，向后退了一步。“你会让阿奇感觉不舒服的。”

“我敢肯定他看上去非常地不舒服。”

“你怎么知道？”

“看看他，”她说，捋捋自己的头发，“他看上去就像剪了毛的绵羊一样。”

“你为什么这么在意？”

“那你为什么也在意？”

“停！”阿奇咆哮道，他跳起来，伸出双手。“你们俩给我住口。”

我们惊奇地看着他。萨利甚至惊声尖叫起来。

“你们这些女人怎么回事？”阿奇说，摇着头，“你们为什么都喜欢干涉我的生活？先是我奶奶，后来是你，露西，现在又是你，萨利。我的脑门上贴着‘可怜虫’三个字还是怎么着？”

“你不是可怜虫，阿奇博尔德，”萨利说，很快恢复了镇静。“但是你的头发和胡子是你本人的一部分，我不明白你为什么想改变自己。”她挑衅的表情消失了，看上去真的很担忧。“我完全不明白。”

“阿奇，”我说，“我们能谈谈吗？求你了。”

他来回看看我们俩，用手搓搓脸，看上去精疲力竭。

“你不介意离开一下吧，萨利？”他问，“露西和我需要谈谈。”

“好吧，”她愤怒地看了我一眼，从桌上拽过篮子，“不过，要是因为她你才改变了形象，阿奇博尔德，我建议你别把她说的话当回事。”

办公室的门砰地关上了，阿奇和我面面相觑，谁也没说一个字。

阿奇先开口了。“坐下吧，露西，”他指指最近一张桌子旁边的空转椅。我把椅子拖过来坐在上面，感到前所未有的紧张。他从来没像现在这么直截了当过。

“阿奇，”我说，“我只是想告诉你——”

他举起一只手。“我可以先说吗？请你让我先说，我希望这样。”

我耸耸肩。“当然。”

他靠回椅子上，手里玩着订书机，反复地打开盖子再关上。咔哒-咔哒-咔哒-咔哒。

“首先，我为昨天的行为道歉，”他说，“我从来没在女人面前说过脏话，露西，我的做法非常没有教养。”

“没关系，阿奇。”我把高跟鞋踩进地毯，绕着鞋后跟划了一个半月形。

“我昨天的情绪十分反常，我不知道该怎样控制。”

“阿奇——”

“请让我说完。”他再次举手，“我认为昨天做出不理智行为的原因是，你说你觉得我是孤独的，这触动了我的神经。”

我张嘴想说点什么，但几乎在同时改了主意，就把嘴闭上了。

“我曾经——不，我现在也孤独，”阿奇接着说，“你来面试的时候，我立刻喜欢上了你，可是我想，你不可能喜欢我这样的人，我觉得高攀不上。”

其实，我与任何人都能合辙，特别是阿奇，我和他更合得来。

“……然后，你得到了工作，还表现出对我的兴趣，就像命运的眷顾一样。我想着自己悲惨的生活终于可以过得快乐些了。我真的相信事情会有转机的……”

我感觉自己嘴里酸酸的满是唾液，这是我哭出来的前兆，所以，我拼命地咽口水。

“……可是，也许你是对的，露西，我可能爱上了有你在我周围的感觉。我只是个爱上了被爱的感觉的白痴而已。”

阿奇说“爱”字的时候，喉头哽咽了，我抬起头来看他。

“我这么想的理由是，露西，因为恋爱应该是很美丽、很奇妙的体验，我无法想象，当你爱上什么人，那人却不爱你，是多么残忍的事情。”

就是这句话击中了我的神经。眼泪顺着我的脸颊滚下，沿着鼻子的曲线滴到下巴。我为自己哭，为丹哭，也为阿奇哭，因为他应该得到某个特别的人的爱，却爱上了我。一切都是如此的不公平。

“露西，”阿奇轻声说，“求你不要哭。我不想让你苦恼。”

我摇摇头，我的喉咙阻塞，无法说出话来。

“给你。”阿奇递给我一块整洁的白手帕。

这一温柔的举动再次触动了我，我把头埋进两膝之间。

“露西，求你说点什么。把你弄哭了，我很难过。”

“阿奇。”我抹着眼泪，又黏又黑的睫毛膏粘在了他的手帕上，我慢慢把它们刮下来。我现在看上去一定很糟糕，但我一点都不介意。“你必须相信，我从来没想伤害你，真的。”

“我相信你，”他轻声说道，抓住我的手。

“我希望告诉你我为什么会来这里，但我不能。”

他笑了。“因为你在这里工作啊，露西。”

“是的，不，我的意思是……唔，我不知道。阿奇，我能够认识你是有原因的，我真心想帮你找到真爱。”

他动了动，皱起眉头。“为什么？”

“把我当成你的守护天使吧。”

“你现在开始胡说啦。”

“哦，是的，有点胡说，但是我能帮你，阿奇，我知道我能。”

“我不知道，露西，”他叹口气，“这件事让我觉得，或许还是孤独一人比较好。”

“阿奇，”我说，“我们可以做朋友吗？至少我们还能做朋友啊。”

“我愿意把你当朋友，”他说，悲伤地看着我，“总比没有朋友强。”

“那就给我一个拥抱，”我说，伸出胳膊。

我们滑动转椅拥抱起来，碰到一块的时候样子很笨拙，然后越抱越紧。

“喂，喂，”门口有人喊道，“出什么事儿啦？”

奈杰尔绝对是那天下午的噩梦。无论我在座位上伸懒腰也好、转动椅子也好，或者起身去厕所，他都会停下手中的事情盯着我看。

“干吗？”在抓到他第六次（也可能是第七次）呆呆地注视我的时候，我厉声说。

“没事儿，”他说，假装不在乎，“就是想知道你什么时候才会承认你和阿奇博尔德有一腿。”

“你……听……清……楚……奈杰尔，阿奇和我是朋友，没有别的。”

“那刚才的眼泪啊、拥抱啊是怎么回事？你是不是把他甩了？还是他甩了你？”

“噢，看在上帝分上。”我叹息道，“阿奇和我不是、也永远不会有一腿。无论如何，我们只是朋友。”

“那你为什么哭？”

“与你无关。”

“你和阿奇明天会互相打扮成对方的模样参加化装派对吗？”

“什么？”

他得意地笑了。“我们必须装扮成自己最喜欢的东西。你忘啦？”

“噢，滚一边去，奈吉。”

我转回身冲着屏幕，非常想找一副耳机塞住耳朵。阿奇和我同意做朋友，这让我如释重负，但还有更多的事情等着我去操心：

1）怎样才能继续暗中监视丹和安娜的晚餐约会，不被他们发现？

2）怎样才能在仅剩的七天里为阿奇找到女友？

3）特洛伊会承认自己是火车爱好者吗？这样布莱恩就完成任务了。

4）该死的化装派对，我该穿些什么？

头等紧急的大事，就是跟踪丹和安娜的晚餐约会，其他事情都可以排在后面。安娜没有提到他们什么时候见面，所以我得尽早去餐馆等候。

我扫视四周，确定没人看我，便偷偷低下头嗅了一下自己的腋窝，呃，一天的忙碌给我带来浑身汗臭，如果丹和安娜能闻出我的味儿来，就无处躲藏啦——必须回去洗澡换衣，我看看手表：下午五点二十九分。得动作快点。

第十四章　克莱尔

我一边淋浴一边哼着歌儿，往头上涂抹洗发液的时候，布莱恩沉重的脚步声从楼梯上传进浴室。

“露西，”他吼道，捶着浴室的门。

“啊？”我嘟囔着，耳朵里满是泡沫。

“抱歉打扰你，能和你说句话吗？”

“现在？我洗澡呢，能不能等会儿？”

“恐怕不能。我有急事。”

我叹口气，把脑袋伸到水流下面冲了冲，然后关上淋浴，走出浴缸，在身上围了条浴巾。

“是吗？”我说，把浴室门敞开一点，留出一英寸的缝儿。凉凉的水滴从背后滑下，我打起了哆嗦。

“是克莱尔，”布莱恩说，他看上去比往常还要疲惫。“她刚才打来电话，似乎正在基思家门口静坐示威呢，他威胁说要报警，克莱尔就抢了他的手机，还拒绝还给他。”

“你开玩笑吧？”

“我没开玩笑。克莱尔打电话想让我们支援她，那时基思正回屋打电话报警。”

“支援？她想让我们干什么？”

“我不知道，但我们得尽快赶过去。”布莱恩的眼神滑到我的乳沟上，他剧烈地咳嗽起来。

“布莱恩，”我说，把浴巾向上拉紧。“你为什么老是这么关心克莱尔，你喜欢她？”

“我没有，”他激动地说，“她那么年轻，还有谁可以依靠？如果我们让她一个人去应付这一切，她会惹上各种麻烦。”

“哦，你说得对，她刚刚偷走了一部手机。”

“我不是这个意思，”他说，尽量望向别处，而不是我的胸部。“如果她告诉警察自己的真实身份，他们会发现她六个月前就死了。”

“哦，该死。”

“是的，糟透了。你来不来？”

我看看他的手表，已经七点钟了，万一丹和安娜已经去了餐馆怎么办？我可不想错过他们。

“我不能去，”我说，“我有其他事。”

“求你了，露西，求求你。如果她进了监狱，警察可能发现我们的身份。”他看上去都快哭了。“这样我们谁都别想完成任务。”

“好吧，”我说，“冷静点，布莱恩。”虽说有些麻烦，但我还是有机会在八点钟赶到Swiss Cottage的那家餐馆。“给我一分钟穿上衣服，弄干头发。”

“好，”他说，转身背对着我，“快点。”

我跌跌撞撞从他身边走过，回到卧室穿上衣服。克莱尔到底想干什么？圣徒鲍勃告诉过我，她已经收到最后一次警告了，现在却还冒着任务取消的风险去激怒基思。我们必须在她捅出更大的娄子之前制止她。

“布莱恩，”我边穿鞋边喊，“我准备好了。”

克莱尔盘腿坐在汉普斯特一栋大房子杂草丛生的露台上面，地面有点凉，她打着哆嗦，但没把视线从房子黑色的前门那里移开一秒钟，甚至我们踩着砾石铺就的车道“嘎吱嘎吱”地走向她时，她也没有动摇。

“克莱尔，”我蹲在她身边，“你还好吗？”

她摇摇头。

“你要穿我的防雨衣吗？”布莱恩说，把一只胳膊从袖子里褪了出来，“这儿很冷。”

克莱尔又摇摇头，她的眼睛还是死死盯着那栋房子。房子窗户上挂着薄薄的帘子，你可以透过它看到有人在里面活动。

“因为，”克莱尔说，慢慢从我身边挪开，“我已经不可能完成任务了，所以，我得报仇，趁现在还有能力。”

“这种报仇方式可真不赖，你坐在地上屁股受冻，基思却在屋里既暖和又舒服。”

“有个迷上了他的女孩子在他屋里，”她说，拉长身上穿的钩编毛衣袖子，包住手指。“她从昨晚开始和他在一起的，那个妓女。我就在这儿等她出来。”

“你从昨晚开始就在这儿了？这真该死，克莱尔。”

“你才不会在乎呢。”

“我以为我们已经不再互相记恨了，”我说，克制住反驳她的冲动。“我以为我们是朋友。”

“你可真是个好朋友。”她把一缕形状可怖的长发绺塞到耳朵后面。“我都好多天没看到你了。”

她说得对，我的任务和布莱恩的任务让我无法抽身，没时间考虑她。

“我很抱歉。”我说，在大腿上使劲搓着冻僵的手指。“我的事情太多了。”

“当然。”

“那么，”我说，无视她挖苦的语气，“基思什么时候发现你在这儿的？”

“大约半小时之前，那妓女打开门签收披萨外卖，发现我坐在这儿。”

“然后呢？”

“基思出来了。”她说，膝盖抱到胸前，手伸到腋窝里面，“他问我为什么坐在他家外面。我没说话，他就从屁股口袋掏出手机说要报警，我就把手机抢过来，给你们打了电话。”

“咳咳。”布莱恩仍然只有一只胳膊套在外衣袖子里，另一只衣袖在他身后摇晃着，他在大门前走来走去。“警察来了……”

“快跑。”克莱尔大叫，跳起来拽住我。“跑！”

我们三个人一股脑地挤进白马酒吧，喘着粗气，趴在吧台上。

“有狗在追你们，对吧？”酒吧招待问，扬扬眉毛。

“不，”克莱尔说，“是警察。请来三品脱蛇咬酒。”

招待点点头，拿出三只容量一品脱的杯子。我本想把自己的换成白葡萄酒，但布莱恩用手肘推了我一下，摇摇头。

“喝吧，”他动动嘴，没出声。

“你真的看见警车了？”我小声问，凑近他。

“没有，”他咧嘴一笑，“但至少救了她，不是吗？”

狡猾的老狐狸。他的经验比我和其他人想象的丰富得多。

“来吧，”克莱尔说，推给我一杯酒，“我们坐下。”

我们围着房间一角的桌子坐下来，无精打采地靠在座位上。布莱恩和我小口吞着这难喝的酒，克莱尔却没有喝酒，她直勾勾瞪着眼前的空气，脸色比平时还要苍白。

“你还好吗？”我问，试探性地碰碰她的肩膀，有点怕她咬掉我的手指头，然后毫不犹豫地啃下我的脑袋。

“不，”她生硬地小声说，“我不好。”

当她去端自己的酒杯时，手指开始颤抖，指甲敲击着玻璃杯面。一颗泪珠从她的右眼涌出，滑下脸颊。

“克莱尔！”我吓坏了，本能地把她拉过来，“噢，克莱尔，别哭。”

令我惊奇的是，她没有把我推开，也没说让我滚开之类的话，只是靠在我的胳膊上，在我怀里抽泣。布莱恩还在喝他的酒，尽量不朝我们这边看。他被克莱尔脆弱的一面吓到了，我也是。

“一切都会好起来的，克莱尔。”我说，梳理着她散落的发绺。

“不会的，”她嗫嚅道，动了动身子，“我以为他会想我，但他连我死了都不知道。”

“谁？”

“当然是基思，你以为我会说谁？”

天哪。她不只是喜欢基思，也不仅仅是欣赏他的音乐才能，或者因为他是个敏感的诗人，还自愿到流浪狗之家帮忙才关心他。她……

“你爱他，”我说，“这是你决定接受任务的真正原因，对吧？不是因为你想复仇，而是希望陪在他身边。”

“是的。”她把头发归拢到脑后，挑出一条发绺，用它把其余的头发绑成马尾辫，她看上去难以置信地年轻了许多。

“可是，他对你很不好，”我说，“他和别的女人过夜，在背地里嘲笑你。你怎么会爱这样一个人？”

“因为他是唯一愿意要我的人。”

“你的意思是？”

“因……他是唯……和我做……人。”她嘟囔着，用手捂着脸。

“什么？”我凑近她，“你再说一遍，我没听清楚。”

“因为他是唯一和我做过爱的男人。”

“我去上个厕所。”布莱恩突然站起来，我们的酒洒在桌子上。

我看着他从酒吧的顾客中间匆匆穿过，消失在男盥洗室。“克莱尔，布莱恩走了。我觉得你把他吓跑啦，我们现在可以好好聊聊了。”

克莱尔揉揉脸颊，靠回自己的座位，“现在你可以笑我了，如果你愿意的话。”

有什么好笑的呢？她十八岁，和某人做了爱，然后爱上了他，因为他又和别人搞在一起，她就自杀了，这可能是我听过的最令人心碎的故事。自从死去之后，我第一次感觉到，如果有一台能够帮我们回到活着的时候的时间机器的话，我会把使用这台机器的机会让给克莱尔。

我十七岁的时候有了第一次性经历，我非常想摆脱童贞这个大包袱，所以就把自己交给了第一次对我表现出一点好感的那个男人，他给布莱顿码头那儿的一个扔飞镖游戏的摊位干活儿，当我和几个朋友走过那里时，他喊了一句“嘿，穿蓝衣服的漂亮女孩儿”，我看看朋友们，想知道他在说谁，随即发现只有自己穿着蓝衣服。我只有十七岁，过去没人说我漂亮；他二十来岁，深色头发，长得挺帅，并且引以为傲、狂妄自大。我走过去和他打招呼，他告诉我自己是体育科学专业的大学生，暑假来到飞镖摊位上打零工。我们没经历过真正的约会就睡在了一起——有好几天我都在傍晚时分来到摊位上，在他干活的时候和他聊天儿，三星期之后，我特别想吻他，然后摆脱童贞这个大累赘，所以，当他建议我们去码头下面的卵石滩“躺下休息一会儿”的时候，我高兴地同意了——整个过程进行得非常之快，而且，虽然他答应我第二天出去约会，当我第二天傍晚出现在他的摊位上时，他没有理会我。我第三天又过去，他说决定回到利兹的父母家度过暑假的最后几周，虽然跟我在一起非常愉快，但他看不到二十岁和十七岁的年轻人之间有什么长远的未来。从来没有什么事让我如此心碎过，还好我最后挺过了那段时间。

“不，克莱尔。”我从回忆中清醒过来，给她一个支持的微笑。“我不会嘲笑你的，可是，你为什么把第一次给了基思，而不是别的男人？”

她微笑起来，接过布莱恩端来的酒。他已经回来了，帮我们换了新酒，看上去明显地满脸通红。我十分怀疑他回来之前在吧台那边偷偷喝了几杯威士忌。

“我上高中的时候，有天晚上从收音机里听到‘欲望男孩’的歌，”克莱尔呷了一口酒，“歌词打动了我，它看上去就像是为我写的一样，你知道吗？就是关于孤独和隔绝之类的内容，我觉得如果自己遇到写歌词的人，一定会和他一见如故。”

“后来呢？”布莱恩问，我们的话题从性转到了个人爱好，他感觉更舒服了一些。

“唔，”克莱尔摆弄着右手上的银质骷髅戒指，“我认识一个六年级的女孩，她是我唯一的朋友，也是个哥特，我问她是否愿意和我去看一场演唱会，她同意了，我们就去了。”

“你是在那时遇到基思的？”

“不，不是在第一场演唱会上，能见到舞台上的他已经很棒了。当他唱出我在收音机中听到的那些歌词时，我觉得他是在为我演唱。”

“那你们是什么时候睡到一起的？”我问。

她咧嘴笑了。“看完第四场演唱会之后，我告诉朋友我想在场地外面转转，等基思出来，她不愿跟我去，我们大吵一架，她生气地走了，友谊宣告结束。我自己一个人在外面等，二十分钟后，有个乐队管理员走出来，我问他乐队还在不在里面，他打量了我一会儿，然后笑笑。”

“然后？”我说。

“然后，”她大口喝着酒，“我说，如果他能安排我和基思见面，我会给他二十镑，他接过钱，把架子鼓搬到停在场地外面的白色卡车上面，告诉我在车里等着。”

“卡车？”

“对。”

“你没进去，对吗？”我不相信地看着她，“克莱尔，他可能是个变态的混蛋。”

“我不在乎，”她耸耸肩，“过了一会儿，基思出来了，虽然有些晃晃悠悠，但他冲着我笑，他说‘听说你想见我，年轻的女士，’然后就爬上卡车，关上车门。”

“然后你们就发生关系了？”

“厕所，”布莱恩说，从座位上溜走了。

“不，没直接做。”克莱尔顿了一下，看了看她涂的黑色指甲油，继续转向我。“开始的时候，我告诉他他的歌对我多么重要，然后向他倾诉我是多么地孤独，没人理解我，基思不停地抚摸我的头发，告诉我我有多么可爱。后来我们开始接吻——”

“然后就顺理成章地发生了一切？”

“对。”

“噢，克莱尔。”

“什么？我也想要他，明白吗？我们在那辆肮脏破旧的卡车后面，我的头不停撞在架子鼓的包装箱上，但这一次对我来说意义重大。以前那个胖妞克莱尔已经离我远去，我觉得自己既美丽又性感，我是全伦敦最了不起的乐队主唱喜欢的女人，那感觉太妙了。我想如果我通过了乐队试唱，就能成为他生活的一部分……”她声音越来越小，梦幻般的眼神穿透了整间屋子。

我望向桌面，手指在洒出的酒液中划动。这一点都不奇妙，简直太可怕了。我忍不住想，如果克莱尔喜欢上别人而不是基思，如果她的第一次是和一个真正有同情心、能够照顾她的人在一起，而不是把她当成了普通的痴迷粉丝，只想逢场作戏的基思，她现在肯定还活着呢。

“你现在打算怎么办？”我握住她的手。

她耸耸肩，“不知道，我和那个准备跟我学吉他的女孩吵架了，她再也不接我电话，本来很有希望帮她进入一个乐队的，顺便说一下，这就是我的任务，我失败了，现在没人爱我，也没人记得我了。”

“不会是这样，”我说，突然想起圣徒鲍勃给我打的那个电话。“你还有机会找到爱你的人。”

“你说什么？”她瞪大了眼睛。

“在天堂。那天我和鲍勃谈话时，他告诉我人们也可以在天堂相爱的，你虽然已经死了，但不意味着就得永远地孤独下去。”

克莱尔容光焕发，就像圣诞节的小孩一样，我们面对面地傻笑了5秒钟，她低下头，摆弄起黑毛衣的褶边。

“对不起。”她嘟囔道。

“为什么？”

“你刚来的时候，我笑话过你和丹，当时我是嫉妒，我也想得到你已经拥有的东西。”

“是曾经，克莱尔，”我悲伤地说，“我们拥有的一切都过去了。”

“好吧，无论如何，我很抱歉。我就是个混蛋。”

我端起酒杯呷了一口，思绪有点混乱，丹，她提到丹的名字，我脑子里警铃大作，我应该干嘛来着……

该死。

丹和安娜的晚餐约会！我完全忘记了。我看看手表，九点半了。

“克莱尔，”我迅速握了握她的手，“我很抱歉，但我必须走了。以后我会和你解释的，现在有些事等我去做。”

“你去吧，露西，”她说，面带真诚温暖的微笑，“真的，去吧。我敢说那很重要，别担心，布莱恩会照顾我的。”

我站起来，我真的该走了，但我还担心着她。“你确定吗？再也不会做傻事了？”

“嗯，”她笑了，“我保证。快走吧，穿托加袍的小妞，祝你好运。”

好运？我突然觉得头晕，我只是去监视丹和安娜，我要好运做什么？他们无非是两个朋友在一起吃顿晚餐，不是吗？

第十五章　化装舞会

“抱歉，”我冲进Kung Po餐馆的大门，拉住第一个遇见的女招待。“我来见朋友——丹·哈尔丁和安娜·科万，他们还在吗？”

“他们和很多人在一起还是只有两个人？”女招待问，手腕挣脱我的手，看着我。

“只有他们两个。”

“现在没有两个人坐一起的顾客了。”她指指我们周围的空桌子。“最后一对刚走。”

“可是——”

她迅速点点头，转身要走。

“有没有一对订了今天晚些时候的桌子？”我冲到她面前挡住她去厨房的路，差点撞掉房间中央柱子上那条晃晃悠悠的中国龙雕塑。“请帮我查查，求你，这很重要。”

“没有是两个人的，”她锐利的黑眼珠盯着我被雨淋湿的头发和脏乎乎的鞋子，“有人订了十点的八人桌，就这些了。”

“你能说说走了的那些人什么样吗？”我绝望地问，“有没有一个深色头发的高个男人和一个金发女孩？”

女招待耸耸肩，“也许有，也许没有。很多成对的顾客出出进进的，我只是个服务员，不是什么超人，记不清楚。”

她一副爱莫能助的样子，和她讲话无异于浪费时间。

“谢谢你，”我说，扭头冲到门边，门上的铃铛在我身后响起，我来到湿滑的大街上。

丹和安娜去哪儿了？如果我刚刚错过了他们，也许还有机会追上，我左顾右盼寻找着线索。地铁站就在右手边几米开外，公车站在路对面，安娜住在贝克街地铁站附近，她会搭乘地铁回家，丹有可能坐公共汽车或者出租车，可是，如果他们根本没有回家怎么办？如果他们去了伦敦西区的酒吧或者其他什么地方呢？我不会找到他们的，太迟了。

我拉紧身上的薄夹克，打着哆嗦。雨下大了，我得找个地方整理一下思绪，然后回“幽灵申请者之家”。我快速跑到大街对面的公车站，挤进一群在车站里躲雨的老年人中间。一辆辆的汽车从路上的水坑驶过，打湿了那些敢在人行道上走路的人。人们用他们能找到的任何东西遮雨，连地铁站的入口处也挤满了人，这时，人群中出来个女人，走进雨帘里，她推开前面的人，踉跄着走上大街，把手提包挡在她那很直很耀眼的金发上。

是安娜！

她要去Kung Po餐馆。

我跑回大街对面，躲避着汽车和摩托车，在餐馆隔壁的服装店门外打转，心怦怦狂跳。安娜这个时候去餐馆干吗？也许那女招待对我撒了谎，确实有一对顾客订了十点的桌子，丹是不是正在赶过来？

我刚要溜进餐馆，Kung Po的门铃又响起来，安娜出来了，她走到大街上，手机贴在耳朵上面。

“杰西，”她说，“抱歉，我错过了你的电话，我出去和丹见面了，但把手机落在餐馆桌子上，我快走到贝克街的时候才想起来。”

她停住了，杰西开始在那头说话。

“等等，”安娜打断她，“雨下得太大了，你等我一会儿，别挂掉，我有很多事要告诉你。”

她迅速离开了，脚上的高跟鞋敲打在湿滑的人行道上，我跟在后面，低着头。经过一个装满了免费报纸的金属罐的时候，我抓过一份报纸倾斜着挡住脸，这样我就能看到安娜细细的鞋跟。她走进Swiss Cottage地铁站，我斜着身子贴着墙，藏在两个售票机中间，这样既能听清安娜和杰西的谈话，又不至于让她立刻发现有个落汤鸡一样的女孩正躲在一张过期三天的旧报纸后面偷听。

“是的，”安娜说，“实际上，比起我上次见到他，丹显得开心多了，他能对我说什么感兴趣……不，他没提起露西……”

我的心沉了下去，丹吃饭时没提到我？一次都没有？

“是的，”安娜说，“我觉得这是个好兆头，杰西，我告诉你点事，你可别反应过度，好吗？我觉得丹在和我调情……”

我手中的报纸差点掉了，什么？！什么？！

“我给他添酒的时候，他把手放到我手上，不让我倒太多，我执意要倒，当然，然后他就看着我……是的，用那种眼神，他没有移开视线……我当时紧张极了，杰西。”

我放低报纸，盯着她，她到底在想什么？丹绝对不可能那样看她，他只会用眼神告诉她“别把我灌得像你一样醉”。我们都嘲笑过安娜喝醉的样子，不过，她不愿意自己一个人喝醉，别人必须陪她一起醉，无论他们是否愿意。

“我为什么紧张？”她继续说，“因为丹是露西的未婚夫，曾经是，我不明白他为什么和我调情，可是我们之间有些感觉，杰西，一种真实的联系……是的，我也和他调情了……不，不是那样的，杰西。我不希望发生这样的事，真的，你知道……杰西，等等，让我说完……我和丹见面的唯一目的是安慰他，我没有别有用心的想法。”

她沉默了，我想，杰西一定在问她到底是想干什么。我看不到安娜的表情，她背对着我，但她的肩膀松弛了一下，看上去像在叹气，叹气？她没有理由叹气的。她和我男朋友调了情，她对我的忠诚去哪了？她是我最好的朋友啊。

“杰西，”她说，“杰西，你别生我的气，我觉得自己爱上丹了，我很肯定他也爱上我了，我希望他做我孩子的父亲。”

我内心深处的什么东西断裂了。我冲向安娜，用尽全力把她推到一边的时候，能够感受到的只有盲目的愤怒和胸口的疼痛。她喘息着踉跄后退，手抓着墙壁。我又推她，她跌倒在地，手机掉在一边。

“你到底有什么毛病？”她吼道，从肮脏的车站地面上抓起手机和包，摇晃着站起来。

我张开嘴想回答，接着又闭上了，圣徒鲍勃的警告在我耳边回响。哪怕只对安娜说一个字，任务也会取消。

“我认识你，”她上下打量我，微笑着，但眼神冰冷，“你就是那个又疯又哑的跟踪丹的女人，你怎么不照照镜子看看能不能配得上他？哦，你的表达能力……我该怎么说呢？差得可怜。”

我伸出胳膊准备扇她，但她抓住了我的手腕。

“我不会让你得逞的，”她说，拢拢眼睛上的头发。“你已经搞了很多破坏了，不是吗？现在，请原谅我去找丹，告诉他你是个多么奇怪的疯子。”她得意地笑着。“游戏结束，可怜虫，我赢了。”

我无助地看着她把包甩到肩膀上，大摇大摆地向出口走去。

“顺便说一句，”她转过身来说，“和他做爱棒极了。”

“露西……露西……露西……醒醒。”一个温柔的男声对我说。

我翻了个身，把羽绒被蒙在头上。“滚开，丹，我恨你。”

“露西，”那个声音坚持道，“九点钟了，你应该去上班了。”

“你应该爱我的，你这个混蛋。”

我感到头上的羽绒被被人扯掉了，我猛拍过去。“滚开。”

“滚你的头，露西，”传来一个女人的声音，“我们是来帮你的。”

到底是谁在我的卧室？

我翻过身，眼睛睁开一条缝，我的室友站在床边；布莱恩摸着胡子，克莱尔担心地搓着手指。

“你没事吧，露西？”她关切地看着我。

我一只手放到头上，感觉似乎有人用凿子把我的左边脑袋凿掉了一样。

“我头疼。”我说。

克莱尔扬起眉毛：“我不觉得奇怪，你的屁股可能也疼着呢。”

“什么？”我伸手向下按按半边屁股，疼得倒吸一口气，“我怎么啦？”

“你昨天回来的时候醉的要命，”布莱恩放开胡子，双臂交叉。“站都站不住了。”

“还从椅子上掉了下来，”克莱尔补充道，“两次。”

我揉揉眼睛，觉得眼部又肿又酸，无论怎么努力都无法再睁大一点儿。

“我是不是也摔到了眼睛？”

“没有，”克莱尔说，“不过你哭来着，哭了很长时间。”

我咽了咽口水，喉咙像吞了沙子一样难受。“我是不是也喊了很长时间？”

“你非常非常生一个叫安娜的女人的气。”克莱尔说。

安娜？她怎么了……昨晚的记忆一下子闪现出来；那场雨、安娜的电话、她的秘密、我们的厮打、她告诉我和丹做爱有多棒时那邪恶的眼神。丹，我的丹，和他做爱很棒。我眼中充满了滚烫、愤怒的泪水。他怎么可以这样对我？为什么？他说过如果我出了什么事，他也会被毁掉的，但是现在我尸骨未寒，他就已经和我的好朋友上床了。如果他先死掉，我绝不会和他的朋友上床的，决不。他到底怎么想的？

昨晚我和安娜吵架之后，就径直去了路上经过的第一家酒吧，而不是白马酒吧（我不想冒险碰见认识的人），我一定先是喝了很多各种颜色搀和在一起的酒，后来又要了整整一瓶，坐在角落里一股脑地全部喝了下去。我不记得那之后的任何事，连怎么回去的都想不起来，克莱尔和布莱恩说的那些细节我完全不记得，我突然间想大吐特吐一番。

“给，”布莱恩从床下拖出一个桶，“你可能还需要它。”

“噢，老天，”克莱尔向后一跳，皱皱鼻子，“请不要。”

我抓过桶，什么也没吐出来。

“我告诉你们发生什么了吗？”我把桶放回地上。

“说了，”他们一起回答，“说了好几遍。”

我做个鬼脸。“抱歉。”

“你今天还去上班吗？”布莱恩看看表，“想让我们帮你请病假吗？”

“谢谢，不用，”我摸着疼痛的脑袋，“我必须去，我得帮阿奇找女友。可是我没办法阻止安娜得到丹，我一点办法都没有。”

布莱恩扬起眉毛，他刚才听到的脏话比我两个星期以来说的加起来都要多，但我真的不在乎。

“露西，”克莱尔坐在床边，拍拍我的腿，“如果你需要我们帮忙，我们就在这儿等你，我们两个人。”

布莱恩使劲儿点头。“绝对没问题。”

“谢谢你们。”我朝他俩微笑。

“噢，”克莱尔说，递给我一个似乎装满了渔网和花边的塑料袋，“别忘了带这个上班。”

“这是什么？”我往里面看看。

“是我的一些东西。你昨晚骂安娜的时候，还念叨着今天上班要做的事。”

“什么事？”

“不知道，”克莱尔说，“你只是一直说自己要变成麦当娜。‘我必须成为麦当娜’。”

我茫然地看着她。我为什么要变成麦当娜？

阿奇用他灿烂的微笑欢迎我的到来，“下午好，欢迎你加入我们。你的脸有点绿，恕我直言。”

我挤出一个笑容。“我想昨晚我喝了很多酒。”

“你不是因为我们之间的事才喝酒的吧？”阿奇的微笑渐渐消失。

“不，不是，”我摇着头，“不是因为那个。”

“我很高兴，因为我真的很愿意和你成为朋友。”

“我们是朋友，阿奇。只有我的朋友才可以说我看起来有多糟糕，而不被我打得满地乱转。”

他咧嘴而笑，“好的，你看上去真的很糟。”

我假装敲他的头，但感觉胃部可怕地抽搐起来。我得赶快坐下，要不然就得吐在阿奇那张异常整洁的桌子上。

“回见，”我大步穿过办公室，“我得来点浓咖啡。”

坐到自己的座位上时，我才注意到奈杰尔没有穿他平时穿的牛仔裤和T恤衫，他穿着一件厚厚的棕色斗篷，兜帽几乎完全挡住脸。

我推推他。“你为什么打扮成修士图克的模样？”

“欧比万。”他看着自己的显示屏说。

“啊？谁赢了？”

“露西，”他看着我，好像我是地球上最不开窍的傻瓜。“我……模……仿……的……是……欧比·万·克诺比，星战的人物。知道吗？今天是化装派对日，你不记得了？”

我打开腿上的塑料袋，拽出几条破破烂烂的花边织物，有一条看上去像背心，还有一双渔网袜，袋子最里面是我的针织迷你裙，还有几串念珠、一些十字架，这些显然不是我的东西。当然，今天是化装派对日。除了唱卡拉OK，我最喜欢的就是麦当娜，从1987年就开始喜欢。克莱尔，你真好。

“你现在也许得换上那套妓女的行头啦，”奈杰尔说，“如果格雷厄姆看到你没换衣服，一定会发疯的。”

“格雷厄姆和阿奇呢？”我没在意他把我的衣服评论为妓女装。“他们都穿着平常的衣服。”

奈杰尔耸耸肩。“格雷厄姆过会儿才能换，他总是等到最后一分钟，不过阿奇得尽快换好，他知道后果的。”

“是什么？”

“你一会就知道了。快去换衣服吧。”

在憋闷的女厕所换衣服实在是个坏主意，我头晕了两次。我做着深呼吸，穿着高高的黑色裸靴蹒跚着回到座位，脖子上的十字架叮当作响，花边背心直从肩膀上往下掉。

“你看上去很像妓女，布朗小姐。”奈吉说。

“我是麦当娜，你这蠢蛋。”

“是吗？哥特星球上的麦当娜？”

“噢，闭嘴，锅盖头，”我打一下他的头，“你知道什么？”

我盯着显示屏，开始敲击键盘，但总觉得有人看我，我在座位上转了一圈，阿奇正从房间那头对我咧着嘴笑。

“什么？”我不出声地问。

“没事。”他摇摇头。

我松了口气，我们昨天的谈话消除了所有隔阂。有我在场的时候，阿奇看起来很自在，也不再盯着我，一副“我觉得我爱上你了”的表情。不过还剩一个大问题——我只有六天时间帮他找到真爱了。

我看看显示屏，手里握着鼠标，约会网站？这不再是个办法，你得花上至少一个礼拜的时间编辑阿奇的档案，然后等待某个人对他产生兴趣，还要来回收发邮件、安排约会。我可没有这么多时间！我在搜索引擎里输入“在伦敦约会”几个字，查看着可能的结果。

在午餐时间找到你的爱？不，听上去像闪电约会，上次的闪电约会实在太差劲。

同性恋约会？不。

伦敦一夜？决不。我这是帮阿奇找他的真爱，不是一夜情。

视频电话约会？不，阿奇会很害羞（还有个危险，他一定会不停地谈论对方的网络视频设备的技术规格）。

我得找到能让阿奇觉得放松和适应的地方。我从一个网站转到另个，扫视着成堆的页面，直到自己的目光定格在——DJ柯克约会派对——上。

柯克……我的思绪飞转，他为什么要摇铃铛？不，那不是铃铛，更像一种嗖嗖的声音，是科幻小说里描述的嗖嗖声，啊哈！《星际迷航》里的柯克舰长，阿奇告诉我他喜欢星际迷航，也许与这部电视剧有关的东西能够引起他的兴趣？而且，铁定会有《星际迷航》的女粉丝。实际上，杰西有次喝醉的时候，就对我承认她有点喜欢毕凯舰长，我还无情地嘲笑了她好几个星期。

我在谷歌里输入“星际迷航集会”，然后交叉手指祈求好运。我的眼睛飞快地扫视着蹦出的页面……太好了！……查到一个，就在周末举行，这简直是命运安排的巧合。

我溜达到阿奇桌旁，他对我笑笑，我身上的十字架发出教堂里的铃铛那样的声音。

“衣服棒极了，露西，”他扬起眉毛，“你是想装扮成妓女——”

“我是麦当娜。”

“好吧。当然。我真傻。”

“那么，你的衣服呢？”

他耸耸肩：“我还没有。”

“为什么？”我压低声音耳语道，“你知道化装派对的输家要受罚的，对吗？”

“我当然知道，”阿奇说，看上去一点都不担心，“我在这儿工作三年了，只是厌倦了别人告诉我应该做些什么。”

我暗中希望他不是拐弯抹角地评论我给他做形象设计那件事。

“不，不，”他观察着我的表情，“我不是说你。我只是意识到，我必须有主见，要对自己的生活负责。”

“好吧，你做得对。”我说，认可了他的积极态度，“顺便问一下，你周末有计划吗？”

“没什么特别的事，”他摇摇头，“为什么？”

“事情有点突然，但我保证你会喜欢的。”

“我曾经信过你一次，对吗？”阿奇挠挠头，对我挤挤眼睛。“结果我变成一只剪了毛的绵羊。”

我拿起桌上的一个别针朝他扔过去，“总比你过去那副邋遢样强多啦。不管怎样，你会喜欢明天的安排的，我们上午十点在Edgeware路见面。”

“Edgeware路地铁站，上午十点，”他说，把这些字输进他的个人记事薄。“好啦。”

我冲他一笑，回到座位上，感到十分高兴。我知道他会爱上星际迷航集会的。

“三明治？”一个快活的声音传进我的耳朵。

我吓了一跳，在星际迷航集会预约表上胡乱打出一串字符。

“要三明治吗，布朗小姐？”那个声音又说，我抬起头。

萨利站在我桌旁，看上去十分引人注目。她穿着浅色刺绣牛仔裤、蓝色芭蕾舞裙、粉色运动鞋和一件浅粉色紧身背心，前面钉着一只蝴蝶，她的背上还有一对仙女翅膀。

“你想来点什么？”她边说边提着篮子在我脑袋边乱晃。

“奶酪和火腿面包，要是还有的话。”我说，敲了一下删除键，在表格里输进我和阿奇的名字。

“你和阿奇要去星际迷航集会？”萨利的目光越过我的肩膀。

我看了他一眼，“是的，你给我小点声，这是个秘密。”

“那么，这是什么，”她把三明治放到我桌上，伸手跟我要钱，“剃掉了他的头发，你想赎罪？”

“哦，哈哈，有意思。”我在她手里放了两英镑，非常希望她拍拍那对小翅膀赶紧飞走。

“谢谢。”她转身要走，又回过头，上下打量我一番，皱皱鼻子。“你为什么穿得像个脱衣舞女，露西？”

我转动眼珠。难道整个办公室里的人都太年轻，没人记得麦当娜在前迪斯科时代的形象吗？

“因为，”我叹口气，“我最想成为脱衣舞女。”

“萝卜土豆，各有所爱。”她耸耸肩，“你猜我模仿的是谁？”

“某个女生乐队的成员？”我猜测道。

“不是。”

“一位仙女？”

“接近了，但不对。”

“我放弃。你是谁？”

“我是个顽皮鬼（brat）。”

哇哦。这很勇敢，承认她自己是个顽皮鬼，也许我该打扮成一个僵尸般的蹩脚红娘，这很简单，我只需穿回自己平时的衣服就行了。

“我不认为你是顽皮鬼，”我说，“你也许是有点吵闹，但不是顽皮鬼。”

“我是Bratz娃娃，你这白痴。”萨利说，穿着粉色运动鞋的脚跺在灰色地毯上。“我模仿的是小玉穿着她的时髦精灵装，如果你非要刨根问底的话。”

“噢，好吧。”我仍然不知道她说的什么。“你看上去很棒。”

“我性感吗？”她咧嘴一笑，原地扭了扭，背后的仙女翅膀晃动起来，闪闪发光。

“唔，当然。”

“很好。我要的就是这个，”她兴奋地叫道，提着篮子跳到下一个三明治受害者身边。

我回身看着表格，担心起来，他们只接受在线的信用卡预定，到达“幽灵申请者之家”时，我所有的银行卡就神秘地不见了，但我的钱包里还有足够的现金（每次花光最后一英镑的时候，总会奇迹般地出现200英镑钞票）。我得打个电话解决这事。

“你好，”我小声说，“我非常希望买到周末星际迷航集会的门票，但我的银行卡出了问题，可以付现金吗？”

“可以。”热线服务电话那头的小伙子像蚊子一样哼道，也许他已经回答过几百万次同样的问题了。“你得在今天晚上六点前赶到售票处，再晚就不行了。”

“好的，”我说，“六点之前。没问题。”

我挂了电话，看看手表，一点半，看起来化装派对不会马上开始，无论如何，我得去买票。

下午两点钟，办公室突然黑了下来，我看看奈杰尔，他看上去一点都不慌张。

“为什么不开灯？”我小声问，“我什么都看不见。”

他摘掉耳机。“你在和我说话？”

“是的，”我叹息道，“这就是我看着你，还在动嘴唇的原因。为什么关灯了？”

“化装派对马上就开始了。”

“在黑暗中？”

“会有光的，”他得意地笑道，“别担心。”

我环视四周，有点盼着我的同事们跳起来放派对纸炮，但大家都在看电脑，手指疯狂地敲击着键盘，眼睛紧盯着屏幕。唯一与平时不同的是我们的着装。我对屋子那头的一个人的打扮印象格外深刻，他化装成一根烤肉串，脸上淌着辣椒酱（他看上去还像在上班路上经历过恐怖的车祸）。连他都在正儿八经地翻看一本书，不时挠挠鼻子。

我回头看奈杰尔，他早已把耳机戴回头上了。

“奈吉，”我用一把尺子戳他，直到他摘下耳机为止，“不是要开派对吗，怎么没人表现出兴奋的样子，我不明白。”

他叹口气，“等你在这儿工作的时间像我们一样长的时候，露西，就不会期待年度化装派对了，你会害怕它。”

我朝他做个鬼脸，看在上帝分上，一个派对能有多糟糕？总比整日坐在电脑前做苦工好得多，不是吗？我刚要把这些想法告诉奈吉，格雷厄姆的桌子那边射出了橙、红、蓝、绿的迪斯科灯光，整个房间都跟着亮起来，他桌上还放着一套看上去非常昂贵的立体声音响，从里边飘出庸俗的货仓音乐。格雷厄姆站在桌子后面，咧着嘴笑开了花。

“先生们，女士们，”他关小音乐，拍着手掌喊道。

女士们？只有我，不是吗？哦，萨利正靠在阿奇桌边兴奋地与人谈话，手舞足蹈。

“女士们，先生们，”格雷厄姆又说了一遍，“等我换好衣服，派对将在五到十分钟之后开始，我会评判出最好和最差的着装，乔会拿着慈善捐助桶在办公室里走动，请大家慷慨解囊。”

没人说话，他把音乐调回原来的音量，大步走出办公室。乔装扮成吸血鬼德古拉，从座位上站起身，把一个黄色的桶伸到我面前。

“请慷慨解囊，露西，”他叹口气，“最低五英镑，这是对你穿得像个傻瓜的惩罚。”

“既然你这么讨厌这个派对，”我把一大把硬币扔进桶里，“为什么不提点建议？”

“格雷厄姆是公司的主人，露西，”奈杰尔说，掏出他的钱包。“他说的话就是法律，如果你不喜欢就滚蛋，就这么简单。”

我关掉显示器，无论派对是好是糟，我都不打算做更多的工作了。“可是他不能因为你抗议一个化装派对就解雇你吧，这是违反——”

传来很响的敲门声。

“那是格雷厄姆，”奈吉说，“你得站起来，露西。这样看得更清楚。”

我站起身，小心地朝门口看去，门一下子开了。

噢我的上帝啊。

格雷厄姆·威灵顿，至少我十分肯定这就是他，他正靠在门口，系着一条黑色皮革质地的宽领带，穿着炭黑色的橡胶短裤，一双自行车手鞋，上身是一件锁子甲背心，透过质料的缝隙，可以看到他挂着时髦的乳环和一片姜黄色的胸毛。还有……我使劲咽着口水……一只炭黑色的橡胶面罩盖住了他的整个头部。

而且，他还有同伴。

一个矮小、细瘦、浓妆艳抹的女人，留着齐腰的黑发，脖子上套着皮革制作的狗项圈，格雷厄姆扯着项圈上的绳子牵着她走进来，她的鞋跟高得难以置信，穿着黑色紧身上衣和红色蕾丝内裤，蹒跚地在屋里挪动。

我看了奈杰尔一眼，我的嘴巴一开一合，活像一条上钩的鱼。

“这……到底……是……什么玩意儿？”我尖声叫道。

“这个，布朗小姐，”奈杰尔笑道，“是你的老板最喜欢的东西。”

“我宁愿吃自己吐掉的东西。”

奈杰尔笑了：“S&M，他去年穿了一套差不多的行头，但皮革女郎这一招是今年的新节目。”

“她是谁？”

“天知道。”

我既好奇又恐惧地看着这一幕，格雷厄姆走到办公室中央，向乔做了个手势，让他把音乐关掉。皮革女郎笑着跟在他身后，仿佛套着狗绳在办公室里被人牵着走是世上最为平常的事情。我活了这么多年，虽说现在已经死了，也从未见过如此怪异的事情。

“现在，”格雷厄姆喊道，他张嘴的时候，脸上的橡胶跟着扭曲变形，“我们来投票评选最佳装扮，恕我直言，你们都没怎么尽力打扮，所以，我认为只有三个人有资格进入冠军的角逐。首先，我提名马克的烤肉串装扮，因为这至少是肉串而不是什么巨大的阴道。第二，我提名我自己。第三，我想提名露西·布朗小姐那精妙绝伦的妓女装。”

我倒吸一口气，抓住我的那串十字架，奈杰尔在一旁偷笑。

“谁还有不同的提名？”

没人回答一个字。

“下面提名最差装扮，”他继续说道，“我提名阿奇博尔德，因为他什么也没做。谁有异议？”

还是无人作声。阿奇站在门边，和萨利一起，他盯着自己的脚。

“好吧，”格雷厄姆说，“请大家投票，谁选马克？”

马克和坐在他旁边的那个人举起手。

“马克的烤肉串装扮得两票。谁支持露西的妓女装？”

阿奇、萨利、奈杰尔、乔和杰夫都举起手，办公室另一边的几个人也举起手，我望向他们。

“那么，谁愿意支持我和可爱的‘鞭笞小姐’？”

我的手腾地举向空中，几乎每个人都举起了手。我交叉手指，迅速数了一遍举手的人数，暗暗祈求：请让他的得票数量超过我吧。

格雷厄姆数了数举起的手，露出灿烂的笑容。“我赢啦，哈。”

“不奇怪，”奈杰尔小声说，“他每年都赢。”

“因为我是个好人，”格雷厄姆说，挠了挠从锁子甲缝隙里露出的乳头。“所以，我愿意和你们分享我的奖品。六瓶香槟酒。请把塑料杯子拿出来。失败者今天下午得受罚。”

该死。我要错过享受六瓶高级香槟的机会了，我应该鼓动大家给我投票的，可奈杰尔把失败者的惩罚描述得很恐怖，所以我以为胜利者的奖品一定比较可怕。我转身想找奈杰尔说话，我们的声音马上被格雷厄姆刚打开的“砰砰砰”的音乐盖过了。

“香槟？”烤肉串马克问道，递过一只塑料杯。

我感谢地接过杯子。“倒满它。”

我醉醺醺地和每个愿意听我倾诉的人喋喋不休地唠叨着，一直闹到四点半。大部分人都想知道“鞭笞小姐”是何方神圣，杰夫认为她可能是格雷厄姆的妻子（我指出他没有结婚），乔觉得她也许是专业的S&M模特，奈杰尔越喝越醉，坚信她是专业扮演其他物种的模特，这比较有道理，我想，除非得到报酬，否则别的女人不可能同意扮演格雷厄姆的“小狗狗”。

我想提议把格雷厄姆那张难听的CD换成其他不那么粗野的音乐时，他又把音乐给关了。

“好啦，大家，”他叫道，“惩罚失败者的时间到。”

好几个人开始大呼小叫，阿奇仍然和萨利站在房间一角，他往门边靠了靠。

“噢，别这样，”格雷厄姆摇摇晃晃地走过去，“请到屋子中间来，汉弗莱-史密斯先生。”

阿奇交叉双臂，怒视着格雷厄姆。没有人说话。

“快来，”格雷厄姆含糊不清地说，抓住他的胳膊，“鞭笞小姐要打你的屁股啦。”

几乎是同时，鞭笞小姐拿出一根桌球棍一样的木条，举到头顶转动起来，杰夫欢呼了一声，打了个酒嗝。

“格雷厄姆，”阿奇向后退了一步，“你醉了。”

“醉你个头，你真扫兴，该打你屁股。”格雷厄姆猛地拽过阿奇的胳膊，拉着他穿过房间，走向鞭笞小姐。

阿奇比格雷厄姆矮了足足半英尺，体重也比他轻六到七英石，他扭动着想挣脱，但始终没有逃出格雷厄姆铁钳一样的手掌。

“弯腰，”格雷厄姆咆哮道，推着阿奇脖子后面，他的膝盖弯了下去。

“滚开，格雷厄姆。”阿奇吼道，使劲地扭动着胳膊。

整个办公室都静了下来，连奈杰尔也说不出话来。我们呆呆地站在原地，吃惊地看着房间这头发生的情景。

“打他，鞭笞小姐。”格雷厄姆抬起一只手，食指做着示意的动作。“阿奇表现得非常淘气，应该受到惩罚。”

鞭笞小姐摇晃着走向阿奇，举起她的棍子，“准备——”

一个粉红色的影子扑过来，把她撞倒在地，好几个人惊叫起来。

“格雷厄姆！”鞭笞小姐尖叫道，她尖尖的鞋跟在半空中踢打着，黑色的假发歪到一边。“帮帮我，格雷厄姆。”

可是，格雷厄姆无法插手，那团粉红色向他扑来，狠狠踢在他的小腿上。

“放开他，你这变态。”它尖声叫道，攀在他的锁子甲上，撕扯着他的面罩。“把你的脏手拿开。”

是萨利，她的粉红运动鞋不停地踢在格雷厄姆的腿上，她双眼圆睁，面颊通红，仙女翅膀歪斜得快掉下来了。格雷厄姆把阿奇推到一边，转身面对这个意想不到的袭击者。

“继续啊，”萨利说，从他身上跳下，摇摇肩膀，拉开步子站好，“过来打我啊，看看会发生什么吧，我不怕你。”

格雷厄姆面色苍白，“滚出去，”他平静地说，“你们俩都滚，就现在。”

阿奇从地上爬起来，拍拍格雷厄姆的肩膀。

“我不干了，”他晃晃拳头，一拳揍在格雷厄姆的下巴上。

屋里的人都倒吸一口气，然后他们走了出去——萨利和阿奇——扬长而去，头也没回。

“你们看什么看？”格雷厄姆揉着下巴，我们正张着嘴盯着他看。“在我把你们全部解雇之前滚出去，快滚。”

我看看手表，五点五分，是该找阿奇和萨利还是去星际迷航集会售票处？再过四十五分钟人家就关门了。我的心在胸口狂跳，我该怎么办？我该怎么办？

第十六章　星际迷航

我站在Edgware地铁站外面交替进行着单脚跳，汗湿的手掌里紧握着两张门票。这是一个星期六的早晨，我对阿奇会不会来参加星际迷航集会完全没有把握，甚至不知道他是否又会不理我。出去买票之前，我就开始后悔自己的做法，我看着他当众受到我们那位变态老板的羞辱，却吓得畏缩不前。如果不是萨利，天知道会发生什么事，后果是难以想象的。我也没有追出去看看阿奇是否没事，如果我是他，也不会再和我这样的人说话的。

“振作一下，”一个欢快的声音从我身后传来，“就当什么都没发生过。”

是阿奇。他的头发乱七八糟，下巴满是胡茬儿，还有黑眼圈，但他的表情是微笑的。

“我没想到你能来。”我说，感到既兴奋又紧张。

“为什么？”他不解地问。“不是每天都能碰到这样的惊喜场面呢。”

“我只是想……我是说……昨天发生那些事之后，”我断断续续地说，拧着手里的票，“我的意思是，你还好吗，阿奇？”

他耸耸肩。“当然，不可能更好啦。我一没工作、二没女朋友，今早七点钟就被奶奶吵醒了——她觉得要下雨了，让我帮她收衣服。”

“噢，看在上帝分上，”我说，“她为什么不能自己做？闪电约会那天，她看上去很硬朗。”

阿奇不满地看我一眼，“露西……”

“好的，好的，”我伸出手，“我持保留意见。我们走吧。”

“很好。”阿奇咧嘴而笑，“我一直想去呢。”

我们朝着会议中心的方向走去，唠叨着一些废话，我们的谈话一出现空档，我就赶紧找一些天气的话题补上，或者对路人评头论足，跟他描述布莱恩和克莱尔的怪异习惯，逗得他哈哈大笑。我想，如果我能继续说下去，他就没有机会责怪我昨天没有帮助他摆脱羞辱。

“停，”我们马上就要走过会议中心旁边的街角了，我赶紧说。“我得捂上你的眼睛。”

会议中心入口处挂着巨大无比的斯波克、柯克舰长和看上去像塑料制成的机器人的海报，我想知道阿奇猛然看见这些人物的时候，脸上会是什么表情。

“准备好了吗？”我们站在入口前面的时候，我问。

“是的。”阿奇笑的时候，脸颊被我的手指压得鼓了起来，“完全准备好啦，布朗小姐。”

“好吧，一、二……看！”

我把手从他眼睛上拿下，紧盯着他的脸，等着看他高兴的样子。

“这是星际迷航，”我尖叫道，“你的最爱。”

他看看海报，再看看我。

“怎么啦？”我说。

“没事，”阿奇说完，突然笑起来。

我茫然地看他捂着肚子笑得前仰后合。哇哦，我从来没见谁这么高兴过，可是，什么有点不对劲，我第一次看到阿奇如此歇斯底里的表情。

“噢，露西，你太好玩了。”他说，拿手背揉着眼睛。

“啊？”

“我说过我喜欢星球大战，不是星际迷航。”

“什么！”现在轮到我看看会议中心的海报，再看看阿奇了。“不，你在开玩笑，是吧？”

他摇摇头，“恐怕不是。星球大战的粉丝和星际迷航粉丝之间最大的不同，露西，一个非常大的区别，就是，呃，比如你喜欢Gucci的手提包，我却给你买了一个Primark牌子的包代替，不是说星际迷航不如星战好，只是……”他的声音越来越小。

我盯着手里的票，我弄错了四个字母，仅仅四个字母的错误。是“大战”而不是“迷航”，我怎么这么蠢啊？

“我去退票，”我把门票叠好，“我保证他们一定会退款，然后我们去别的地方。”

“别，我们还是进去吧，”阿奇说，开玩笑地碰碰我，“我从来没参加过这种集会，谁知道呢，说不定很好玩。我们可以进去笑里面的怪人。”

我笑了，他还好意思叫别人“怪人”。不过，我还是感到失望，这下他不可能在这次集会上遇到合适的交往对象了。除非他愿意接受一个“Primark”类型的女朋友。我得再想想办法。只剩五天了，该死。

“来吧，”阿奇挎着我的胳膊，“别摆出一副惨兮兮的模样，里面会很有趣的。”

好吧。

我们走进会议中心的时候，一个笑容夸张、穿着星际迷航里面的衣服的男人收走了门票，递给我们每人一份节目单。

“祝您愉快。”他模仿着美国口音说道。

“生生不息，繁荣昌盛。”阿奇说。他做了个奇怪的手势，迈步要走的时候一下子笑出了声。

我盯着他，该死，又是一个我不知道的“怪人”笑点。

“快来，”他拉着我的胳膊，把我拖到大厅里，“你想先看什么？”

这是一次很大的集会，大厅里到处都是人，他们的表情带着怪异的光彩。沿着我们左手边的墙壁看过去，一个摊位连着一个摊位，每个摊子上都摆满了与星际迷航有关的各种纪念品，右侧的墙边是快餐售卖处，我吸吸鼻子，空气中有一股热狗和薯条的味儿。

“看，”阿奇一指前面，“天花板上悬挂着太空船。”

“不错。”在我眼中，它们都是灰色的塑料块。“很有趣，哦，看，那不是柯克舰长吗？他正坐在那个房间里驾驶太空船。”

阿奇望向大厅中央，那儿摆放着很多角色的人偶，身上穿着不同的制服，每个人偶都做出与众不同的姿势。

“我想你说的那地方是‘企业号’的舰桥。”他说。

唯一让我感兴趣的是那些摊位——毕竟，这是离我最近的购物场所。我在摊位间随意游荡，拿起一个穿着星际迷航制服的泰迪熊玩具。

“你最想参加哪一场讨论会？”阿奇指着节目单问我，“是‘星际迷航中的物理学’还是‘星际迷航之魂：星联最高指导原则及其他’？”

我笑着把泰迪熊放回去，“随便你怎么说，汉弗莱-史密斯先生。但是我敢打赌，你没事的时候肯定参加过几百次这种怪人集会，也许你是干这种事的老手。”

“其实，”阿奇看上去有点生气，“我从没参加过这种集会，我觉得他们有些可悲。”

“真的？”我拿起一个外星人模型，它看上去就像一个鱼头安在了肚皮舞演员的身上。“可你说过喜欢星球大战的。”

“我是喜欢，可我并不痴迷。你喜欢卡拉OK，去过卡拉OK集会吗？”

“不，当然没有。”我把鱼头外星人放回原位。星际迷航购物一点都不好玩。

“是吧。”

他说得有道理，我边想边被他拉到“企业号”舰桥复制模型旁边。

“嘿，”我指着节目单，“威廉·薛特纳会进行一次谈话。”

阿奇笑着看我。“那又怎样？”

“想听吗？”

他扬起眉毛。“看，究竟谁是怪人？”

“我只是喜欢他用果浆乐队《大众》这首歌做封面，仅此而已。”我觉得脸颊发热，“你知道它……”

我刚要唱出那首歌，阿奇突然跳过来抓住我的肩。

“别害怕，也别往周围看，”他耳语道，“我想我们被跟踪了。”

我立刻朝周围看起来。

“我说别往周围看，”阿奇轻声说，把我转过来。

“可谁会跟踪我们？”

我还想四处张望，他拽着我的胳膊。“一个克林贡。”

“什么是克林贡？”我问，“是不是当你老了，害怕咳嗽的时候尿出来弄脏了裤子，就把‘克林贡’贴在裤子上？”

阿奇做个鬼脸，“真好玩。不是，克林贡是星际迷航里面的一个种族，他们前额上长着一道像山脊一样的凸起，发际线向后倾斜，留着深色的长发。”

“听起来像让我失去童贞的那个人。”

“露西，我不是开玩笑，”他捋捋头发，“我们进来的时候就有人跟踪了。”

我的心一沉。

“是不是你奶奶？”我问，攥着他的胳膊，“请告诉我那不是你奶奶。”

“当然不是我奶奶，”他转动眼珠，“首先，她去伦敦西区购物了；其次，我奶奶为什么要假扮成克林贡？”

我笑了。“你的怪人基因肯定是来自遗传的吧。”

“我是怪人？”他指着自己，“想听威廉·薛特纳谈话的那个人是你。”

“那么，你就是认为‘派对’是指在一间黑暗的屋子里，和另外两个人坐在一起的那个人。”

“说对了。”

“跟踪我们的那个人在哪儿？”我问。我们正后方有个上了年纪的摇滚爱好者，他穿着上面写着“斯波克是神”标语的T恤，油腻的头发耷拉在肩膀上，那是长发怪人的典型标记。“我没看见什么克林贡。”

“那是因为她消失了，”阿奇拉着我的胳膊说，“我想她知道我们发现她了。”

“你怎么看出那是个女的？”

“它是个非常非常矮的克林贡。”

我耸耸肩，“也许只是个恶作剧的小孩。”

阿奇并不信服我的话，“我们继续转转，你很快就会知道我们是不是被跟踪了。”

我挎着他的胳膊走向最近的人体模型，这是个金发女人，头发束在一条法式褶边带子里，左边眉毛上贴着一个蜥蜴形状的金属饰片，她穿着银色的紧身连衣裤，一只三角形的徽章别在她那大得夸张的前胸上。

“停一停，”我们凑近那模特的时候，阿奇小声说，“做出一副感兴趣的样子。”

我盯着模特的乳房，它们极其令人难忘。“她是谁？”

“九之七，”阿奇说，“她差不多属于星际迷航中的传奇人物。”

“对于一个宣称自己对星际迷航不感兴趣的人来说，”我扬起眉毛，“你看上去知道得太多啦。”

“人人都知道九之七的身材很好，”他说，凝视着她，“我是个男人。噢，等等，我认为那个跟踪者又出现了，你看。不过，不要打草惊蛇，露西。”

我躲在模特后面，越过她弯曲的眉毛向外看。一个身材瘦小的人——头上安着一个皱巴巴的巨大前额，有着电线一般的长发和浓密的眉毛——正在看天花板上悬挂的太空船模型。她穿着黑色紧身衣和金属色的外套，但她的装扮有点不太对。

“阿奇，”我捂着嘴偷偷笑道，“我们认识的人里面，谁穿着鞋跟垫高了的粉色运动鞋？”

“不知道。”他挠挠头。

天哪，有时男人竟然如此不注意观察。

“萨利，”我说，“萨利就那样穿运动鞋的。”

“可是……可是，”他困惑地说，“为什么萨利要来这儿跟踪我们？”

“她不是跟踪我们，”我说，我的思绪慢慢展开了，把过去几周的事情拼合在一起，“她在跟踪你。”

一切都说得通——萨利见到阿奇理发后的反应、她对我的敌意、她在整个工作派对期间都黏在阿奇身边、当格雷厄姆招惹阿奇的时候，她就跳过去保护他。

“什么？我？”阿奇看着我，以为我疯了。“她为什么跟踪我？”

“不是百分之百确定，”我说，尽量不冒险触动阿奇敏感的神经，“我觉得萨利可能对你有感觉。”

“什么？”他不自在地乱晃起来，伸手抓住了九之七的胳膊。

我朝侧面看去，我们的克林贡发现我在看她，马上抬起头盯着天花板。

“我认为她真的喜欢你，阿奇。”

“你是不是又耍我呢，露西。”他说，“我可不觉得这样有多好玩。”

我身后传来清嗓子的声音。

“什么？”我向后看看。

是油头摇滚男，他大汗淋漓，正拿着一张揉皱的纸巾擦拭前额，旁边站着一个瘦小的女人，身上的T恤写着“我另一个男朋友叫让-吕克·毕凯”。她愤怒地看着我。

“你不介意挪挪地方吧？”油头摇滚男说。“为了和九之七合影，我都等了好几分钟了。”

“她是你的了。”我给他腾出地方，“我们马上就走，对吧，阿奇？”

他跳起来，我拉着他的胳膊走到下一个模特那儿。

“我没有要你，阿奇，”我研究着新模特，他长着大耳朵、大鼻子和满是皱纹的前额，我想弄明白这究竟是星际迷航里的外星人，还是布鲁斯·福赛斯。“我觉得萨利真的喜欢你。最大的问题是——你喜欢她吗？”

“我不知道，”阿奇结巴了，耳朵顶端变成粉红色。“当然，她是个很有吸引力的女孩，昨天还把我从格雷厄姆手中救出来，我非常感谢——”

“提起这事，”我打断他，“我真的抱歉，我——”

“我们离开办公室以后，在去地铁站的路上谈得很愉快，说得是有关音乐的话题，”他接着说，完全没有注意我刚才说的什么。“萨利也喜欢说唱乐和嘻哈乐，你知道。你知道吗？”

我摇摇头，“不，我——”

“我从来没想过她可能喜欢我，露西。还有，就在不久之前我还以为我爱上了——”他情绪低落，无法把话说完。

我望向大厅一角，心情尴尬，不敢面对阿奇。克林贡萨利就站在九之七模特附近，油头摇滚男正在摆姿势拍照，一只手放在九之七的胸部，另一只手捏着个汉堡包，这让我想出一个主意。

“阿奇，”我轻声说，“你愿意明天出来吃晚饭吗？”

他皱起眉头，“什么？我是说，我们不是在讨论萨利吗？”

“我们刚才是在讨论。现在，我问你愿不愿意明天出来吃晚饭。”

“我不知道。”他挠着头说。

“请你答应吧，”我恳求道，“Swiss Cottage的Fung Po餐馆，明晚八点见。答应我你会去。”

他耸耸肩。“我会尽力而为，但不能向你保证。”

“很好，”我说，伸出一只手，“现在，你在这儿等我一分钟，不许跟着我。”

“随便吧，露西。”阿奇说。这个可怜的家伙陷入了迷惑。

我慢慢地靠近萨利，偷偷蹲在她身后。

“嗨，萨利。”我在她耳边喊道。

她跳起来，转过身子，手肘碰到我的头。

“露西。”她尖叫着，我重心不稳倒在会议中心的地板上。“见到你真高兴，你怎么知道是我？”

“有些地方露了马脚。”我挣扎着站起来，指着她的运动鞋。

“哦。”她向下看看，很是吃惊。“我想穿平底靴来着，可我爱死这双鞋了，不穿的话会感到很不自在。”

“你为什么来啦？”我问，“我不知道你是星际迷航的粉丝。”

“噢，我是。”她用令人怀疑的语气说道，整了整身上的制服。“我爱星际……迷航。”

“我明白。”

“阿奇和你在一起？”她踮起脚尖，越过我的肩膀扫视着。

“问这干吗？你想碰见他？”

“不，不是。”她把玩着手腕上的银袖扣，“我只想看看他在哪儿，没别的。你不是说票是帮他买的吗？”

到了帮她解除苦恼的时候了，不能再逗她了。

“他就在那边角落里，”我指着大厅那头，“他可能在看其中一个展览，我们去找他吗？”

“那太好了。”她激动地说，差点儿跳起来。

我们穿过注视着一个红色石头星球模型的人群——照相机的闪光灯就没停过。

“萨利，”我挡着眼睛，“你愿意明天出来吃晚饭吗？”

她停下来看着我。

“我？”她指着自己。

“是的，你。”

“和你？”她大概吓坏了。

“不光有我，阿奇也会去的。”

“我愿意去，”她笑了，“非常愿意。”

“我觉得你会喜欢的。”我和她走过转角，向紧张不安的阿奇走去。“你会非常喜欢的。”

这将是我人生中（或者死去以后，无所谓）最棒的一个星期天，我就知道。星际迷航集会是一个天才般的伟大计划。阿奇虽然不是星际迷航的粉丝，却仍然可以取得很大的进展。当我看到萨利穿着克林贡的衣服时，我就明白自己时来运转了。我在网上拼命为阿奇寻找女友，没想到她就在我的鼻子底下。好吧，尽管在接下来的时间里，阿奇的脸一直很红，还嘲笑我对柯克舰长的看法，但这是进行餐馆约会的意义所在，这样才能让他和萨利在一个更为正常的环境里交流。我已经胜利在望了。

我是第一个来到Kung Po餐馆的，很快，阿奇大汗淋漓地赶到了。

“我迟到了吗？”他冲到桌边，看看手表。“对不起，出门之前奶奶又让我帮她做事，我差点来不了，但我一直想象着你一个人坐在这里埋怨着我的情景。你真的应该买一部手机，露西。”

“是的，是的，”我说，他脱掉夹克坐下来，“深呼吸，阿奇，深呼吸。”

我给他倒酒，他感谢地点点头。

“对不起，露西，我最近有些压力，昨晚我花了好几个小时在网上找工作，工作机会倒有很多，但光申请表格就得填上半天，我必须尽快找到事做，不止有我一个人需要养活。

“这么说你坚决不回比茨了？”我问。

他被酒呛了一口。“你开玩笑呢，对吧？”

“对不起，”我说，“我不是说你该回去，当然不应该回去。我就是问问。”

如果阿奇星期一不去上班，我留在那里也没有什么意义了。我有他的手机号码，他有我的固话号码，可以方便地互相联系。最大的问题是萨利。据我所知，他们还没有交换过电话号码，除了萨利中午送三明治的时候他们可以聊上几句以外，其他时间完全联系不上，所以，这次餐馆约会是非常重要的。说到萨利，她在哪儿呢？我看看表。

"我们可以点菜了吗？"阿奇拿起菜单，"噢，这儿有我最喜欢吃的虾多士。"

"我们还要再等一个人。"我看着门的方向。

"是吗？"他从菜单上抬头看着我。

我一直没告诉他邀请了萨利的事，因为我觉得这样会吓跑他，她显然喜欢他，但我不敢完全肯定阿奇对萨利的感觉。何况他前几天还爱上了我。

"我也邀请了萨利。"我若无其事地说，拿过菜单。"希望你不要介意。"

"萨利。"阿奇皱皱眉，"你想干什么，露西？"

"没什么。"我撒谎，"我只是觉得大家出来一起吃饭是很棒的主意。我知道萨利和我有些隔阂，但她在昨天的集会上表现得很有趣，所以我就想把她也请来。"

"你应该告诉我的。"阿奇说，擦着前额上的汗珠。"要是我知道萨利会来，就不用担心你一个人坐在这里了。"

"抱歉，"我说，"我最后才决定邀请她的。她不是还没来吗，我仍然有可能一个人坐在这里。"

阿奇没说话，他合上菜单，双臂交叉盯着天花板。噢，该死，他现在又生我的气了。我盯着大门，盼着萨利走进来。我太需要她了，至少可以活跃气氛。

我拿起最后一个免费赠送的虾片的时候，萨利走进餐馆。

“哇哦。”我喘息道，虾片掉到桌上。

萨利看上去与平时很不一样，她身上的色调是黑色和银色搭配而成的。她穿着一件小连衣裙，稍稍露出大腿，脚上是一双系带高跟鞋，鞋带上镶着小钻石。头发盘在头顶，描了眼影，涂着深红色的口红。走近我们的时候，她的微笑渐渐消失了。

“嗨，萨利，”我站起来亲亲她的面颊，“你真美。”

阿奇张着嘴盯着他看，下嘴唇上还沾着一块虾片。

“对不起，对不起。”他用餐巾抹抹嘴，站了起来，“我失礼了。萨利，你太漂亮了。”

她紧张地微笑着，坐在阿奇为她拉开的椅子上。

“我觉得自己很傻，”她边调整椅子边说，“你们都穿着休闲装，我却打扮得像一盘大杂烩。”

“你这样很美。”我说，“真的，我穿牛仔裤是因为太懒。”

阿奇凝视着萨利，手中的菜单滑落下来，然后他又看着我。

“我觉得你们都很可爱，”他说。我弄不明白他的眼神代表什么意思。

“你也是，阿奇，”萨利说，“蓝色真的很适合你。”

他脸红了，盯着桌布。

“要喝红酒吗，萨利？”我拿酒瓶轻轻碰碰她的杯子。

开胃菜是虾多士、鸡肉沙爹和糖醋肋排，吃到一半的时候，萨利开始教我们用广东话骂人，我们歇斯底里地拼命嘲笑自己的发音，这时，阿奇的手机响了。

“对不起，女士们，”阿奇说，把他正在吃的虾多士放到盘子里。“我必须得接这个电话。”

萨利和我收住笑，看着他从包里翻出手机。

“你好，奶奶。”他说。

我感觉心一沉。

“是的，奶奶。”他说。

我听见她那讲究的口音从桌子对面传过来，但分辨不清她在说些什么。

“我的卧室里有一只手电筒，”阿奇说。“什么？好的，我完全明白……不，当然……绝对……我半个小时之后去见你。好的，一会儿见。再见。”他皱着眉头挂断电话，把手机扔到包里。

“怎么了？”我问，拼命装出漫不经心的样子。

“是奶奶，”他说，把盘子推到一边，“电源跳闸了，她怕触电，不愿意动保险丝盒。”

什么？即使我也知道开启电源的动作绝对不会伤到人。

“你开玩笑？”我说。

阿奇摇摇头，“没有，通到浴室的楼梯太黑了，她已经坐在那儿等了半个小时了，还说自己不能再坚持了。”

“你还回来吗？”萨利问，她还在微笑着。

“可能不回来了，”阿奇看看表，“等我赶回去打开电源，再回来的话，也许就十点了，那时主菜都已经上过了。”

萨利的笑容消失了，“你能回来和我们吃甜点或者喝杯咖啡吗？”

“我非常抱歉，”阿奇说，站起来拿他的夹克，“也许下次吧。”

“好的。”萨利站起来亲了亲他的脸颊，“下周这个时候怎么样？你有时间吗？”

我端起酒杯一口喝干，我的时间不足一周。如果星期五结束之前阿奇意识不到萨利就是他的意中人，我就完了。无论我愿意与否，都会被直接送上天堂，就再也见不到丹了。安娜会把他据为已有，我只能变成一段遥远的回忆。露西，哪个露西？噢，那个我曾经和她约会过的女孩……

“露西，”阿奇说，我正给自己倒第二杯酒，“你还好吗？”

我摇摇头，“回你奶奶那儿吧，阿奇，她需要你。我下星期给你打电话，好吗？”

“谢谢你能理解，露西，”他转过桌角，吻了我的脸颊。

“我能问你一个问题吗？”他走向门口的时候，我说。

“当然，”他回转身。

“你奶奶知道你今晚出来和我在一起吗？”

他笑了，“当然。”

我就知道。

前门的铃铛响了，阿奇走出餐馆。“这都是怎么回事啊？”萨利问。“阿奇要回去找他奶奶的时候，你为什么生气？这没什么的，我们可以下个星期再出来吃饭。”

“我只希望今晚。”我把盘子推开，我的胃口完全被破坏了。

萨利摆弄着她蝴蝶形状的发夹，端起酒杯又放回去，开始啃大拇指的指甲。

“我可以问你个问题吗，露西？”她透过假睫毛看着我。

“当然可以。”

“你和阿奇相爱吗？”

我笑了。“当然不是，谁告诉你的？”

她把手指放回嘴里，“因为自从你去了公司，你们两个就形影不离，”她嘟囔道，“人人都以为你们是一对。”

“好吧，我们不是，我们只是朋友。”

“感谢上帝。”她如释重负，跌回椅子上，“你不知道我有多么宽慰。”

“萨利，你是不——”

侍者走过来，看到我们剩了很多食物，扬起了眉毛，他迅速地清理着我们的桌子。他把盘子端走的时候，我再次试探她。

“萨利，你爱阿奇吗？”

“是的，”她咬着嘴唇，口红上留下了牙齿印儿，“开始到比茨计算机公司送三明治的时候，我就爱上他了。”

“噢，萨利，”我抓过她的手，“我认为这妙极了，你为什么不把自己的感觉告诉他呢？”

她耸耸肩。“我不愿意惹是生非，可是……”

我笑了，吵吵嚷嚷、兴高采烈、天性友好可能是她的特点，惹是生非？绝对不可能。

“我一遇到跟男人有关的事就很害羞，”她沮丧地说，“我希望他们能对我主动。我属于那种传统的人。”

“阿奇也是个传统老派的人。”我说。

“我知道，我喜欢他这一点，但我也不是个傻瓜，露西，我知道他爱你。”

“不，他不爱。”

“他爱，”她坐直身子，朝我这边凑过来，“为了你，他剃掉了胡子，还剪了那些可爱的头发。所以我那天对你生气，他那样做是因为他觉得这样能够让你更加喜欢他。”

“这不是真的，”我撒谎道，“阿奇告诉我他很孤独，我只想帮他找到心上人，我觉得如果能让他改变一下形象，就会有更多的女人觉得他有吸引力。”

“但我觉得他原来的样子就很有吸引力。”

“我不知道，萨利，我希望我当时就知道这一切。”

侍者又出现了，端来了主菜，他疑惑地看看阿奇的空椅子，把一碗对虾炒面放到阿奇的托盘上，萨利用筷子戳戳她的四川炒鸡，叹了口气。

“没关系，”她说，“阿奇不像我喜欢他那么喜欢我，我在他眼里就是个喋喋不休的送三明治的女孩子。”

我用筷子串起一片蘑菇扔进嘴里，慢慢咀嚼着，思绪纷乱、百感交集。“我想，他也像你喜欢他一样喜欢你，”我说，“只是，他还没有意识到。”

“真的？”萨利盯着我，瞪大了眼睛，“你不会只是说说而已吧？”

“不是，我认为他真的很喜欢你，他需要知道自己有多喜欢你。”

他还需要不再爱我，我心里想着，没说出口。

“怎样做呢？”萨利急切地问，“我们应该做点什么？”

我摇摇头，我没有任何办法。

第十七章　告别

让阿奇不爱我的几种可行方法：

1. 不停地吞食奶油蛋糕，直到身材变得超级肥胖，然后坐在他身上。

2. 剪掉我身上的所有毛发。包括睫毛和眉毛。不刮腿毛，任其自然生长，让他摸摸。

3. 无论他说什么，包括悲伤的故事在内，都要歇斯底里地狂笑。

4. 有事没事多在布莱恩身上蹭蹭，这样我也会变得浑身汗臭。

唔……

我把纸笔扔到一边，趴到枕头上。这些想法都是垃圾。比垃圾还蠢，而且，一点也不实用。首先，我没有时间变那么胖，或者长出腿毛或者去蹭布莱恩……

还有，我根本没有时间去实行一项计划。现在是星期一的早晨，可我不用上班。如果阿奇不回公司，我也不用去！我的腿在床上荡来荡去。我需要喝一杯热热的咖啡，充分激活脑细胞。这一准有用。

我轻手轻脚走到厨房，打开门。

怎么啦？我的室友们在打扫卫生吗？

克莱尔正跪着刷洗地板，她的头上出现了很多发髻，活像个菠萝；布莱恩穿着蓝白相间的围裙，不无惬意地清洗着碗碟。

我晃到走廊里，揉揉眼睛。“发生什么事了？”

“这是我的最后一天，”布莱恩说，从碗碟堆的泡沫上抬眼看我，“还有，不管怎样明天我都不会在这儿了，所以我觉得应该打扫打扫。”

克莱尔冲我微笑着。“我本来不想帮忙的，可没有别的事情可干。”

“哇哦，”我说，“我可以做点什么吗？”

“你可以把水壶放过去，”克莱尔拿手臂擦擦前额，“我想我们该休息一下。”

我踮着脚尖走在她刚刚洗过的地板上，拿起水壶。整个情景犹如梦幻，我感到有点焦躁。我的室友比过去开心得多，他们在打扫房间！

“你还好吗？”我问布莱恩，“我以为你今天会紧张。”

他耸耸肩：“我控制不了情况了，随他去吧。”

“如果特洛伊今晚不出现，你会无怨无悔地升上天堂？”

“要是我说不感到失望，那是撒谎。”他说，在水流下面转动一个茶杯。“可是如果通不过考验，我就必须接受自己的命运。”

天啊。我不相信他竟然变得这么达观。我想和他一起去见特洛伊的原因是，如果他失败了，变不成幽灵，他的精神会垮掉的。火车就是他的丹，他曾说过。

“我和你去了Tooting那边以后，你回去过吗？”我去橱柜里拿杯子。

他点点头。“去过几次，第一次我到麦当劳找特洛伊，他不在，第二次他自己一个人去了。我就坐在那儿看杂志，假装没看见他。”

我笑了，“布莱恩，你是在欲擒故纵吗？”

“算是吧。”他倾斜身体，这样我就可以把茶叶袋拿过来。“半小时后，他偷偷走近我，询问我参加过的那些铁路旅行。我们谈了很长时间，直到他的朋友们走进来，然后他就叫我恋童癖，跳到一边。”

“他说过什么今晚在帕丁顿和我们见面的话吗？”我若无其事地问。

布莱恩冲完一个碟子，把它堆到滤水器上。“没有。”

“噢。”

“我只能等了，露西。”

“有希望总是好事。”我说，把茶叶袋扔到茶杯里。我不确定刚才那句话是在安慰布莱恩还是我自己。

晚上七点钟，我趴在布莱恩房门上往他房里看，他正坐在床沿上，双手抵住膝盖。不像厨房那样，他的房间没有任何变化；那些火车海报还挂在墙上，肮脏不堪的垫子丢在房间中央，书和杂志整齐地堆放在床边。

“你不收拾一下东西吗？”我拿起一本书随便翻着。

布莱恩摇摇头，“没必要，不管发生什么事，这个房间到时候都会消失的。”

“真的？”

“是的，就像我从未来过这里一样。”

“那太令人悲伤了，”我说，我真的这样想。我们生前的房间折射出我们的个性，里面充满了我们喜爱过的东西。布莱恩生前住过的公寓肯定已经被人清理过了，也许某个人会在餐具柜或者壁炉台上放一张他的照片，但当他位于“幽灵申请者之家”的房间消失的时候，所有个性的足迹都会消失殆尽。他就真的走了。

我透过自己房子的窗口看到过丹还保持着我死的时候房间的布置，我的靠垫还在沙发上放着，我们一起买的小地毯仍然铺在地板上，我的书和丹的东西都摆在书架上。可是，总有一天一切都会变，我的东西将消失。而且，如果安娜得到了丹，会让这一天提前到来。

“你准备好出门了吗？”我保持着愉快的语调问他。

他慢慢站起来，在屋里转来转去，挨个拿起那些镶在相框里的照片和各种火车模型，看看它们然后再放回去。他甚至打开衣柜的门，朝那些整齐地摆在一起的凉鞋微笑着。

“我说完再见啦，”他柔声说，“该走了。”

“你不介意在前门等我一下吧？”我问，“我得和克莱尔说句话。”

“请进。”我敲敲她的房门，她说。

她盘腿坐在床上拨弄着吉他，脸上没有化妆，看上去自然清新，朝气蓬勃。

“布莱恩要走了，”我说，“想说声再见吗。”

她叹息着把吉他放到身边的羽绒被上。

“奇怪，”她说，“布莱恩第一天来的时候我绝对受不了他，尤其是他的味道……”

我傻笑起来。

“可我会想他的。”她滑下床走向我，“说再见的感觉太奇怪了。”

“克莱尔，”我把手放在她肩上，“你能帮我个忙吗？我和布莱恩去帕丁顿的时候，请你帮我做点事。”

她耐心地听我解释安娜和杰西会在白马酒吧会面的情况，我描述了她们的容貌和酒吧的地址，问她是否介意替我偷听她们的谈话。

“当然可以，”她说，打开卧室的门，“没问题。可我的记性不太好，也许记不住所有的细节。”

“这没关系，”我说，“我只想知道安娜是怎么说丹的。”

克莱尔站在走廊里向后看，“他不是你的未婚夫吗？他出了什么事？”

“我并不担心他，”我看了她一眼，“是安娜。”

“她怎么了？”

“一言难尽，不是在她脸上扇一巴掌就能解决的事儿。”

“我明白了，”她咧嘴一笑，我仿佛又看见了从前那个克莱尔，那个能毫不犹豫地把某个金发贱人摔到地板上的克莱尔。

“我不是让你扇她巴掌，”我赶紧说，看看手表，七点一刻，我和布莱恩真的该走了，“只要听着她们说话就行，我回来时会跟你解释的。我保证。”

“没问题，”克莱尔说，攥紧我的手，“我得跟臭臭先生说再见啦。”

她走下楼梯，冲向满脸惊讶的布莱恩。

“我真的会想你的，”她紧紧地拥抱着他，“答应我，无论发生什么事，你都会让自己快乐。”

“你也是，克莱尔，你也是。”布莱恩抱着她，抚摸她的后背。“我真的很喜欢你，你知道，那个卸下了傲慢的态度和化妆的你，你是个非常可爱的女孩，你值得拥有快乐。”

我趴在楼梯扶手上，满眼是泪。圣徒鲍勃告诉我人们会在“幽灵申请者之家”建立深厚的感情时，我没有相信他。我应该信他的。看着克莱尔和布莱恩抱在一起，我的心都碎了。他们看起来一点都不相配，布莱恩瘦瘦高高，头发狂野蓬乱，蓄着胡须；克莱尔矮胖一些，全身上下都是黑色的装扮，她羊毛状的卷发缠在他的手指上。他们可能是这个世界上唯一明白我正在经受什么考验、理解我的苦恼的人，我应该让他们快乐，无论如何。

布莱恩轻轻地放开她时，克莱尔发出一声沉闷的抽泣。泪水顺着他们的脸颊流淌下来。

“你准备好了吗，布莱恩？”我问。

他用袖子擦擦脸，点点头。

“你还能去监视安娜和杰西吗？”我小声对克莱尔说，给她一个拥抱。

她在我肩上点头，“当然。”

“谢谢你，”我说，紧紧抱住她，“别担心布莱恩，我会照顾他，我保证。”

我们乘着自动扶梯来到帕丁顿车站的中心地带。

“布莱恩，”我说，“你感觉怎么样？”

他没回答，朝着帕丁顿桥的方向快步走去，耷拉着脑袋，双手深深插在口袋里。

“你感觉怎么样？”我又问，加快脚步跟上他。

“该来的终究会来。露西。”

走到桥上的时候，我差点撞到他身上。我来回踱步，布莱恩则站在桥中间，双手交叉，盯着缓缓驶进车站的火车。

“特洛伊很肯定地说他一定会来的。”第四次走过布莱恩身边时，我说。

“凡事没有百分之百的肯定，露西。”他冷静地说。

“可是，他看上去很狂热，不是吗？”我看了一眼手表，八点钟。特洛伊到底在哪儿？

“狂热不能说明任何问题。”布莱恩耸耸肩。

上帝啊，他是不是成心和我作对？他为什么一点感情都不表现出来？要是我发现自己的任务完不成了，我会把自己的头发拔光，然后疯掉的。

我又看一遍手表，八点十分，特洛伊还是没出现。我越想越觉得他不会来。这时，我身后传来了脚步声，我转过身。

“布莱恩，”我轻声说，拍拍他的肩膀，“特洛伊来啦。”

他猛地转过身，我的手滑下来砸在桥栏上。

“特洛伊，”他说，伸出一只颤抖的手，“很高兴你能来。”

特洛伊穿着深蓝色的连帽外套，兜帽盖着头，看着布莱恩伸出的手，他微微点点头，“你好吗，伙计？”

“我很好，谢谢你，”布莱恩说，慢慢把手收回去。

特洛伊上下打量我。“你好吗？”

我点点头，“很好，谢谢。”

我们尴尬地沉默了一会儿，面面相觑，不确定下一步做些什么。

“呃，我读了你给我的杂志，伙计，”特洛伊打破了沉默，“得把它藏到一堆东西下边，我妈才不会发现，可是，真的，我一股脑全读完了。”

布莱恩扬起眉毛。“你觉得怎么样？”

“有很多好东西，伙计，”特洛伊狂热地点点头，兜帽盖住了眼睛。“我一直在看秘鲁的火车介绍，显然，库斯科到马丘比丘之间的路线有五个之字形转弯。”

“呃，Z型路线，”布莱恩笑了，“我去过。”

特洛伊惊讶得下巴差点掉下来。“你开玩笑吧？”

“我十年前去的，从马丘比丘坐火车回到库斯科时，一路的景色很壮观，到了晚上，整个城市都亮起了灯。”

“哇哦，伙计，我真想去。”

他们接着讨论火车，手舞足蹈。我什么也不懂，只能咧着嘴笑。过了好几分钟，我离开他们，走到车站里面，找了一间咖啡馆坐下来。我浏览着桌上留下的杂志，却无法集中精神。我满腹疑问，特洛伊会不会承认自己是火车爱好者？克莱尔偷听到了什么？丹和安娜是一对吗？现在阻止他们是不是太晚了？九点钟到了，我再也忍受不了了，我扔下没喝完的咖啡，回到桥上。布莱恩和特洛伊就没挪过地方，还站在原地热切地交谈着。他俩谁也没觉察到我走了过来。

“那么，”布莱恩说，提高了嗓门，手插在口袋里，“你准备承认自己是一个火车爱好者吗？”

我停下脚步，站在那儿一动不动，离他们正好有几步远。特洛伊把重心从一只脚换到另一只脚上。整座桥上只有我们三个人，我屏住呼吸，请你说你是，我祈求着，请你说你是。

特洛伊清清嗓子。“那个，是的。但是，如果你跟我朋友透露一个字，你就完了。”

布莱恩的脸上浮现出前所未有的笑容，他咧着嘴乐开了花，眼睛闪闪发光。

“抱歉，”他说，“我没听清楚，你能再说一遍吗？”

特洛伊挠挠头，“你聋啦，伙计？我说，是的，我是火车爱好者。我不会再重复了。”

布莱恩张开双臂抱住特洛伊。

“谢谢你，”他喊道，“谢谢你，谢谢你，谢谢你。”

“放开我，伙计，”特洛伊吓了一跳，拍打着布莱恩的胳膊，“别跟个基佬似的。”

布莱恩终于放开了他，他把外套扯平，带上兜帽，看看手机。

“我得走了，”他说，“见我女朋友，谢谢你给我的火车俱乐部电话号码，布莱恩，我会打给他们的。”

“去吧，”布莱恩说，仍然咧着嘴巴笑，“你会喜欢的，我保证。”

“你去参加他们的集会吗？”特洛伊问。

“不，”布莱恩摇摇头，“我要走了，很长时间都不会回来啦。”

“去什么好地方吗？”

布莱恩说，“非常好的地方。”

“好吧，旅途愉快，再见。”

他给布莱恩来了一个童军式的敬礼，低着头跑下桥去，手机贴在耳朵上。等他消失在转角处，我转身给了布莱恩一个熊抱。

“你做到啦！”我尖叫道，“你终于做到啦，布莱恩。”

“是的！我做到了！”他把我抱起来，转了一圈又一圈。“没有你，我不会成功的，露西·布朗。”

“接着会怎样？”他把我放下来，我摇晃着身子问，“你怎么变成幽灵呢？”

“你还是没看完那本手册，对吧，露西？”他无奈地摇摇头。

我刚要回答，两个高大瘦削的男人来到桥上，他们穿着灰色西装，戴着太阳镜。两个人并肩走着，连迈步的节奏都一致，他们走到我们身边停下来。

“布莱恩·沃辛？”离布莱恩最近的那个男人问。

我警觉地看了一眼布莱恩，他看上去并不担心。

“是的。”他说。

“圣徒鲍勃打电话找你。”另外一个人说，递给他一部手机。

“你好，”布莱恩说，把手机放在耳朵上。“是的，是的，对。好的，我会的。好，谢谢你，鲍勃。也祝你好运。”

两个男人看着他，脸上完全没有表情，布莱恩结束了通话，合上手机盖。离我最近的那个男人接过手机放进衣袋里，朝他的同伴点点头。他们僵硬地转过身，顺着来的方向走了回去。

“怎么样？”我来回单脚跳着问，布莱恩面露喜色看着我。

“是鲍勃，”他说，“我要变成幽灵了。”

“什么时候？”

“马——”他低下头看着自己的手，脸上的色斑和雀斑消失了，皮肤变得苍白，质地就像教堂里面的蜡烛。“上。”

“快点，”他抓住我的手，拉着我沿着桥跑起来，“我们得找个没人的地方，没有那么多时间了。”

我们手拉着手跑过一个月台，来到男厕所旁边的时候停了下来，布莱恩把门打开一条缝儿向里张望。

“我不能进去，”他想把我拉进去，我尖叫道。

“没关系的，”他蹲下来，从一个个厕所隔间的门底下看过去，“里面没人。”

我站在厕所狭小的空间里，试着尽量不碰任何东西。这儿的瓷砖黄黄的，肮脏不堪，散发着很大的尿味儿。我捏着鼻子，朝布莱恩做个鬼脸。在长条形灯管的照射下，他几乎变成了透明的。

“布莱恩！”我喘息道，“你在消失。”

“你变成幽灵时也得这样，”他冲我笑的时候，胡子似乎穿透了上嘴唇。“抱歉把你拽到这儿来，露西，可是手册上说，变鬼的时候不能让很多人看见，得远离公共视线才能成功。”

我盯着他，瞪大了眼睛。“你说得对，你前边的胳膊整个都透明啦。”

“那就给我个拥抱吧，”他说，伸出仅剩的一条半胳膊，“趁我还有点时间。”

我伸出胳膊紧紧环绕着他，他已经不具备实际形态了，再也不是我熟悉的那个温暖的布莱恩，我感觉像抱着一团海绵或是巧克力慕斯，他身上不再有汗臭味儿，什么味儿都没有。他真的要离开我们了。

“我会想你的，布莱恩。”我说，“如果没有你，我不知道自己能不能撑下去。”

一阵微风刮过，我的头发动了起来，我放开布莱恩，他试图抚摸我的头发。

“你比自己想象得要坚强，露西。”他的声音像轻声耳语，“你是个可爱的女孩，丹真的非常非常幸运，有你这样的女孩爱着他。如果我可以再活一次，如果我可以再年轻，我希望遇到像……”

他想说“你”字，但声音渐渐变小，我耳边回响着拖着长音的“咿……”，双臂拥抱着稀薄的空气。我倒退一步，布莱恩的轮廓在半空中闪着微光，像一张褪色的照相底片，他的脸模模糊糊，眼中透出平静的神态，嘴角漾起一丝微笑。

“要快乐啊，布莱恩，”我轻声说，“要快乐。”

他点点头，我拼命眨眼睛把泪水憋回去。“走吧，布莱恩。走吧。我会好好的。我保证。谢谢你所做的一切。”

我面前的人盯着我看了几秒钟，向身后的小便池退了一步，然后转身贴着墙根逃走了。我盯着墙上的瓷砖，门开了，一个穿着列车员制服的年轻人冲了进来。

“你走错厕所啦，亲爱的，”他说，上下打量我，“女厕所在隔壁。”

回到“幽灵申请者之家”时，我看见克莱尔坐在早上打扫干净的餐桌旁边，面前放着一杯茶，双手抱头。

“你还好吗？”我问，轻轻地拍拍她那些菠萝表皮一样的发髻，“别难过，克莱尔。布莱恩通过考验啦，他变成了幽灵。我从没见他那么开心过。”

克莱尔抬头看着我，我搬出一把椅子，坐在她对面。

“不是为了布莱恩，”她说，玩着自己的鼻环，“虽然我真的很想他。”

“那是为了什么？”

“你的朋友，安娜，”她说，突然望向我的眼睛，然后把视线移开了。

我感到头晕。“安娜怎么啦？”

“你想听好消息还是坏消息？”

“好消息，”我说，两手握在一起，压在嘴唇上。

“安娜告诉杰西，她还没和丹睡觉，”克莱尔说，“连接吻都没有过。”

我跳出去紧紧拥抱克莱尔，旁边的桌子腿儿划在地面的瓷砖上，发出刺耳的声音。是的！是的！是的！安娜在地铁站对我撒谎了——“和丹做爱感觉很棒”。噢，感谢上帝。

“坏消息呢？”我不安地问，回到座位上。

“她说她希望和丹共度余生，她不在乎丹是不是想要孩子。她只要和他在一起。”

“什么？”我说，头发都竖了起来。“她胡说！她把丹当成精子捐献者了！她很想要孩子，自从和朱利安分手后，她就只想要个孩子。”

“可是露西，她说她从没像爱上丹这样爱过什么人，”克莱尔轻声说，“听上去她是认真的。她告诉杰西，已经邀请了丹星期三参加自己的生日派对，她会向丹表白，告诉他自己的感觉。”

“不，”我说，“不。这不是真的。这不是真的。”

我想去抓克莱尔的手，可我剧烈颤抖的手把她的杯子碰倒了，热茶洒了一桌子，周围的一切突然间变黑了。

第十八章　争吵

怎么回事？为什么克莱尔在我的床上？我闭上眼睛，然后再睁开。不，她还在那儿，她留着长发绺的头就枕在我旁边的枕头上，她肩上围着羽绒被，睁着眼睛正看着我呢。

“你还好吗，露西？”她轻声说，理理我脸上的乱发。

“我不知道，”我四下张望，奇怪地幻想着布莱恩、阿奇和萨利可能会从羽绒被底下冒出来。“你为什么在我床上？”

“昨晚我很担心你，”她说，一只胳膊肘支起身子。“我告诉你安娜的事以后你就昏过去啦，从椅子上跌下来，头摔在地板上，好长时间都没醒过来，好不容易恢复了知觉，又说起了胡话。”

“我说了什么？”

“不停地说丹和安娜的名字，还想离开这儿，我只好把你放倒，坐在你身上，直到你答应去睡觉为止。”

我仰面一躺，疼得叫了起来，“怪不得我肋骨这里疼呢。”

“真抱歉。”她不安地笑着，“我怕你再去找丹，失去变成幽灵的机会，所以就在你的床上看着你。我可不想让你跑出去冒险。”

我叹口气，“谢谢你，克莱尔。你做得对。”

“真的吗？你不生我的气？”

“不会的，我保证。”

我向上盯着天花板，想了很长时间。只剩三天了，我有两个选择：

1）放弃，上天堂；

2）战斗到最后一刻。

“露西，”克莱尔说，“你确定你没事？”

“我很好。”我呻吟着坐起来，掀开羽绒被。“真的。为了证明我说的话，我甚至可以给你弄杯咖啡。但我得先打个电话。”

晚上八点，我推开Kung Po餐馆的门，告诉一位面相凶恶的女招待，我预定过一张三个人的桌子。她把我带到座位上，端来一瓶红酒和三只杯子放在我面前。我小口呷着红酒，我的胃抽搐搅动、精神紧张不堪。这是我通过考验的最后机会。

“嗨，露西，”一个愉快的声音在我耳边响起，“在想什么呢？”

萨利搬出一把椅子，坐下来。她穿着件Kitty猫的T恤和牛仔裤，脑袋两侧用黄头绳绑着两只辫子。她看起来十分俏皮可爱，我敢肯定阿奇将认为她的魅力无法阻挡。至少我是这么希望的。

“很高兴你能来，”我朝她微笑，“想来点红酒吗？”

我拿起瓶子，她看了门一眼。

“别担心，”我把她的酒杯倒满，“阿奇会来的。”

“我是不是太紧张了？”她回头看着我，脸颊成了粉红色。

“只是三个朋友出来吃个饭，”我说，听上去比实际上自信得多。“别紧张。”

“别紧张，”她重复着，端起酒来喝了一大口。

不仅要缓和萨利的情绪，还得调整好我自己的状态。现在万事俱备，只欠东风——萨利紧张的情绪和传统保守的性格是最大的难题，她不好意思对阿奇采取主动，阿奇则不知道自己真正想要什么，所以，我的计划是让他俩坐到一起好好聊聊，我会在适当的时候借机离开，给他们创造机会——我能做的只剩交叉手指，祈求命运的恩惠了。

“露西，”萨利举起酒杯，“我们干杯。”

“是不是有点早？”我问，看着门口。“是不是应该先等等阿奇？”

“不，”她摇摇头，辫子也跟着乱晃，“这是女孩之间的干杯。”

“好吧……”

她等着我举起酒杯，拿她自己的酒杯和我的碰在一起。“干杯！”杯子“叮”的一声相撞时，她说。“为了实现我们女人的梦想干杯。”

“为了我们的梦想。”我把酒大口喝下。

萨利抿了一口酒，透过杯子顶端凝视着我。

“怎么啦？”我问，“你为什么那样看着我？”

“你有点神秘，露西·布朗，”她说，“你从来不谈到自己。你只谈论工作和阿奇，你会花上一下午的时间在星际迷航集会上讲笑话，可是，我却一点都不了解你。”

我耸耸肩。“我想，我只是比较注重隐私。”

“你没有那么内向，”她的手托着腮，注视着我，“刚才敬酒的时候，我说为了我们的梦想干杯时，你的眼神比较异样。”

“什么样的眼神？”

“孤注一掷的眼神。”

我伸手去够酒瓶。难道我想回到丹身边的心情表现得如此明显吗？

“那没什么，”我给自己倒酒，“我只是在想些别的事。”

“或者是——别的人？”

“其实我——”

餐馆门上的铃铛响了，我们马上探出头去，想看看进来的是什么人。

“那是谁？”萨利回头看我，不出声地问

“那，”我起身迎接向我们走来的女人，“是阿奇的奶奶。”

“难道这不是个美妙的夜晚吗，”阿奇说，翻开菜谱，“我最喜欢的三个女孩都来啦。”

萨利咧嘴笑着，摆弄着她的餐巾。汉弗莱-史密斯夫人看了我一眼，难以掩饰自己的轻蔑。

“你真是个体贴的好孙子，”她的注意力转向萨利，“愿意邀请你孤独的老奶奶出来吃晚餐。”

“你不老，”萨利说，坐直了身子，把餐巾扔到一边，“你走进来的时候，我还以为你是阿奇的妈妈。”

“可是，经不起仔细端详了。”汉弗莱-史密斯夫人的眼睛眯缝起来。

“噢，不，一点也不老，”萨利说，“近看的话，甚至显得更年轻。”

“哦，谢谢你，”她奖给萨利一个真诚温暖的微笑，“遇见如此有教养的年轻女士总是那么让人开心。”

萨利咯咯笑着，把脸藏到她的菜谱后面，这时，阿奇刚巧把他的菜谱合上。

“那么，”他环视一圈，完全没有注意到我和他奶奶之间的冷峻对峙，“我们可以点菜了吗？”

我朝他使个眼色。

“我猜你是同意啦，”他彻底误解了我的表情，“大家没有意见吧？奶奶？萨利？很好。”

他朝侍者点点头，侍者穿过人群快步走过来。

“奶奶？”阿奇说，“你来点菜吧？”

汉弗莱–史密斯夫人开始拉着侍者问起一些菜谱方面的问题：是不是每一样东西里都放了味精？她可不可以来一份不加鸡蛋（她不喜欢鸡蛋）的拌饭？鸡肉是否都来自鸡胸脯（她忍受不了大腿）？全家福特餐是不是很辣（可以微辣，太辣不行）？问完所有问题之后，她为自己点了一道开胃菜、一道主菜、一道甜点和一份咖啡。

噢，天哪。

她准备在这儿呆到晚餐结束。即使我先离开，阿奇和萨利也不会有单独在一起的机会。我被她整了，完全彻底地被整了。并且，最重要的是，我的任务怎么办？只剩一个选择，那就是喝醉，喝得烂醉。

主菜端上来的时候，我已经醉得有点晃悠了。萨利喝完第二杯红酒，就为自己要了软饮料（这个选择赢得汉弗莱–史密斯夫人的点头认可），阿奇则坚持要点一瓶“你喝过的最好的红酒”来和他奶奶共享，这样，只剩下我独自解决那瓶白葡萄酒。我确实把它解决掉了。别人都在大快朵颐的时候，我拿起叉子，把自己那份鸡肉炒面堆到盘子一边，另一只手抄起酒杯。

“你不饿吗？”阿奇问，从他自己那盘吃掉一半的糖醋大虾上面抬起头来。

我眯起眼睛看他。“我很好，谢谢关心。”

他不安地吞咽着食物，一直没和我说话，吃甜点的时候，我的第二瓶酒送过来了。

“你很渴，对吧？”侍者给我倒酒，汉弗莱–史密斯夫人扬起眉毛。

“对，谢谢你。”我说。我灌下半杯酒，把酒杯放回桌上，杯子摇晃起来，但没有翻倒。

汉弗莱-史密斯夫人用叉子戳着她的空心甜饼，小声嘟囔着什么。

“对不起，你说什么？”我摇晃着面对她，“是针对我的吗？”

萨利和阿奇不安地看着我，汉弗莱-史密斯夫人咬着嘴唇，挤出我所见过的最恶毒、最虚假的微笑。

“我说，”她一个字一个字地说道，生怕我傻得听不懂，“像你这种人，应该去社会公益机构寻求帮助。”

“像我这种人？那是什么意思？”

我的吐字已经含混不清了，我看见眼前一共有三个汉弗莱-史密斯夫人，可是，按理说应该只有一个的，她们看上去都很邪恶。

“亲爱的，承认你有问题并不丢人，”她说，捻弄着脖子上的珍珠项链。“现在最流行这个，每天打开报纸，你都会看到有大把的不入流的名人跑到康复中心戒酒戒毒。”

“你的意思是我该去康复中心？”我扬起眉毛。

“那可能不是个坏主意，”她恶毒地说，“根据阿奇对你的描述，可以看出你非常喜欢喝酒。”

“噢，那么，根据阿奇对你的描述，你该滚进养老院，让他过自己的生活。”

阿奇、萨利和他的奶奶同时倒吸一口气。

“露西，”阿奇说，“我不会让你对我奶奶那样说话的。”

“总有人得说出来，”我厉声说，面向他，“显然，你是个懦夫，没有胆量自己说出来。”

“露西，住嘴。”

他的语气里包含着不容置疑的警告意味，但我喝得太多了，什么都不在乎。我不顾一切地帮助他，他居然和他的奶奶同一阵线，竟然不支持我。让他滚蛋、和她奶奶一起滚蛋，再加上那个笑的时候捂着脸的蠢萨利。我失败了。我的任务完蛋了。星期五一过，我就再也见不到丹了，安娜将得到他，肯定会这样，游戏结束。我仿佛不曾在世间存在过、不曾被珍视过，也不曾被爱过。我俯身向前抓过酒瓶，去你妈的阿奇和他的奶奶。你们都滚蛋。我已经输得一无所有。

“我不会停下来，”我含糊地说，“我该对你诚实些了，阿奇。必须得有那么个人负责告诉你，你是个多么可悲、可怜又失败的怪人。你想知道闪电约会那天为什么没人对你感兴趣吗？因为你是个蠢蛋，你的人生很愚蠢你说过的一切都很愚蠢。你就是个蠢蛋、蠢蛋、蠢蛋。”

我表现得非常粗暴无礼，虽然我也不相信自己说的这些话，但就是无法控制自己。我把阿奇数落得体无完肤，把我遇到的麻烦都推在他的头上，我的痛苦、我的错误、我哭着睡着的每个晚上，全都是他的错。

“露西，求求你。”阿奇说，把他的手放在我的手上。

我抽回手，攒足了酒劲儿把他的胳膊打到一边，他向后退去，揉着胳膊，一脸震惊的表情。

“我认为你该走了，小姐，”他奶奶说，放下她的叉子，“今晚你自取其辱，够了。”

“哦，是吗？你这样想的，对吗？”我咬牙切齿地转向她，“我有点事儿要告诉你，肥屁股奶奶。我还没说完呢，为什么我们不来谈谈你，今晚还没怎么说说你呢。你喜欢古典音乐，对吗？那多美妙啊，天鹅湖歌剧里面有公天鹅让你很不舒服，不是吗？哦，那真丢人。我们接着说你，看看事实吧，实际上，你唯一的乐趣就是把你的孙子弄得像你一样可悲，是不是？”

我闭上嘴，阿奇站起来抓住我的肩膀，他的整张脸红得要命，浑身发抖。

“够了，露西，”他说，“我希望你离开。”

我想把他甩到一边，可他比我想象的强壮。

“我不想走怎么办？”我说。

“快走吧，”他直直盯着我的眼睛，没有向两边看，“现在。”

两名侍者突然来到我们桌旁。

“你们没事吧？”其中一个人问。

“没事，”我愤怒地注视着阿奇，“我要走了。”

他松开我的胳膊，向后退去。整个餐馆都安静下来。我拿起自己的包。

“我现在就走，”我含糊不清地说，本想把包甩到肩膀上却砸到自己的脑袋。“感谢你们大家给了我一个愉快的晚上。”

我摇晃着走向出口，一位侍者快步跑在我前面为我开门。我集中精力辨认着离开的路线，深一脚浅一脚地向前挪动。

“多么下流恶心的家伙，”阿奇的奶奶大声说，“不仅是个酒鬼，还是个满嘴脏话的妓女。我告诉过你她不是什么好东西，我警告过你的。”

我蹒跚着转过身，跌跌撞撞地走向那张桌子，“再说一遍？”

阿奇的奶奶开心地微笑着。“我觉得你听见我第一遍说什么了。”

我也朝她微笑起来。“只是想再次确认一下，在我做这个之前……”

我不清楚她是什么时候开始尖叫的——是我抓起她的红酒杯时，还是我把杯子举到她的头顶上的时候——但是，当酒液倾泻而下，沿着她可怖的老脸纵横流淌的时候，她肯定是在尖叫的。

第十九章　正确的事

星期三早晨，我给阿奇打了15遍电话。整整15遍，他一次也没接。我宿醉未醒，头疼得难受，还要承受这种折磨。

第一次是汉弗莱-史密斯夫人接的电话，我受过她的羞辱，气得说不出话来，她对着听筒说："你可以不说话，但我知道是你，我知道你为什么打电话。你别想再看见阿奇、别想再和他说话了。昨晚你的行为让他感觉恶心。他恶心得要命，卑鄙无耻的布朗小姐，这是你的天性，你是个满嘴脏话的粪筐。"

我该说些什么？我怎么好意思站出来为自己辩护？我不能，因为她是对的。我对待阿奇的态度非常非常粗鲁。但是，话说回来，我对她说的那些话都是她应得的，一点也不过分。只是把红酒倒在她身上的做法比较过头而已，我知道阿奇不会原谅我，我还是想和他道歉。两天之后圣徒鲍勃就得把我召回中岛，我不能不道歉就走，不能。

克莱尔在厨房找到我，我双手捧着一杯凉了的茶。

"今天是我最后一天，"她颤抖着说，坐到我对面，"我不知道该怎么度过这一天，反正完成任务已经没有希望了，我好几个礼拜都没看到跟我学吉他的女孩了。我本想今天去骚扰基思，可是最后肯定得失败。我觉得天堂里不可能有蛇咬酒，也没法扮哥特，对不对？露西……露西……你还好吗？”

我摇摇头。我的嘴巴干得要命，舌头黏在上颚上。

“昨晚进行得怎么样？”克莱尔急切地问，“阿奇和萨利相爱了吗？你完成任务了吗？”

我嘬了一口冷茶，活动一下舌头。“彻底搞砸了。”

“怎么回事？”她的手指绕着一绺长头发，对我笑笑，“我敢肯定，没有你想的那么坏。”

“比我想的还糟糕。”

“噢，闭嘴，你有时特别喜欢小题大做，露西。在你的词典里，‘搞砸了’这个词也许意味着这种情况：昨天阿奇说了什么话逗得萨利歇斯底里地狂笑，这时你弄洒了红酒。”

“我没把酒弄洒，”我用手刮着桌上的一块咖啡污迹，“我把酒泼在别人身上了。”

克莱尔笑了，“不可能！这是我才会干的事儿，不会是你。那么，你朝谁泼的酒？”

我闭上眼。“阿奇的奶奶。”

“该死。”她像建筑师见到一项宏伟的工程一样倒吸一口气，“你开玩笑吧？不，我可以从你脸上看出来你没在开玩笑。发生什么事了？”

“一言难尽，”我在那块污迹上面倒了点茶水，反复揉擦着，“简短点儿说，就是我彻底搞砸了，现在阿奇不会和我说话了。我的任务完蛋了，克莱尔。我搞砸了。”

“你有什么打算？”她问。

我摇摇头，“不知道。我能做什么？我无法强迫阿奇和我说话，因为不知道他住在哪儿，我不能去看他。我唯一能做的就是今晚设法阻止安娜向丹表白，如果我能把他从安娜的魔爪中救出来，至少还算做了点有用的事儿。”

“我会帮助你的。”克莱尔说，攥住我的手。“让基思·克兰克滚蛋吧。我们去阻止那个婊子把你的男朋友据为己有。”

天已经黑下来，我们走在安娜家门前的那条街上，马上就接近她的房子了。整栋房子里充斥着吵嚷的货仓音乐，彩色的灯光从窗户里射出。一群面孔漂亮、衣着时髦的家伙涌出前门，围拢在露台上抽烟喝酒。仿佛是很久以前的时候，我也曾置身这样的派对，我会大口喝光安娜自制的鸡尾酒，跟着音乐摇头摆尾，丹则坐在房间另一头咧着嘴冲我笑，吵闹的音乐和喧哗的噪声冲击着他的耳朵。派对快结束的时候，我俩会喝得醉醺醺，疲惫不堪、勾肩搭背地爬上出租车，开始在路上嘀咕个没完没了。回家之后，我们会倒在床上咯咯傻笑，并且，如果我们还有那个劲头，会有一搭没一搭地做爱，直到心不在焉地睡过去为止。

“看起来是个糟糕的派对。”克莱尔说，我们站在安娜隔壁邻居家的矮墙上。

安娜家的花园里没人注意我们，他们不是喝得太醉，就是太自恋，根本看不见矮胖的哥特女孩和她深色头发的朋友。

“丹和安娜不来花园怎么办？”我低语道，“我一走进屋子她就会看见我，然后拎着我的耳朵把我扔出去。”

“我可以进去，”克莱尔提议，“我不知道丹长得什么样，可是我认得安娜，那个狡猾的婊子。”

“谢谢你的主意，”我说，眼睛注视着门口，“不过，丹很快就能出来，安娜不许别人在她房子里抽烟。”

克莱尔把手伸进她唱片形状的黑色背包，找出一包香烟。

“说起这个，”她咧嘴而笑，“我得抽上几口，天堂里可买不到尼古丁。”

她接连抽了四根香烟，准备点燃第五根的时候，我倒吸一口气，指着房门。一个深色头发的高个子男人走了出来，他的一只手在牛仔裤屁股口袋里摸索着，另一只手捏着一瓶威士忌往嘴里灌。

我推推克莱尔。“那是丹。”

她透过我俩周围缭绕的烟雾望过去，“他看起来喝醉了。”她说。

几乎在此同时，丹在露台上绊了一下，他顺手抓住身边一个人的胳膊，才没有脸朝下摔在平台上。

“抱歉，”他喊道，调整着平衡，“我很抱歉，对不起，对不起。”

那个人甩脱了丹，说了几句什么，我没有听见。丹踉跄着穿过人群，点烟的时候不小心撞在别人身上，碰洒了人家的酒，最后来到前面的矮墙，四脚朝天地躺在墙顶。

“丹，”一个女人的声音响起，“丹，你在那儿吗？”

安娜出现在门口，她穿着一件华美的紧身上衣、又瘦又紧的牛仔裤，还有一双鞋跟高得可笑的高跟鞋。

“丹，”她又叫起来，“有谁看见丹了？”

“他在那边，”有人喊道，指指那堵墙，“我认为他需要急救。”

“那么我就是去救他的那个女孩儿。”

我看着克莱尔，她眯起眼睛，挺直了背，一动不动地注视着安娜穿过人群大步向丹走去。

“要我过去揍她吗？”她嘶嘶叫道，“我会的，你知道，只要你让我去。”

我摇摇头，“我已经试过了，这不能阻止她。”

“你试过什么了？”克莱尔瞪着我，香烟在指缝间摇摇欲坠，

“你又在开玩笑吧？”

“一会儿再告诉你，说来话长。”

她朝着墙那边挪了挪，和我拉开一点距离，笑着说，“我是不是应该怕你？”

“嘘——，”我举起手，“丹在说话。”

丹还躺在墙头上，抬头看着安娜，她朝他弯下腰，把他脸上的头发拨到一边。

“你是天使吗？”他吼道，“你是来救我的金发天使吗？”

安娜俯身向前趴在丹的耳朵上说了些什么，她的头发挡住了眼睛。丹觉得她说的话非常有趣，开始不停地笑起来，笑完又胡乱地喝了一口威士忌。过去我从没见他醉成这样，他看上去很愉快，这是因为被酒精完全击倒了，由于兴奋，他的脸泛着粉红色，眼睛半闭着，裤子背面糊满了黑色的泥巴和脏东西，他好像有好几天没洗澡换衣服了。

“救我吧，天使，”他又喊，一大帮人围过来盯着他看，“把我从这个残酷的、残酷的世界拯救出去。”

安娜笑了，先是冲着丹笑，接着冲着周围的人笑，能引起这么多人的注意，她显得很高兴。

“这有用吗？”她大声说，好让每个人都听见。

她再次俯下身，在丹的前额上亲了一下，我的心提到了嗓子眼。

丹晃着脑袋。“不，还是很糟糕。”

“那这样呢？”

安娜吻了他的脸颊，在上面留下一个鲜红的唇印。丹使劲摇头，差点从墙上掉下来。

“露西，”克莱尔小声说，把她的香烟踩灭，“我不喜欢这样，我得去阻止他们。”

"克莱尔，别去，"她站起来的时候，我说，"别去，我们都收到鲍勃的最后警告了。克莱尔，回来！"

我抓住她的手，可她挣脱了。

"我没有什么可怕的了，"她说，把身上的短裙扯平，"反正任务已经失败了，我现在干什么都不要紧。"

我呆呆地靠在墙边看着她大步走向安娜和丹，双手捏成拳头。安娜完全不知道有个哥特女孩正靠近她，她向后甩甩头发，抬起头来看看周围那些喜不自胜的观众，再次低下头。

"这样呢？"她说。

她看着丹的表情既温柔又小心翼翼，我的肠胃都快翻过来了，她看上去真的爱上了他。

安娜俯下身，准备在丹的嘴唇上深深一吻的时候，"不要！"克莱尔尖叫起来，"丹，不要！露西仍然爱着你，她爱你，她就在这儿。"

有那么一秒钟的时间，这是特别漫长的一秒钟，时间仿佛静止了，每个人都定在那里。安娜和丹的嘴唇对在一起，丹的手指搁在安娜的头发里，狂暴的克莱尔的黑色头发、血红色指甲悬停在安娜头顶的正上方。有人在酒喝到一半时停住了，有人张着嘴巴向前凝视，手里夹着香烟。然后，我的心恢复了狂跳，安娜和丹仍然缠在一起，在露台上翻滚着，克莱尔似乎在大声喊叫，拳头在半空中挥舞，可是，她的嘴里说不出一个字。人们都盯着她，惊讶不已。

丹第一个站起来。

"你说什么？"他朝着克莱尔咆哮道，"你到底在说什么？"

她的嘴唇嚅动着，发不出一点声音，她吞咽一下口水，再次张开嘴巴。没有声音。丹踉跄着冲上去，试图抓住她，但她动作比他快得多，一下子跳到旁边，丹撞在墙上。

"你为什么会提到露西？"他说，说到我的名字的时候，他的声音嘶哑了。“你为什么对我说那些话？”

安娜站了起来，她的头发乱七八糟，口红的形状也破坏了。她像保护神一样伸出一只胳膊搂住丹，修过指甲的手指指点着克莱尔。

“给你五分钟，赶快给我消失，否则我就报警。”

克莱尔双手掐腰面朝安娜，噢，天哪，看来她做好了打架的准备，我从墙上跳下来冲向她，我们四目相对，她脸上的狂怒退却了。

“对不起，”她动动嘴巴，“露西，我很抱歉，”然后抓住我的手，拉着我跑上大街，远离了派对，远离了丹。

十分钟之后，我们快步来到最近的一个地铁站，走下楼梯的时候，克莱尔的声音恢复了，可听上去非常沙哑。她的脸、胳膊和军靴上方露出来的腿肚子上沾了很多脏东西，变得杂色斑驳。脖子和胳膊上的血管凸出非常明显，她如果不是已经死了，我一定会担心她的健康。克莱尔却一点也不在乎外表的变化。

“我把安娜从墙上推下来的时候，你看到她的表情了吗？”我们走到月台上时，她一脸骄傲，哑着嗓子夸耀着自己的胜利。“她气疯啦。”

我点点头，心里既震惊又难过，一句话都说不出来。我胳膊上汗毛直竖，无法恢复正常状态。我感觉自己不能呼吸了，我的心脏似乎在两片肺叶上敲打跳动着，压得它们无法运转。丹回吻了安娜。我的丹。向我保证要永远爱我的丹，把手放在我最好的朋友的头发上吻了她。他本可以嘲笑她的，或者开个玩笑，把她推到一边……他做什么都可以，只是不能回吻她。

我向月台边缘迈出一步，凝视着下面漆黑的铁轨，听见火车呼啸着穿过隧道，越来越近。我没有跳下去的原因是丹听了克莱尔的话之后的反应，他看上去非常苦恼和震惊，可为什么？他是因为吻了安娜而有负罪感吗？也许他那时正试图完全忘记我。噢，上帝，要是他们两个真的相爱了怎么办——他叫她天使，还拼命地亲吻她，这完全说得通。

“她真的爱他”，我转过身看着克莱尔。一列火车怒吼着驶进车站。“我觉得他也爱她。”

“露西，”她把手放在我胳膊上，“我不知道该怎么解释这一切，我希望我知道。”

我也希望她能。

“克莱尔，”我在“幽灵申请者之家”旁边的街角停下脚步。

“什么？”她满脸关切地看着我。

“我想谢谢你今晚为我做的一切。”

她用毛衣衣袖裹住双手，耸耸肩。“这不算什么，你是我朋友，我愿意帮你。我想，我不知道，好像不太对劲。”

她的手指变成了混凝土的颜色，从她的表情看来，我知道她注意到自己变了颜色，但她不在乎，要是她害怕或者担心的话，是不会让我看到这幕情景的。

“可是，如果中岛惩罚你怎么办？”我说，“万一他们不让你上天堂呢？这都是我的错。”

“不，露西，”她说，表情坚定，“无论发生什么，我都要为自己的行为负责。我还活着的时候经常怨天尤人，把自己不快乐的原因推到别人头上。现在我既不能复活，也不能回到过去阻止我的自杀行为，但至少能够决定未来应该怎么做。我再也不想变成那种神经不正常、以复仇为乐的幽灵了，我不快乐不是基思的错，真正的原因在我自己身上。”她微笑着。“如果你的话是真的，我就能得到第二次机会，在天堂找到真爱了，不是吗？我依然可以变得快乐起来。"

我凝视着她，一种羡慕的感觉油然而生。她这么年轻，却可以如此睿智。

"你会的，"我轻声说，"你会快乐的，克莱尔。"

"来吧，"她拉起我的手，"我们进去看看下一步会发生什么。"

我们很快就知道了。我见到过的那两个穿着灰色西装的男人并排站在房门口。

"克莱尔·沃特斯，"左边那个人说。

"我是克莱尔，"她松开我的手，上前一步。

"克莱尔·沃特斯，"那人严厉地说，"你已经违反了《幽灵申请人手册》上的第520.5条规则——协助和怂恿活死人与他们生前认识的人进行交流。"

"我没有怂恿她，"克莱尔插话，"露西不让我去，我非要去的。"

"我们知道，"另一个灰衣人说，"我们注意到露西·布朗试图阻止你，所以，她不会因此获罪。"

"另外，克莱尔，"第一个灰衣人继续说，"4月28日，你违反了第501条规则；5月9日，你违反了第501.5条规则。第二次违反的时候，我们给了你最后警告，如果再次出现违规行为，会带来惩罚性的后果。"

"好的，好的，"克莱尔挑衅地说，身体却在颤抖，"直接告诉我什么后果吧。"

两个人同时朝着她迈了一步。

"立即将你遣送回中岛，"第二个灰衣人说。"在那里，你将被押送进入去天堂的电梯。你会永远留在天堂，再也不能踏足人间、中岛或者其他神圣界域，而且，你不具备成为天使的资格。"

“天使滚一边去吧，”克莱尔说，朝我咧着嘴笑，“我穿白衣服难看极了。我要去天堂啦，露西，看，我告诉你一切都会好起来的。”

我走上前紧紧地拥抱她。

“我会想你的，”我轻声耳语，嗅着她头发上温暖的广藿香水味儿，“我会非常想你的。”

“别说啦，”她轻声应道，“你会把我弄哭的，我不想还像活着的时候那样整天哭哭啼啼。”

“克莱尔，”一个灰衣人生硬地说，“该走了。”

我们缓缓分开，克莱尔看着我的脸，摇摇头。

“无论发生什么，露西，”她说，“无论你是否完成任务，一定要做正确的事情，你得向我保证。”

“我保证，”我说。她拿出钥匙打开门，我们走进“幽灵申请者之家”，后面跟着那两个灰衣人，她走到楼梯顶端停下来向我挥挥手，然后消失在通往我的房间的走廊里。

“我保证会做正确的事，”我再次喊道，却不知道什么是正确的事。

“做正确的事”，克莱尔说，做正确的事。我爬下床，裹上晨衣，坐在衣柜对面的椅子上。房子里出奇地安静，地板的吱呀声和“咔嗒咔嗒”的水管声都会让我吓得跳起来。自从二十天以前我掉到布莱恩的衣柜里以来，我第一次孤身一人呆在这里。我把膝盖抱到胸前。克莱尔说的“做正确的事”是什么意思呢？她是告诉我应该争取丹还是跟着她上天堂呢？

该死的灰衣人，如果不是他们逼她赶快上楼，我们也许有时间讨论这个问题，我就可以问她到底是什么意思。如果我的任务失败，就完全没机会见到丹了，也许克莱尔想建议我无视圣徒鲍勃的警告，试着找丹谈谈？可那样的话我又得变成哑巴。难道她的意思是让我忘记过去？她曾告诉我安娜爱上了丹，我没有相信，但昨天我亲眼证实了这一点。安娜对丹的感觉明明白白写在她的脸上。我以前只见过一次这种表情。

我站起身，跪在床边的地板上向床下看。我的相册还在那儿，布满灰尘地躺在一堆衣物和鞋子中间。我翻了几页，找到了想要的东西——安娜和她前男友朱利安的照片。那是三年前在丹的生日派对上照的，丹和朱利安坐在我家沙发上，他们的胳膊互相绕着对方，手里拿着空啤酒罐。他们对着相机镜头高兴地笑着，我的目标不是他们，我想看的是安娜，照片上的她靠在沙发扶手上凝视着朱利安，眼中充满纯净的爱意。

安娜遇见朱利安的时候，他刚刚当上安娜工作的公司的财务经理。他比安娜小好几岁，但是她立刻就爱上了他。朱利安第一次上班那天晚上，安娜打电话给我，说她遇到了自己愿意嫁的人——她不是那种随便承诺的女人，如果不是非常肯定，不会轻易下结论。她甚至还发过誓，说自己天生缺乏浪漫细胞，让她穿上婚纱还不如让她去死——所以，听到这个消息，我比她还要兴奋。一星期之后，他们就成了一对儿，安娜宣称他们疯狂地相爱了。她告诉我他有些小毛病，但不是什么大问题，他喜欢喝点儿酒，我们不都有这种爱好吗？

过了几个月，朱利安在一次狂饮之后请了病假，安娜为他掩饰过去了，“这没什么，”她当时说，“我们为了庆祝总会喝很多的酒，感到难受也是可以体谅的。”

一年之后，朱利安终于承认他嗜酒成瘾，去了康复中心戒酒。那段时间，安娜每天都给他打电话。他回到安娜身边时脸色苍白，身心疲惫，她照顾他，陪他聊天，和他出去参加与饮酒无关的活动。安娜对我说，她会为了他做任何事情，因为她知道他就是自己要找的人，她真的相信这个，直到有一天，她下班回家，看到朱利安和在康复中心认识的女人躺在她的床上。

发生这次变故以后，杰西和我承担起照顾她的责任，我们陪她喝酒，和她聊天，睡在她的身边，她每天晚上都哭着睡着，我们就在那个时候抱着她安慰她。过了几个月，安娜渐渐地变得坚强冷酷和愤世嫉俗，她开始和数不清的男人睡觉，告诉他们假的电话号码和胡编乱造的名字，半夜就把他们踢出公寓大门。她告诉我们，没人和她睡过第二次，我们都相信她。

去年，她决定尽快要个孩子，计划着寻找精子捐献者，杰西和我很为她担心，可是我们又能做些什么？她心意已决，我们无法阻止她，她痛恨男人，这样做也不足为奇。

我合上相册。安娜痛恨所有男人……直到她爱上丹。我怎么也忘不掉她吻他之前那温柔的神情。丹在某种程度上融化了她的铁石心肠，她又变回那个内心柔软、相信世上有真爱的安娜了——她会阻止丹自暴自弃，不让他感到孤独，她会照顾他、安慰他、保护他。她有能力做我做不到的事情。就算我完成了任务，也无法真正地安慰丹或者和他说话，一个幽灵能做什么呢？在床头上盘旋吗？那样谁会感觉舒服啊？

我站起身，走到衣柜跟前，我的婚纱仍旧躺在它的塑料墓穴里，但已经被人挪到一边，露出通往中岛的自动扶梯入口，克莱尔昨晚就是从这里回中岛的。我拉开塑料袋上的拉链，手指在丝绸表面上流连。活着的时候，这婚纱代表我幸福的未来，现在它象征着我失去的一切。我曾经一度相信自己回到人间可以帮助丹，那不过是自我愚弄罢了。我愚弄了自己三个礼拜。我不是为了丹而完成任务，他不需要我，不需要幽灵形态的我，可是我需要他，我需要假装自己还没死，这样就能和他幸福地度过余生。但是，没有“我们俩”的余生了，我的生命已经结束了，可丹还可以继续活下去。我是多么地自私，竟然认为他应该孤独地悼念我一辈子。

我把婚纱放回塑料袋，拉上拉链，注视着自动扶梯入口，布莱恩的声音在我脑海中回响。

“有时候，露西，”他说，“人们通过了考验，可是不选择变成幽灵。”

那时的我还不明白。我曾经埋怨妈妈不回人间陪我，却选择升上天堂。现在一切都说得通了，她回人间的时候，肯定看见丹在照顾我，她觉得有丹在，自己就没有必要再以幽灵的形式出现在我身边。现在，安娜正照顾着丹，他叫她天使，还吻了她。他仍然爱着我，我敢肯定他仍然爱我，他所做的只是每个人失去爱人之后都会做的事，他们悲伤欲绝、痛哭哀号，然后继续前行，重建自己的生活。

我握住通往自动扶梯的那扇门上的球形把手，如果我真的爱过丹，只有这样做才可以……

一阵长而尖锐的声音传过来，我吓得向后一跳，这是什么？是某种警报吗？那声音持续着，在房子里回响。是电话，我稍稍松了口气。是圣徒鲍勃打电话来不让我打开那扇门吗？我跑出卧室，快步冲下楼梯。

“鲍勃？”我对着电话喘息道，“我是露西。”

“鲍勃是谁？”一个熟悉的声音问道。

“阿奇？”

“是我，鲍勃是谁啊？”

我的念头一闪，“他是我叔叔。”

“鲍勃是你叔叔？”阿奇笑了起来，但马上又不笑了，“听着，露西，我现在不能多说，因为奶奶就要回家了，可我需要和你谈谈那天晚上的事。”

我感到一阵晕眩，“对不起，阿奇，”我急促地说，“可你不知道我现在的感觉有多坏——”

“明天再告诉我吧，”他果断地说，“下午两点，我们到Wardour街的Rio咖啡馆见面。”

我还没来得及答复，那头就挂了电话，我盯着手中的听筒。阿奇想和我谈谈，他终于愿意和我说话了，我可以向他道歉、解释一切。我忍不住笑起来。这是几天以来最好的消息。天堂，请你再等我一会儿。

第二十章　抉择

我坐在座位上，手里捧着一杯热咖啡，还有15分钟阿奇就来见我啦。我需要时间告诉他我想和他说的每一件事。动身回中岛之前，我不能再为丹做些什么了，但至少可以尝试帮助阿奇，至少可以和他说声“对不起”。

我慢慢呷着咖啡，品尝着它略带苦涩的味道，嘴巴和喉咙感到阵阵温暖。能去天堂见到我的父母真的很棒，可我会非常怀念活着的感觉：阳光照在脸上、风吹着皮肤、伦敦的车流在耳边呼啸穿梭、朋友们在屋子里爆发出的笑声、巧克力和冰淇淋的滋味、丹刮完脸以后柔软的肌肤、他的脖子和锁骨之间那个小坑儿散发的味道。

“露西。”

阿奇站在我身边，表情很严肃。

“嗨，阿奇，”我紧张地微笑着，“你能来，我真的很高兴。你想坐下吗？”

我们隔着桌子对视了好几秒。我垂下眼睛看向别处，阿奇眼中的愤怒让我感觉很沮丧。

“我给你叫杯咖啡好吗？”

他摇摇头。“不，谢谢你，露西。我不会呆很久。”

“阿奇……”我去抓他的手，他迅速把手移开了，我的手指落在塑料桌布上。“我很抱歉，”我说，“阿奇，对那天晚上发生的事，我感到非常非常的抱歉——”

“你知道吗，”他打断了我的道歉，“我奶奶跟我爷爷婚后在一起生活了四十五年。你知道吗，露西？”

我摇摇头，羞愧得说不出话。

“后来他死了，”阿奇把胳膊放在桌上，身体前倾，直视我的眼睛，“她不仅是失去了丈夫，还失去了她的灵魂伴侣。她的灵魂伴侣，露西，她二十岁的时候就爱上这个男人了。他死之后，我就是她的全部，你现在不会奇怪她为什么如此害怕失去我了吧？”

“我不觉得……”我沮丧极了，我居然从来都没考虑过汉弗莱-史密斯夫人是个寡妇这个事实。我死死抓住不放的是她恨我这一点，总觉得她是在故意破坏我的任务。我从未想到她也会哀悼逝去的伴侣、她也会害怕孤独。

“对不起，阿奇，”我说，“非常非常对不起。我当时完全失控了，我无法解释自己为什么会这样做。”

他靠回椅子上，双臂交叉。“你得找出真正的原因，我无法解释这几个字并不能说明问题。”

我该怎么说呢？不能告诉他事实。我不能说“阿奇，事实是我已经死了，我从中岛过来完成任务，这样就可以和我未婚夫团聚了。噢，是的，你就是我的任务目标。”说完这些话的同时，我就会被圣徒鲍勃变成哑巴，然后阿奇会认定我在胡说八道。

“原因是，阿奇，”我盯着自己的杯子说，“你和萨利能够互相了解对我很重要。我不能告诉你为什么，可这对我来说意味着世界上的一切，所以，你的奶奶出现在餐馆里的时候，我感到非常失望。”

“失望？为什么？不过一顿晚餐而已。你可以另外安排一次只有我们三个的聚餐啊？”

“我不能，没有时间了。”我抬起头，“你和萨利那晚必须单独见面，因为……”

“因为。”阿奇身体前倾，对我点点头，“因为？”

“因为我今晚就要走了。”

“去哪里？”他问，愤怒的表情在消退。

中岛？天堂？我该怎么说呢？必须得是很远的地方。

“澳大利亚。”我最后说。

“你会回来吗？”他皱着眉头问。

“不。”

他叹口气，手指插到头发里，盯着天花板。当他重新看我的时候，脸上带着痛苦的表情。

“让我想想。你是说，在去澳大利亚之前，你的当务之急是撮合我和萨利？”

“是的。”

“这件事是如此重要，所以我奶奶出现在餐馆的时候，你选择了羞辱我们，还把红酒倒在她的头上？”

“我知道这很荒谬——”

“荒谬？”阿奇哼了一声，“这简直是疯狂。”

我为什么要那样说？疯狂的确更加贴切，我的行为简直像个精神病患者。

“对我伤害最大的，”阿奇接着说，“是我还真的以为我们是朋友，我真的以为你喜欢我，露西。”

“我确实喜欢你。”我说。

“那你为什么叫我失败者、可怜虫，还羞辱我？”

“我不是故意的。我那样说是因为我太失——”

阿奇向后一退，椅子与地面摩擦，发出尖锐的响声。“如果你再说一遍‘失望’这个词，露西，我就立刻走出去，你再也不会见到我了。”

“求求你，”我小声说，因为咖啡馆里的人全体停止交谈，看着我们。“请你听我说完，我会解释一切的，别走。”

他把椅子向前拉近一点，手肘放在桌上。“我听着呢。”

“阿奇，”我说，“我那晚感到非常失……恐惧的原因是，我发现自己的男朋友爱上了别人。”

阿奇张大嘴巴，“你有个男朋友？”

“是的。”

“那么，你和我说自己单身是撒谎了？”

“是的。”

有那么可怕的一瞬间，我以为他会像刚才说的那样走出去，可是没有，他坐直身子，交叉双臂。

“你们在一起多长时间了？”

“七年。”

“七年。”他扬起眉毛，“所以你完全没必要参加闪电约会，对吗？”

“是的，除了想帮你找女朋友这个目的以外。”

“为什么是我？”他指着自己问，“为什么是我？我又不是个慈善捐款箱，露西，你不能因为自己的爱情结束了，就来干涉我的生活。”

“我现在明白这一点了。”

阿奇叹息着摇摇头。“好吧，如果我说错了，请你纠正我，因为我下面要说的是我能推理出来的唯一合乎逻辑的解释。你认为男朋友对你不忠，决定移民澳大利亚，但是，在走之前，你想向自己证明世界上存在真正的爱情，所以你就希望帮我找一位灵魂伴侣。这就是你说的那个任务，是不是这样？”

“差不多吧。”

“噢，露西，”阿奇说，他的眼神变柔和了，“我一点都不知道你居然忍受着这样的痛苦。”

我低下头看着自己的手，它们在颤抖，“我有很多梦想，”我说，“我无法接受它们被毁掉的事实，我在寻找一种能够弥补所有遗憾的方法，可是，我没意识到自己最近表现得有多自私。”

阿奇把手放在我手上，但只停留了一小会儿，“你那天晚上伤害了很多人，露西。”

我抬起头来，看着他，“是的，我非常抱歉。”

“奶奶还在生气，我都不敢提你的名字。”

“我不怪她。”

“但是，你确实做了正确的事情，露西。”

我敢肯定自己没做过什么正确的事，但阿奇的嘴角显现了一丝微笑，我鼓起勇气问他：“是什么？”

“你让我和萨利走得更近了。”

我惊奇地看着他，“我做到了？”

“是的，你做到了。”他微笑着，“那天晚上，事情发生不久，奶奶就回家了。只剩下我和萨利，开始的时候，我们的谈话并不顺利，你的行为让我们很吃惊，可一旦打开话匣子、放松下来就好多了，我们度过了一个非常愉快的夜晚。”

“真的？”我问。

“是的。我发现萨利竟然和我有很多共同之处，她可能是我遇到过的唯一同时喜欢说唱乐、魔兽世界、意大利菜、Miro和陀思妥耶夫斯基的人。”

“你喜欢陀思妥耶夫斯基？”我怀疑地问。我一直以为阿奇是生活在像《指环王》里面的魔幻世界之中的那类人。

他点点头。“萨利也是。我们在艺术和文学方面的品味也很相似，而且，我们都爱好哲学。虽然她也喜欢星际迷航，但我会帮她发展别的兴趣。”

我无言以对。Bratz娃娃的粉丝——萨利，居然喜欢艺术和文学？我从来想象不到。我同样没想到的是：阿奇喜欢说唱乐、克莱尔是个超级浪漫的人、布莱恩既体贴又多情。我第一次见到他们的时候，他们在我眼中无非是极客、哥特和火车爱好者。短短的二十天，我的想法完全变了样。

“你说自己有男朋友之前，”阿奇接着说，盯着我的空杯子，“我挺害怕告诉你这些。那天晚上你的表现和你对我说过的话，让我真正认识了你——”

我张开嘴想说话，可他抬起手。

“你绝对不是一个坏人，远非如此，露西，但我也不会爱上你。你知道为什么？”

我摇摇头。

“因为我并不是真的爱上了你，我真正爱上的是被爱的感觉。因为你对我表现出兴趣，看起来你好像就是我的理想对象，但我错了，我的理想对象就在眼皮底下。”

我咬着嘴唇，他会说出我认为他要说的话吗？

“我们之间的了解刚刚开始，”他继续说，“如果我频繁使用‘爱’这个字眼，可能显得鲁莽。但是……”他犹豫一下，“……我对萨利有着非常强烈的感觉，并且她似乎对我也有同样的感觉。我们很愿意继续交往下去，奶奶看上去也很喜欢她。”

阿奇目光闪烁，与我的目光相遇，我给了他一个十分真诚、十分灿烂的微笑，这是那么多天以来我最真挚的笑容。

“我真为你高兴，”我说，越过桌子攥住他的手，“非常非常非常高兴。你不知道我有多开心。”

“真的？”

“绝对。”

“这么说，你的任务完成啦？”

“你说什么？”

“你的任务——撮合我和萨利——完成了。皆大欢喜。”

阿奇看起来是那么高兴，我不忍告诉他现在对我来说任务是否完成已经不再重要了。他说自己对萨利有感觉，并不意味着承认她是他的灵魂伴侣；告诉我他们“很愿意继续交往下去”也不等于他已经遇到了人生真爱。或迟或早，那两个灰衣人总会出现，向我宣告事情的结果，无论他们怎么说，我都会以悲剧收场。就算出现奇迹，通过了任务的考验，我也早已做出了决定，我绝对不会再见到丹了。我想对阿奇说点什么，这时他的手机响了。

“是萨利，”他说，“我们准备今天下午到公园野餐，我负责准备食物，我得先走了。”

“听上去很不错。”我说。

“噢，我真失礼，”阿奇说，坐回椅子上，“我觉得你不会和我们一起去，对吗，露西？”

我摇摇头，“我有很多事要做。”

“当然，”阿奇站起来，冲我咧嘴笑着，“你要移民去澳大利亚呢，多么令人激动。一个全新的开始。这并不意味着我不会想念你，我们俩都会想你的，也许明年我们会去拜访你，等你安顿下来。”

我想着自己真正要去的那个地方。“我觉得我会很长时间见不到你和萨利了。”

阿奇看上去很迷惑，但他还是伸出胳膊。“来个拥抱？露西。”

“阿奇。”我移出座位。“你介意我们不拥抱吗？我最近已经说过太多的再见，我不想再哭一次了。”

“如果你觉得我会接受你的这种请求，那就是看错我了。”他绕过桌子，双臂抱着我的肩膀。“你会再次快乐起来，露西，我知道你会的。”

“我也这么想，阿奇。”我也拥抱了他。

“好的，”他放开我，把包背到肩上，“我去野餐了，你准备干什么呢？我猜是收拾行李吧。”

“我会的，”我说，“但我首先得和另一个人道别。”

我慢慢走出咖啡馆，突然看见两个熟悉的灰色身影向我走来。我站在Wardour街的转角处，等待着他们。

“露西·布朗？”左边那个人说。

我点点头。“我是露西。”

“我们去个没人的地方吧，”右边那个人说。我们周围到处都是购物的人和旅游者。

他们走得很快，我必须小跑才跟得上。最后，他俩在Southbank停下脚步，他们当中没有一个人冒汗，我却喘个不停。我扶着泰晤士河沿岸的高墙，望着下面深邃的河水，呼吸渐渐平缓起来。

“我们能坐下吗？”我捂着两胁问道，“那儿有个长椅。”

他们同时向两侧张望，然后同时看着我，活像放在壁炉架上的两只一模一样的小狗。

“好的，”其中一个说，“可是，如果有人走近，我们就得离开。”

“好，”我说，一屁股坐在长椅上，“你们可能得拖着我走啦。”

他们同时挑起左边的眉毛，并排着走到长椅边坐下，我夹在他们中间。

“我不是拒绝跟你们走，”我疯狂地挣扎着，“我只是太累了，没有力气去别的地方。”

他们放松下来，向两旁挪了挪。这时，手机铃声大作。我左侧那个人把手伸进口袋。

“是的，鲍勃，”他对着电话回答，“是的，我们和她在一起。好的，她在这儿。”

他把手机递给我，我把耳朵贴在上面。

“祝贺你完成任务，布朗小姐。”鲍勃说，他的声音还是那么温和快活。

我的心连着跳了两下。“什么？”

“你完成了任务。”

“可是阿奇没说萨利是他的真爱。”

“我知道。”

“可是……可是……”我结巴道，“布莱恩必须得让特洛伊亲口承认自己是火车爱好者才算完成任务，我没能让阿奇承认他找到了灵魂伴侣。”

“你不必那样，”鲍勃说，他的声音很清晰，仿佛就站在我身边。“你的任务是帮助阿奇博尔德·汉弗莱-史密斯找到真爱，你做到了。萨利注定要成为阿奇博尔德的灵魂伴侣。他们只是需要撮合而已，这就是你需要做的。你完成了任务，露西。”

我高兴地喘着粗气，我做到了。我真的做到了。萨利和阿奇注定要在一起。他们将幸福地生活在一起，这是我的功劳。

“那么，”鲍勃接着说，“我们来看看关键问题，你现在获得了变为幽灵的资格，你可以自行决定是变成幽灵还是回到中岛，从那儿升上天堂。”

我的兴奋劲儿全没了，整个人就像泄了气的皮球。

“如果我选择中岛，”我平静地说，感觉我身边的两个灰衣人正在专注地听我回答，“我必须马上离开吗？能不能再给我点时间？”

“时间？”

“和某些人道别。”

“露西，”鲍勃说，又恢复了他的官僚腔，“你现在仍然处于禁止和生前的熟人联系或者交流的状态，根据手册规则——”

“我知道，”我打断他，“我知道，鲍勃。我不会联系任何人。我只是想最后一次看看他们，和他们道别。”“默默地，”我在他反对之前补充道。

“如果你试图和他们交流，会被立即制止。”鲍勃说。

“不会的，我保证。求你，鲍勃。求你给我一点儿时间告别，这可不是个简单的决定。”

“你的决定是？”

“中岛，然后去天堂。”

“你的道别期限是今天午夜时分。如果你违反了手册规则，没有在午夜之前回到‘幽灵申请者之家’，会被逮捕，然后强行护送回中岛。”

“我明白。”

“露西，”他严肃地说，“这是你最后的机会，你可以改变主意，如果你希望变成幽灵，必须现在告诉我。你下面要说的话将被存入记录，永远不得更改。好了，你的回答是什么？幽灵还是天堂？”

幽灵。我的心说：选择幽灵，否则从今以后你将再也见不到丹，你必须等上好多好多年才能和他再见面，而且，当他升上天堂，他的心会属于安娜而不属于你。

天堂。我的大脑说。露西，你必须去天堂，你必须对丹做正确的事。如果你爱他，你会让他走，这样他才能重新找到幸福。你必须为了丹做出最适当的选择，而不是为了你自己。这就是真爱的意义——把别人的幸福放到你自己的幸福前面。

我做了一次深呼吸。“我选择天堂，鲍勃。”我说。

灰衣人把手机放进口袋，消失在桥的另一端。我在长椅上坐了很长时间，太阳落下去了，伦敦的夜晚来临，昏暗中光线摇曳。城市中的人们正走出办公室，涌进酒吧、俱乐部和餐馆。我一直最爱伦敦的晚上。你永远不知道会有怎样的经历，会遇见什么人。我凝视着这座长久以来我称之为“家”的城市，向我曾经拥有的生活告别。再也不会在寒冷的早晨蜷缩在温暖的被子底下、再也不会经历夏日的下午、再也不会在假期的第一天试探着把脚趾放进海水中、不会在厨房光着身子跳舞、扯着嗓子唱歌，或者感受巧克力在舌尖融化的过程。再也不能购物、阅读、看电影或者庆祝生日、再也不会把闪烁的灯泡装点在圣诞树上，在挂上礼物时，看着松针从枝头落下。我伸出双臂环绕着自己，回想着一生中爱过的每个人，我记得那些亲吻、欢笑、争执、眼泪和玩笑。我陶醉在回忆中，知道自己不会再回来了、不会再经历这些事情，我默默地和它们道别。

从长椅上站起身，我感到异常平静，走在泰晤士河南岸，河水静静地陪伴着我。我得和一个人说再见，然后，我会离开，永远。

怀特街33号亮着灯光，我坐在街对面的矮墙上，凝视着它的窗户。窗帘拉开着，我能看见丹修长的身躯靠在沙发上，他的头放在我最喜欢的靠垫上，手里拿着一罐啤酒。我看不出他是不是睡着了，或者他就在那儿静静地坐着。我宽慰地看到他在星期五的晚上呆在家里，而不是泡在酒吧，或者在安娜家。我在人间的最后一个晚上，现在刚好只有我们两个人，虽然分离但又在一起。也许，在内心深处，丹会感觉到今晚就是我最后告别的时刻。

“我爱你，丹，”我在街道对面轻轻地说。“我爱你超过爱世上任何人，你是我愿意与之共度一生的那个男人，是我准备嫁给的那个人。当我穿着婚纱走来，和你在舞池中旋转，你把脸庞埋到我的头发里的时候，我想你会哭的。我希望你做我孩子的父亲，丹。我希望在我告诉你我怀孕了的时候，你把我举起来在半空中旋转，在我分娩的时候握着我的手。当你的儿女出世的时候，你的笑容将点亮整个房间。我希望和你分享我所有的快乐与失望，和你一起变老。你是我唯一爱过、想要过、需要过的男人。我爱你，丹，我将永远爱你。你现在是、过去是、永远是我的灵魂伴侣。我爱你，丹尼尔·哈尔丁。我爱你。我爱你。我爱你。”

泪水在我脸颊上流动，我站起身，逼着自己离开我的房子，离开丹，离开一切曾经应该拥有的东西。我停下脚步，我不能，我做不到。我得看他最后一眼。我必须再看一次他的脸。我转过身，慢慢屏住呼吸。安娜站在门口，手指放在门铃上。

不，我想，不，不，不。求你了，安娜，求你走开。不要破坏这一幕。你可以在余生拥有丹，但现在是我的专属时刻。这是我的告别仪式。不要应门，丹，我祈求着，请你睡着吧，不要听见那铃声。

可是丹听不到我说话。

他从沙发上站起来，消失在走廊里。我身上的每一块骨头都告诉我转身离去，可是，我没有动。我无法制止自己，我穿过马路，走近那所房子。安娜全神贯注地按着门铃，没有看到我正蹲伏在隔壁邻居门口的汽车旁边。她整了整迷你裙，抚平了头发。

“嗨，丹，”她在他开门的一刹那说道，然后倚在门框上，“你是请我进去，还是让我在这儿等上一整夜？”

丹摇摇头说了些什么，我听不见。

“怎么啦，丹尼？”安娜伸手摸他的脸，“你还为那晚的事感到尴尬吗？”

“我没想到你会来。”丹愤怒地说，把头闪到一边，安娜的手从他脸上滑到他肩上。

她向后退了一步，“对不起，我应该先打个电话的，可我刚在白马酒吧喝了一杯，突然想起你，就过来看看你愿不愿意跟我到那儿去。”

丹摇着头，“我没心情。”

“噢，来吧，”安娜拉着他的手，“你到了那儿就会喜欢的，你看，你连鞋子都穿好了。”

丹看看自己的脚，他的鞋尖顶在门阶上。如果有人强迫他做什么不愿做的事情，他就会摆出这样的姿势。

“我没拿钱包。”他说。

“没关系，”安娜高兴地说，“我有钱，来吧，求你了，我很孤独，来跟我喝一杯，丹尼。”

她又去拉丹的手，把他拽到小径上，使我惊讶的是，他居然关上门，顺从地跟着她来到街上。他们走过来，我蹲下躲在汽车后面。

“我们过会儿可以去夜总会。”安娜说，“你带我去独立音乐夜总会都可以。我知道你多么喜欢来一点独立音乐。”

“我不想去夜总会，”丹说，把他的手从安娜手中抽回来。“我们还是忘了这一切吧，今晚我只想呆在家。”

安娜笑了，但她的声音里透着孤注一掷。“我可以和你一起，”她说，“我们开上一瓶酒，然后看电影，或者干点别的。”

丹后退一步，双臂交叉。他下颌上的肌肉紧绷起来，可眼神看上去很疲惫，“我想自己一个人，好吗？”

安娜笔直地站在那里，竭力捕捉他的目光。

“你生气了，因为那天晚上的事，”她的语调很紧张，“对吗？”

“别再提了，安娜，”丹叹息道，“求你。”

“不，”她喊道，在人行道上摇晃起来，“我不想忘记，我就想谈那天的事，你无视我打来的所有电话，这和当时你那么享受地亲我相比，真是强烈的反差啊。”

“我很抱歉。”丹说，一只手放在前额上，手指挡住眼睛。“那时我喝醉了。”

安娜不再晃动，她静止在那里。有那么一瞬间，她看上去崩溃了，然后，就在眨眼之后，强势的安娜又回来了。

“噢，是吗？”她争道，“你好像很清楚自己做了什么。你叫我天使，记得吗？你让我救你？你想要我，我也想要你，丹。”

“我当时迷糊了，安娜，”丹说，和她拉开距离。“我不知道自己在干吗，那不应该发生的。”

我趴在保险杠上，心脏疯狂地跳动。我犯下了一个很恐怖很恐怖的错误，丹不爱安娜。他不想被她照顾或者被她关心。我完全搞错了，我告诉鲍勃自己愿意去天堂。我干了什么？我到底干了什么？

“迷糊了，”安娜在他胸口打了一下，“你迷糊了？你告诉过我我对你很重要，你告诉过我你知道我在帮你面对露西的死，你告诉过我你多么愿意和我在一起。”

丹耸耸肩，“我是……说过。你是露西最好的朋友之一。”

“你还不明白吗，丹？”安娜冲向丹，她的手臂缠绕着丹的脖子，鲜红的嘴唇压在他的嘴唇上。丹的手在她背上划动着，最后摸到她的腰，把她丢了出去。他倒退一步，面朝着大街。

“你完全搞错了，安娜。”他说，“那个吻不代表什么，我很抱歉吻了你，我当时又醉又苦恼。那是个错误。”

“你爱我。”安娜说，抓紧她的腰，把他拉向她，“你爱我，但你不肯承认。”

“我不爱，”丹吼道，挣开她，“我还爱着露西，安娜，我还爱着她。”

他猛地从安娜手中抽出胳膊，踉跄着向后退去。他的脚踝扭曲着，然后，就像慢动作那样，他绊在路牙上，向后跌去，仰躺在大街上。一阵尖锐的刹车声传来，两个女人惊叫着。其中一个就是我。

街上停着一辆巴士，司机颤抖着走下车，张着嘴巴看着离他的前保险杠几米远、躺在地上的男人。

“叫救护车，”他向安娜喊道，“马上。”

安娜面色苍白、瑟瑟发抖，她在提包中摸索着掏出手机，用力按着号码键。

“你好，”她的声音颤抖着，“快来，丹被巴士撞了，他流了很多血，是的，是的，怀特街，不，我不知道他是否有呼吸。请快点来，求求你，我不想让他死。”

“你看见了吗？”巴士司机对我说，“你看到发生什么事了吗？他自己跌倒在我的车前面，我试图停下来，但停不下。我无法及时停车。他自己摔在我面前的。你看到了吗？你看没看到？”

我神情恍惚地走过巴士司机，车上的乘客涌出车门，围在丹身边，我走过安娜，屈膝跪在丹身旁冰冷的水泥地上，抚摸着他脸上沾满鲜血的头发。

“露西，”他说，睁开一只眼睛，“露西，是你吗？”

“是我，”我轻声说道，吻着他，“是我，丹。”

“我知道你会回来。”他叹息道，“我一直都知道。”

我稍微支起身子，这样就能一直望进他的眼睛里，但他双目紧闭。他的嘴微微张开，胸口没有声音。

“心肺复苏，”安娜尖叫着，把我推到一边，“谁会做心肺复苏？求求你们别让他死。求你们做点什么，快来帮帮我，快来帮帮我。”

第二十一章　天堂

我推开“幽灵申请者之家”的前门，走上楼梯（一次迈过两个台阶），走进我的房间。我一直呆在丹的事故现场，直到救护车赶来。巴士上的一位乘客正给丹做心肺复苏，急救人员拿来两片除颤电极放到丹胸口上，这一切都没有用。

“很抱歉，”他们对安娜说，她正跪在丹身边，“我们无能为力，他走了。”

安娜尖叫起来，两名男乘客立刻冲到她身边，没人注意到我离开现场，我以最快的速度跑了起来。

“该死，”我吼道，猛地敞开衣柜的门，转动通向中岛自动扶梯的那扇门的把手。“快打开，让我进去，让我进去。”

突然间，我想起……我的戒指，它还在床头柜的抽屉里。我把它拿过来，戴到左手第三根手指上，然后回到门边。当我再次旋转把手时，门打开了。

我奋力冲上台阶，跑得上气不接下气，坐在扶梯上。

“快点儿，”我乞求道，电梯向上开去，周围的环境由浑浊的绿色变为单调的灰色。“快。”

我心绪纷乱，神情恍惚。看着丹死去真是可怕的经历，我无法抹去脑海中那辆巴士撞到他、把他抛向半空的一幕。但是，他认出我了。他知道我会去找他。他知道。

“求求你，”我大声说，“请让他去中岛，求你了。”

圣徒鲍勃站在自动扶梯顶端迎接我，看上去比我上次见到他时更加金光闪耀。

“露西，”他张开臂膀，“很高兴你完成了任务。我得说你做得很好，我们又见面了。”

我拥抱他。“很高兴再次见到你，鲍勃。”

他惊讶地看着我，“真的吗？我以为你一心想当个幽灵呢。至少你上次离开这儿时是这样想的。”

“世事难料。”我说，“人们也得跟着改变想法。”

“很好，很好，”鲍勃咧嘴笑道，要把我带进写着“向上”的那道自动扶梯，“很高兴你能改变主意。”

“不，鲍勃，”我挣脱他，“我现在不能上去。”

“抱歉，”他扬起浓密的眉毛，“你说什么？”

“我会上去的，”我说，后退几步，“我保证会上去。但我得先找个人。”

“露西，”鲍勃吼道，我转身冲进灰色的人群，“露西，你给我回来。”

我没有理会他，在人群中艰难前进，把那些灰蒙蒙的家伙推到一边，从他们身旁挤过去。

“丹，”我大声喊道，“丹，我是露西，你在哪儿？丹！丹！”

没人回应，也没人看我。我继续向前，人们冰冷的躯体和我碰撞在一起。

“丹，”我尖叫着，“丹，你在哪儿？”

我在人群中穿行，来到一堵墙的旁边。

“你在哪儿？”我沿着墙边走边喊，“丹，你在哪儿？”

“请露西·布朗到向上的自动扶梯处报到，马上。”半空中传来广播的声音，在我的头顶隆隆作响。

“给我一分钟，”我大喊，“求求你，就一分钟。”

快要转过墙角的时候，我看见两个穿灰色西装的人向我走来，我迅速地冲进身后的灰色人群，他们呻吟起来。

“丹，”我叫道，“你在哪儿？我是露西。我爱你！”

“露西，”传来一个男人闷声闷气的声音，“露西？”

“接着喊。我这就过去找你。接着喊。”

我循声跑去，推开一位维多利亚时期的绅士、一个中世纪的骑士、还有一个女原始人。人群似乎分散开来，给我让出一条通路，啊哈，他在那儿。丹蜷缩在地上，膝盖顶着胸口，眼睛闭着。他身上还是出事的时候穿着的那套衣服：肮脏的牛仔裤、黑色T恤、邋遢的跑鞋。但他的脑袋后面没有血，四肢完好无损，并没有断掉。

“丹，”我柔声说道，在他身边蹲下，“我是露西。”

他的睫毛扑闪几下，睁开眼睛，“露西？”

我抚摸着他的脸颊，他的脸是灰色的，可仍然温暖，他的硬胡茬儿扎着我的手指尖。“我来了，”我说。

“我在做梦吧，”他嘟囔着，“你死了，露西，我又梦见你啦。”

“这不是梦，我真的在这儿。”

他抬起头冲我笑着，摸摸我的头发，“你的头发像真的。”

“这是因为，我真的和你在一起，丹。”

“我爱你，露西，”他轻声说，“我从没停止过爱你。”

我把脸埋进他脖子和锁骨之间的凹陷，他的味道没有变。

“我也爱你，”我说，“我非常、非常爱你。我死去之前和你吵架了，对不起。”

丹用胳膊肘撑起身子，斜眼看着周围那些数不清的灰色的腿。“吵架？我没和你吵架，我正和安娜在咱们的房子外面吵架，然后……然后我挣脱她……”他皱起眉头，“……我不确定后来发生了什么。这是哪儿？露西。”

我刚想张嘴回答，一只手放在我肩上制止了我。圣徒鲍勃正站在我们旁边摇着头。

“让我来处理，露西，”他坚定地说，“你很快就能见到他。”

“这是谁？”丹说，看着我们俩，“他为什么会发光？”

我笑了，“跟着他走，”我说，“我在办公室门外等你。”

我蹲伏在鲍勃办公室门口，耳朵贴在锁孔上，可是什么也听不见。丹和鲍勃在里面呆了很长时间，我不知道这意味着好事还是坏事。能在中岛见到丹，我激动得要命，可他迷迷糊糊的搞不清状况，我不确定当他发现自己也死了的时候，会是什么反应。

门终于打开了，我向后一退，急促地呼吸着。

“露西，”丹说，他面无表情。

“嗯？”我说，我那颗没有死的心怦怦狂跳。

“这真的是你，不是吗？”他凝视着我，“真的是你吗？”

我点点头。“是我。”

“我们都死了？”

“是的。”泪珠从我脸颊上滚落，“我们都死了，丹。”

他笑了，冲到我身边，张开双臂环绕着我，把我抱了起来。

“露西，”他喘息着，抱着我转了一圈又一圈。“我的露西，我美丽的露西，我是多么想你啊。”

“我也想你，丹，你不知道我有多想。”

“你知道我有多爱你吗？”他把我放到地上，胳膊始终绕着我。

我摇摇头。

“我第一眼看到你时就爱上了你，”他望进我的眼睛，“从那以后我无时无刻不在爱着你，每一分钟都是。”

“这么说，我死去之前没说‘我爱你’，你没有因为这个恨我？”

“恨你？我当然不恨你，我恨我自己那天晚上离开了你，还把那个该死的盒子放在阁楼上。杰西给我打电话，说你没有应门，如果我提前几分钟开车回去，你就不会……”他的眼中满是泪水。“露西，我恨我自己造成了你的死。”

“这不是你的错，丹，”我抚摸着他脸颊上的泪水，“这不是你的错。”

他低下头，温柔地吻在我的嘴唇上，“我爱你，露西，”他边吻边说，“我太爱你了。”

鲍勃清了清嗓子，“抱歉打断你们的团聚，现只剩一件事了，完成这个任务，你们就可以永远幸福地死在一起啦。”

丹和我转身看着他。

“什么事？”我恐惧地问，生怕他告诉我出现了可怕的错误，把我和丹再次分开。

“那儿，”鲍勃说，指着远处，“那个贴着‘向上’标记的自动扶梯，我建议你们现在就上去。”

我望向丹，咧嘴而笑，“你认为怎么样？”

他紧攥我的手。“你去哪里，我就去哪里。我再也不会失去你啦，露西·布朗。”

《就说你和他们一样》江苏文艺出版社/开本：32开/定价：26.00元

如果觉得生活太痛苦，是因为我们距离死亡还太远。活着，就是幸福！

全球超级畅销书，《泰坦尼克号》《阿凡达》导演詹姆斯·卡梅隆倾情推荐，奥巴马、奥普拉、麦当娜、贝克汉姆、杨澜、王刚、孙燕姿、王力宏等全球数百位名人感动推荐！

书名“就说你和他们一样”是小说里一位母亲为了保护她的孩子免受暴民所杀，而叮嘱女儿的话。面对暴戾争端，小女孩只记得母亲最后的嘱咐：无论任何人问起你的身份，记得，就说你和他们一样。

《天堂可以等》

江苏文艺出版社

ISBN：9787539937755/开本：32开/定价：26.80元

人世间，多久没有如此感人肺腑的爱了？

欧美言情天后凯莉·泰勒谱写纯爱新经典，超越生死的爱情传奇！

2009年度英国最佳图书，亚马逊五星级好书！

最精彩浪漫的故事、最情深刻骨的爱情、最超值的阅读体验！

两个月售出9国版权，万千读者为之潸然泪下！

《少年罗比的秘境之旅》

江苏文艺出版社

ISBN：9787539937328/开本：32开/定价：25.00元

一个男孩要走多少路，才能被称为男人？

最冷酷的世界与最温暖的人性，最伟大的爱情与救赎。

美国图书馆协会：2009年最佳图书

《时代》《纽约时报》《华盛顿邮报》《出版人周刊》、独立书商协会、台湾金石堂联合推荐。

《44号孩子》

江苏文艺出版社

开本：32开/定价：29.80元

横扫欧美亚20国畅销小说榜。

一个如同俄罗斯狼一般残酷的故事！

这世间有多少真相，藉着爱和保护的名义得以隐藏？

令人毛骨悚然的时代，关于爱情与家庭、希望与信仰的生死救赎！

《沉默之心》

江苏文艺出版社

开本：32开/定价：28.00元

加拿大ARTHUR ELLIS大奖得主、脑神经科医生挑战人性的颠覆之作。

无法言说之痛，无法理解之惑，让全世界都屏住呼吸而沉默。

《加拿大文艺评论》《开拓者时报》等五十多家媒体，布克奖入选作家克莱儿·莫瑞等多位作家联袂推荐！

《最后的精灵》

河南文艺出版社
ISBN：9787807651338
开本：32开/定价：26.00元
每个人心中都有一个最后的精灵，欧洲当世唯一可与《小王子》媲美的生命寓言。

《特别的女生萨哈拉》

陕西师范大学出版社
ISBN：9787561331149
开本：32开/定价：20.00元
一个孩子的特别成长经历，美国版《窗边的小豆豆》。

《书中谜》

陕西师范大学出版社
ISBN：9787561347850
开本：32开/定价：29.80元
书籍是欲望的源泉。
每个人终其一生，都在追寻一个魅影。

《特别的女生萨哈拉》

（美国版《窗边的小豆豆》，精美双语插图本，书+MP3光盘）
陕西师范大学出版社
ISBN：9787561345900
开本：32开/定价：29.80元

《第八日的蝉》

江苏文艺出版社
ISBN：9787539934310
开本：32开/定价：24.80元
有“幸”活到第八日的蝉，是悲？是喜？如果我努力活着，上帝应该不会嫌弃我吧？

《我是女生，我叫巴黎》

陕西师范大学出版社
ISBN：9787561346600
开本：32开/定价：23.80元
一段发现爱、勇气、宽容的成长旅程。

《战争画师》

陕西师范大学出版社
ISBN：9787561345191
开本：16开/定价：29.80元
“一本让我们感到不安的书”，王蒙、莫言联袂推荐，欧洲十大年度畅销书。

《没有悲伤的城市》

陕西师范大学出版社
ISBN：9787561347676
开本：32开/定价：25.00元
关于爱、友情以及永不磨灭的信仰！本书足以改变读者一生心灵，全球读者口耳相传，渴望与最爱的人分享！

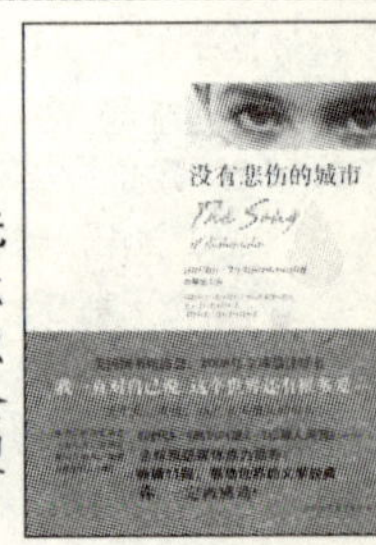

《我就是要挑战这世界》

陕西师范大学出版社/ISBN：9787561349007/开本：32开/定价：24.80元
一本世界级励志成长小说！献给所有怀抱梦想却不敢飞翔的人！32项大奖加冕之作，缔造出版史奇迹！他的成长经历算不上“温暖”，但珍贵得让人动容！它告诉我们梦想不是微小的事情，你得朝着光亮一步步前进。这样一个天真而坚定的少年，仿佛是世界上的另一个你。因为生命总是充满着残缺，幸好我们还拥有微笑前进的勇气，这本“小”书，会带给你无惧的信心和勇气！

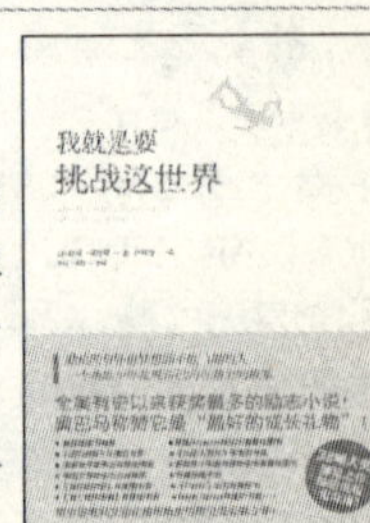